サイレント・ブレス
看取りのカルテ

南　杏子

幻冬舎文庫

サイレント・ブレス

看取りのカルテ

目次

サイレント・ブレス

静けさに満ちた日常の中で、穏やかな終末期を迎えることをイメージする言葉です。

多くの方の死を見届けてきた私は、患者や家族に寄り添う医療とは何か、自分が受けたい医療とはどんなものかを考え続けてきました。

人生の最終章を大切にするための医療は、ひとりひとりのサイレント・ブレスを守る医療だと思うのです。

著者

プロローグ

　倫子《りんこ》が診断名を告げると、患者はまばたきを止めた。弛緩《しかん》した唇の紅が一部はげ、口は半開きのままだ。

　やがて患者は大きく息を吸い、倫子に険しい目を向けた。

「認知症？　そんなはずないわよ！　ばかばかしい！」

　大きい声に、思わずびくりと手が震える。

「薬なんて飲まない！」

　にらみつけてくる患者に、倫子は黙ってうなずいた。

「でもほら、今日の日付も忘れていたじゃないか」

　付き添いの夫が後ろから遠慮がちにささやく。

「今朝は新聞を見なかったから、うっかりしてただけっ」

　患者は早口で反論した。

「だけど水戸《みと》先生、エムなんとかにはっきり写っているんですよね？」

ようやく話を聞いてもらえる雰囲気になり、倫子はほっとする。

モニターに浮かぶ頭部のMRI画像を手元のマウスで動かした。

映し出されたのは脳を水平に切った断面像だ。小さな頭頂部から、だんだん下のスライスへ移り、眼球のある断面の少し手前で止める。

「もう一度ご説明しますね」

画像のほぼ中央の部分にカーソルを合わせた。

「ここが短期記憶の中枢、海馬《かいば》です。ご年齢に比べ、やや萎縮しています」

患者は六十七歳。母よりも若かった。

さらに長谷川式と呼ばれる簡易知能検査の問診票を取り出した。

「三十点満点中、二十点しか取れていません。残念ながら、認知症のレベルです」

患者が苦々しい表情になる。

「緊張してたからよ！」

先ほどやったばかりのテストと同じ質問を繰り返した。

「いま、何年かわかりますか？」

患者は夫を振り返った。

「何年だっけ？」

夫は目を伏せた。患者は反応しない夫をあきらめた様子で、答えを探し始める。

「えっと、昭和五十……あれ、違う？　やだ、さっき言ったばかりなのに」

平成という元号すら出てこない。夫は覚悟を決めたような顔つきになった。

「恐らくアルツハイマー型認知症だと思われます。進行を抑える薬を……」

そこまで言ったとき、患者が叫んだ。

「変な病名、付けないでください！　たまたま忘れただけなのに大げさな！　もういいわよ！」

彼女は立ち上がった。

患者が診断を受け入れられない――深刻な病気であればあるほど、よくあることだった。

「先生、薬は次回でいいんじゃないでしょうか。まだ三人も待っていますから」

看護師が倫子に耳打ちする。壁の時計は昼の一時半を指していた。急がなければ、午後の外来時間に食い込んでしまう。

仕方なく倫子はうなずいた。看護師は診察室のドアを細く開け、次の患者を呼び入れる態勢に入る。

「では、改めて受診予約を……」

倫子は、まだ何か言いたそうな患者の夫に頭を下げた。中途半端に患者を追い出し、後味の悪さが残る。

ペットボトルを取り、一口飲むと少し落ち着いた。ミネラルウォーターに細かくちぎった梅干を入れたものだ。

沈殿していた梅の果肉片がふわりと浮き、水の中をゆっくりと回転する。

キャップを閉め、モニターの裏に隠すように置いた。以前、腐った水を飲んでいると驚かれたことがあったからだ。上顎に貼り付いた果肉片をそっと飲み込む。

新宿医科大学病院総合診療科の外来診察が終ったのは、午後二時少し前だった。開始したのは午前八時半だから、五時間半も診察室の椅子に座っていたことになる。腰を叩きながら立ち上がると、男性医師が入ってきた。午後外来の担当医、二期上の青木《あおき》だ。

「あれれ、水戸先生、いままでやってたんですかあ？」

青木は診察室のひじ掛け椅子にどさりと座り、コンピューターにＩＤ番号を打ち込んだ。

その背中を見ながら、倫子は首をすくめる。

「今日は患者が多かったの？」

彼は、後片付けをする看護師にわざとらしく尋ねた。

「いいえ、普通です。水戸先生は、いつもご説明が丁寧ですから」

看護師は、口許を隠しながら意味ありげな視線を青木に投げかける。

丁寧というより、遅いと言いたいのだろう。含み笑いをする青木を無視して出て行こうとすると、「ねえ、水戸先生」と呼び止められた。

「今日だから言ってあげますけど」

「はい？」

倫子は青木を振り返った。

「もうちょっと要領よくやればいいんじゃないですか」

青木は、オールバックの髪をなでつけた。

「急ぎますので」

青木に軽く頭を下げると、倫子は小走りに病棟へ向かった。

「ああ、水戸先生、もっと早く来てくれないと。面談を待ってたご家族、帰っちゃいましたよ」

病棟の看護師が、非難がましい目で倫子を見た。外来診察中にどうやって面談すればいいのかと思うが、「ごめん。あとで電話しとくね」と答える。看護師も家族の対応に困ったのだろうから、責められても仕方がない。

回診をしていると、PHS《ピッチ》が鳴った。胃癌患者が呼吸をしていないという。病室に駆けつけて心肺蘇生を行うが、自発呼吸は再開しなかった。家族の到着を待つ間もなく、あわただしく看取る。

続いて糖尿病患者が低血糖発作を起こしたと連絡が入った。もうろうとする患者に治療用の五〇パーセント糖液を注射する。意識は徐々に回復し、血糖は一八六まで上昇した。ほっとすると同時に、強烈な空腹を感じる。昼食をとりそこなうのはいつものことだが、甘そうな糖液を見て刺激されたのかもしれない。

何かパンでも買おうと地下の売店へ向かった。午後五時五分前、通院患者もほとんど帰り、人はまばらだ。

自動販売機の近くにあるベンチに、見覚えのある夫婦が座っているのが目に入った。午前外来で診察した認知症の患者だ。

夫と目が合い、目礼した。

「あ、先生。いや、その、どうしていいものか……」

夫の心細げな様子に、つい倫子は隣に座った。妻は呆然としている。

「受け入れられませんよね……」

そう話しかける。スカートの生地を握りしめる妻の手が小さく震えた。

「認知症なんて、いやな病名だと思います。でも診断するのは、たとえ何を忘れても、どんな状態になっても、あなたが安全で心地よく生きていくための方法を考える第一歩なんです」

　患者はさっと目をうるませた。

「そうだよ！　だから薬を出してもらおうよ」

　夫が肩を抱き寄せる。それと同時に、売店のシャッターが派手な音をたてて閉まった。

「また来週うかがいます」と言う夫に、「新しい外来担当医へ申し送りをしておきます」とうなずいて微笑む。夫婦は怪訝そうな顔を見せた。

　自動販売機でホットぜんざいと牛乳を買う。混ぜると、ちょうどいい甘さになって腹持ちもいいのだ。深夜、すべての店が閉まってからでも手に入れられる。大学病院で身につけた非常食の定番だった。

　ナースステーションの片隅に座り、担当患者の申し送りを書き始めた。今日中に全員の入院経過や病状、内服薬、今後の検査計画などをカルテにまとめなくてはならなかった。途中、患者の容態変化で何度か呼び出しがあり、時間はあっという間に過ぎた。

　すべての申し送りを書き終ったとき、時刻は深夜零時を回っていた。急がなければ、今日も終電に間に合わなくなる。

「要領よくやれば、か――」

　昼間、青木に言われた言葉を反芻《はんすう》する。

「認知症です」とか「癌です」とか、どうやって要領よく伝えればいいというのか。

倫子はロッカーへ小走りに向かう。静かな病院の廊下に足音が響いた。

灰色の扉を開ける。鏡には、長い髪をひとつに縛り、目の下にクマのある化粧気のない三十七歳の女が映っていた。白衣の襟元に、鎖骨が浮き出ている。

大きな手提げ袋を開いた。当直用のスリッパを袋に放り込む。タオル、使いかけのハンドクリーム、枕、薬の名前が入ったマグカップに歯ブラシ、賞味期限切れのカップ麺やチョコレート、梅干、医学雑誌や資料……。

写真が一枚、資料の間から落ちた。同期会で撮った写真だ。

付き合っていた男も写っている。三年前のクリスマス・イブの夜、遅刻して売店前に駆けつけたとき、彼はいなかった。それまでデートをドタキャンしたことは何度もあったが、あれが決定的だったと思う。いつの間にか自然消滅した。

とにかくひとつでも多くの医療知識や技術を身に付けたくて、突っ走ってきた十年だった。患者の命がかかっているのだ。プライベートを優先することなどできなかった。

自分の誠意は、少なくとも病院にだけは認められていると信じていた。だが、それも思い過ごしだったようだ。大学病院では、要領よく患者相手の仕事を済ませ、多くの論文を書く医師が必要なのだ。

もう長いこと会話を交わしていない父のことが頭をよぎる。ますます会うのがつらくなったと思いながら。

十年間使ったロッカーの中の私物をすべて袋に詰め込んだ。白衣を脱ぎ、古びたコートを羽織る。一杯になった紙袋は、持ち手がちぎれそうだった。

病院の裏口にある大型のゴミ箱に紙袋を押し込む。もうすぐ終電の時間だ。倫子は駅に向かって走った。三月の風は冷たく、濡れた頬が切れたように痛かった。

ブレス1　スピリチュアル・ペイン

三鷹《みたか》駅北口の地味なロータリーを眺め、倫子はなんとも言えない寂しさを感じた。

ついに、こんな所に――。

四月一日の朝八時。北口駅前は灰色に沈んで見える。牛丼店やチェーンの居酒屋がいくつか並んだその先は、ただの住宅街だ。大学病院のあった新宿の活気とは比べようもなかった。

クリニックの地図をポケットから出す。駅から徒歩五分、目印は……。花屋の店員の甲高い声や、行き先を告げるバスのアナウンスばかりが騒々しい。

会社員風の男性とぶつかりそうになった。すれ違いざまに舌打ちが聞こえる。


「水戸先生には、関連病院に出てもらおうと思うんだけど」

三週間前、大河内仁《おおこうちひとし》教授に呼び出され、いきなり異動を言い渡された。

新宿医科大学病院の総合診療科、通称「総診《そ と》」に入局して十年目のタイミングだった。

総合診療科とは、特定の臓器や疾患にとらわれず、トータルな診療を行う科だ。専門化かつ細分化した現代医療の欠点を補う診療科として人気がある上、ポストが少ないから、席を確保するのは大変だ。

ローテーションで関連病院に勤めた時期もあったが、五年目に医局に戻してもらった倫子には、我ながら頑張ったという思いがある。多くの女性医師は結婚や出産をした後、厳しい勤務体制の医局には耐えられなかった。倫子の場合は幸か不幸か、いずれにも当てはまらずに生き残っていた。

だが、ついに教授からお声がかかってしまったのだ。

「どこの病院でしょう?」

同じ時期に、何人もの医局員が異動を告げられていた。彼らの受けた内示は、大学の准教授や関連病院の部長、あるいは海外留学など。だから、異動そのものは仕方がないとあきらめざるを得ない。

大学病院を出されるのは少し残念だったものの、新たな知識や技術を得られる総合病院なら、それでも構わないと思った。

「むさし訪問クリニックだよ」

大河内教授は、丸い顔に埋まった小さな目をしばたたかせながら言った。

「訪問クリニックですか?」

耳を疑った。病院ですらなく、ちっぽけな診療所だったからだ。

世間ではあまり認識されていないが、クリニックあるいは診療所と呼ばれる医療施設は、ベッド数が二十床未満と定められている。地域医療の中心となる五百床以上の大規模病院と比較すれば、設備やスタッフ、予算も天と地ほどに違う。たとえば病院ならできる検査や手術が、クリニックでは無理ということはザラにある。

——これは左遷だ。いや、それ以下だ。

倫子の足が震えた。

「何がいけなかったんでしょう。一生懸命やってきたつもりですが……」

精一杯の勇気を出して、そう言った。大学病院に不要と烙印《らくいん》を押された理由だけは知りたかった。

「まあちょっと聞きなさい」

大河内教授は、のんびりとした口調で続けた。

「むさし訪問クリニックはね、三年前に僕が試験的に始めた在宅医療部門だ。これまでは大学が在宅医療なんかに直接手をつけることはなかったけどね。超高齢化社会で、大学病院といえども地域のニーズを無視できなくなったんだよ」

むさし訪問クリニックについては聞いたことがあった。勤務していた医師がこの三月で六十五歳の定年を迎えたのも知っている。口の悪い医局員は「老老介護」をもじり、「老老クリニック」と呼んでいた。

　倫子の年齢からすれば、単なるローテーションとしても早すぎる。とても承服する気持ちにはなれなかった。

「もう少し大学に残していただけませんか。大学病院《こ》《こ》でもっと勉強したいんです」

　やっとの思いで言った。

「残りたいの？」

「はい」

　昨年、還暦を迎えた教授は、深くなった眉間の皺をさらに寄せた。

「医療現場に貴賤はないよ。それとも水戸君は、大学の患者だけを診たいの？」

　心外だった。患者を選ぶ気持ちなど微塵《みじん》もなかった。

「そんなことはありません」

　すると教授は、ぱっと明るい表情になった。

「よかった。医師の勉強は、大学を離れてから始まるんだよ。ま、行くかどうかは自分で決めて」

　教授はずるい。命令であるにもかかわらず、医局員が選んだという形にしたいようだ。だが、ここで教授に逆らうのは医局を辞めると言うのと同じことだった。いままでの仕事ぶりによって、このような評価が下されてしまったのだ。医局を辞めるのはいつでもできる。とどまるのなら、その評価に甘んじるしかない。

「行かせていただきます」

声が少し裏返った。

「ありがとう。僕も月に一度は行くから、何かあったらそこで相談しよう。期待しているよ」

むさし訪問クリニックへの異動が決定した瞬間だった。

大学病院での研鑽《けんさん》がすべてと思って生きてきた日々は、強制終了させられた。


三鷹駅から数分歩くと井ノ頭《いのかしら》通りに出た。

もう一度、地図を見直す。目の前にある古びたマンション風の建物が、赤丸で印をつけた場所だった。

壁面にずらりと並んだ郵便受けの前に立つ。一〇一から五〇五号室まであった。下から二段目の真ん中あたりに二〇五号室「むさし訪問クリニック」と丸ゴシック体で書かれた文字を見つけた。

埃っぽい階段を上がる。手すりのペンキがはげ、まだら模様になっていた。

二階の通路を行くと、一番奥に「むさし訪問クリニック」の表札が掛かった部屋があった。

薄緑色のドアの前に立つ。情けない気持ちがこみ上げてきた。

医師の勉強は大学を離れてから始まる？　嘘だ。こんな所で、何を学べるというのか——。

だが、戻る場所などなかった。大学病院に見切られたのだ。いい加減にそれを悟らなければならない。

両手で数回、頬を叩いた。それからひとつため息をつくと、インターフォンを押した。

「はあい」

ドアが開き、メガネをかけた同年代の女性が出てきた。

「あの、今日からお世話になります水戸です」

女性は、目元をきゅっと細めた。

「水戸先生、お待ちしてました！　医療事務の亀井《かめい》純子《じゅんこ》です」

中は雑然とした事務所だった。マンションで言えば、リビングに当たる場所の中央に机が四つくっ付けて置かれている。壁には東京西部の地図が貼られ、奥にはキッチンが見えた。

「先生のお席は、そちらです」

案内された椅子の上に、倫子はデイパックを置く。

地図の前に立って眺めていると、亀井さんが図上のあちこちに刺さっている押しピンを指した。

「このひとつひとつが訪問診療するお宅なんです」

患者の家は、三鷹駅を中心に中央線の東西へ広がっていた。

「先生、ロッカーはこちらをお使いください。新しい白衣は中に入っています。サイズはMを用意しましたが、ちょっと大きいでしょうか。それから、交通費などの精算はこの用紙にご記入ください」

ソフトなスーツに身を包んだ亀井さんは、室内を歩きながら段取りよく説明してくれた。

「おはようっす」

奥の部屋から、茶髪の男が頭を搔きながら出てきた。

「彼は看護師の武田《たけだ》康介《こうすけ》です。コースケ、今日からいらっしゃった水戸倫子先生よ」

コースケと呼ばれた背の高い男が、「ちわっす」と顎を突き出した。

しまりのない子供っぽい顔だった。男性のダンスグループにこんな感じの子がいたと思いながら、倫子はそれとなく観察する。白衣がよれており、耳にピアスの穴が開いていた。大学病院のスタッフでは見たことのない人種だった。

「あの、亀井さん」

「前の先生には『亀ちゃん』って呼ばれていましたので、水戸先生もそれでどうぞ」

亀井さん、いや、亀ちゃんは笑顔でうなずいた。

「亀ちゃん、あの、診察室は……」

「はい？」

亀ちゃんに怪訝な顔をされ、少しうろたえる。自分が的はずれな質問をしている気がした。

「ええと、診察室はどこにあるんでしょう？」

コースケが椅子からのろりと立ち上がった。

「水戸先生、こっちっす」

部屋の片隅にある水色のパーテーションが動かされた。

物置かクローゼットのような、三方を壁に囲まれた狭いスペースが現れる。細長い机がひとつ、それに椅子が二つあるだけだ。机の上のペン立てにはボールペンとともに体温計や舌圧子、打腱器などがささり、そばに血圧計や聴診器が無造作に置かれていた。奥に心電図計が押しやられている。

「ここが診察室？」

「そうっす」

コースケは平然としている。こんな狭い診察室は初めてだ。ここで患者を診るというのか？

「診察用ベッドは？」

「ないっす」

「レントゲンは？」

「まさか」

コースケは、とんでもないというように顔の前で手をひらひら動かした。

「入れる予定は？」

「さあ」

きょとんとしたコースケの顔に、倫子は脱力した。ＭＲＩやＣＴまでは期待していなかったが、レントゲンくらいはあると思っていた。これでよく開院が許可されたと思うほど簡素な設備だった。

「大丈夫っすか？」

コースケが心配そうに言うので、ほっとした。彼も看護師だから、この医療環境の貧弱さがわかるのだ。

「そうよねえ。これで診療所なんて……」

倫子が言い終る前に、コースケが首を左右に振った。

「いや、先生のものすごい期待の方っすよ。ここ、ホーシンっすから」

ホーシンを、頭の中で訪問診療所と変換するのに、数秒かかった。

亀ちゃんが、気まずそうに笑う。

「水戸先生、ウチは在宅専門と思われていますから。めったに外来患者は来ないんです」

「午前中はほとんど開店休業っすよ」とコースケが重ねて言った。

今日、何度目かのカルチャーショックだった。時間を惜しみ、一生懸命に医学知識と技術を習得してきたこれまでの日々は何だったのか、と思う。

一通りの説明を受けた後は、気が抜けるほど手持ち無沙汰となった。午後からの訪問予定の患者カルテを何度も見返す。隣の席から周期的にいびきが聞こえた。コースケが、イヤホンを耳にさしたまま机に伏せている。かすかに音楽が漏れ出ていた。

向かいの席では電話がときどき鳴った。亀ちゃんが愛想のいい声で応じる。電話は、訪問診療のシステムや料金についての照会のようだ。

「……ええ、月に数回定期的にご自宅をお訪ねして診察を行うのが『訪問診療』です。基本は月に二回ですが、状態に応じて回数を増やせます。もちろん、保険がききますよ。さらに追加のリクエストに応じてうかがう場合を『往診』と言って、別料金がかかります。はい、二十四時間、いつでも在宅診療が受けられますから、患者様が万が一の場合もご安心ください……」

むさし訪問クリニックの常勤スタッフは、事務の亀ちゃんと看護師のコースケ、それに医師である倫子だ。管理責任者《スーパーバイザー》として大河内教授がいるが、常勤医ではないから、合計で三・五人といったところか。午前の外来診療や午後の訪問診療は倫子がひとりで担当する。夜間は契約を結んだ訪問看護ステーションのサポートを受ける体制を取っていた。

正午を過ぎると、亀ちゃんが弁当屋で三人分の昼食を買ってきてくれた。リクエストしたヘルシー野菜弁当を受け取る。ろくに仕事もしていないのにと、倫子は罪悪感を覚えた。

壁の時計は、十二時十五分をさしている。

この時間、新宿医大病院でなら、患者を夢中で診察している頃だ。外来診察が終ったら五分でうどん定食でもかき込み、すぐに病棟へ上がって入院患者を診て回ったものだ。いま思えば充実した日々だった。

自分がひどく堕落してしまったように感じた。

洗面所でゆっくりと手を洗いつつ、鏡を見る。目には緊張感がなかった。部屋へ戻り、ヘルシー野菜弁当の蓋を開ける。ゴボウサラダを箸でつまんだとき、コースケが立ち上がった。すでにスタミナ弁当を食べ終えている。

コースケはスチール棚から器材を取り出し始めた。カルテや聴診器、血圧計などが、スーパーにあるようなカゴへ手際よく入れられていく。続いて壁に貼られた地図の前で仁王立ちになった。鋭い眼差しで見つめ、「いや、こっちか」などとつぶやいている。

「車、回してきます。先生は後からどうぞ」

一時五分前、コースケは荷物を抱え、クリニックを出ていった。午前中とは別人のようだ。それにしても、あの茶髪とピアスである。

倫子は玄関で靴を履きながら、亀ちゃんに尋ねた。

「コースケさんって、ちょっとユニークなスタイルですよね。患者さんから苦情は……」

亀ちゃんは、一瞬黙ってから大笑いした。

「大丈夫です！　あの子チャラい男に見えますけど、案外まともですから。全然、心配ないです」

ビルの正面にピンク色の軽自動車が停められた。サングラスを掛けたコースケが窓から顔を出し、倫子に向かって手を振る。ボディーに「むさし訪問クリニック」と書かれていなければ、とても「まとも」には見えない。

「水戸先生、今日は楽っすよ」

車を発進させたコースケが余裕たっぷりな調子で言った。

亀ちゃんに渡された「訪問予定一覧」をファイルから取り出す。

一人目は八十七歳男性、脳梗塞の後遺症がある患者で、褥瘡《じょくそう》の処置が必要。次は七十七歳男性、くも膜下出血から一か月経過したところ。三人目は七十五歳男性、前立腺癌のため尿の通過障害があり、尿道カテーテルの交換がある。四人目の八十八歳女性は、アルツハイマー型認知症に肺炎を併発。五人目は四十五歳女性、乳癌だった。

これがなぜ「楽」ということになるのだろうか。

「その言い方はないんじゃない？」

そもそも患者を診るのに、楽も何もない。

「へ？　今日はラッキーっすよ。一件だけ国分寺《こくぶんじ》で少し離れてますが、あとは近くっすから」

コースケが言う「楽」とは地理の話だったと気づき、頬が熱くなる。

袋小路になった路地の突き当たりに車が停められた。コースケは、フロントガラスに「往診中」と書かれたプレートを出す。

「先生、足元に注意してください」

降りると、昨日の雨で大きな水たまりができていた。

小さなアパートの一階が患者の家だった。洗濯物の下がるベランダが見える。

玄関前に立ったコースケは、ノックしたかと思うとすぐにドアノブを引いた。鍵はかかっておらず、返事もない。

「ちわーっす。むさし訪問クリニックでーす」

玄関を上がった所には、いくつもの段ボール箱が置かれていた。玉ねぎやジャガイモなど野菜類が入っている箱もあれば、洗剤やペットボトル飲料などが無秩序に詰め込まれた箱もある。近所の店から配達された状態で、そのまま置かれているようだ。壁のワイヤーハンガーには下着が吊るされていた。

プライバシーが濃厚に存在する環境に当惑した。だがコースケは気にする様子もなく靴を脱ぎ、部屋に上がった。

「コースケさんかね？」

襖が開き、背中の丸い白髪の女性が手すりや柱につかまりながら現れた。

「ちわっす！」

コースケが手を上げる。

「先生さんはどした？」

女性はいぶかし気な表情でコースケに尋ねた。

「草野《くさの》さん、先週言った通り、今日から新しい先生に替わったから。名前は、水戸倫子先生」

「ああ、そうだったか。忘れてた」

「こんにちは。新しい担当医の水戸です」

「はあ、よろしく」

女性は、出てきた部屋へそろそろと戻った。

「ご主人はいかがっすか？」

「相変わらずだね。良くも悪くも……」

部屋のベッドには、無精ひげの男性が横たわっていた。尿や便の混じったにおいが部屋中にこもっている。思わず息が止まった。

「草野さん、ちわっす」

コースケが患者の肩を軽く叩く。

老人は目を開けたかと思うと、すぐにまた閉じた。ベッド脇のテーブルに置かれた食べかけのおじやの表面が乾いている。

立ち尽くす倫子の横でコースケは「夏でなくても食中毒には気をつけてくださいよ」と言いながら、手際よく患者の体温や血圧を測定し始めた。

「水戸先生、仙骨《せんこつ》っす。気づいたときには、もうこんなに」

コースケが示した背中の下部には、巨大な褥瘡があった。仙骨と呼ばれる尻の上の骨ばった場所は、いわゆる「床ずれ」ができやすい場所だ。直径五センチの黒々とした皮膚。表面は硬いが、その下はやわらかい。中に膿《うみ》がたまっているようだ。

すぐに手が動いた。黒くなった皮膚をメスで切り取る。中からクリーム様の膿が大量に出てきた。膿汁《のうじゅう》をすべて出し、生理食塩水で何度も洗う。

処置中に、妻からいくつかの出来事を知らされた。この頃食欲が落ちた、夜中に眠ってくれない、なんとなく元気がない……。プロの看護師から報告を受けるのと違い、とりとめがなかった。実際にどのくらいの量を食べたのか、眠ったのは何時から何時までだったか、などをひとつひとつ確かめていく。

他人の家に上がって診察するのは初めての経験だった。生活の困難さと病気の境界がはっきりしない。純粋に病気だけを相手にした大学病院とはひどく勝手が違った。

二件目の患者もそれ以降も、それぞれに簡単でない病状を抱えていた。ようやく四人の患者宅を訪ね終えたときは、すでに五時を回っていた。

「時間かかり過ぎかな？　私は――」

要領が悪いからと言う前に返事があった。

「こんなもんっすよ」

コースケは往診車のスピードを上げた。

「一件あたり、どれくらい診察時間を取れるの?」

「午後一時から五時までの四時間で、今日は訪問件数が五件っすから、割り算すると一件あたり約四十五分。そこから移動時間や駐車スペースを探す時間を差し引くと、一件あたり三十分程度っす」

患者に病状を尋ね、診察や検査、処置などを行い、薬を処方、最後にカルテを書くのが一連の流れだ。今後、褥瘡の処置などに手こずったりすれば、とても三十分では終りそうもない。

「結構、きついのね」

コースケは「そおっすね」と、前を見たままうなずいた。

「ええと、最後の患者は、ちょっと大変っす」

コースケが細い道を左折しながら言った。

「国分寺で離れているから、よね?」

「いえ、患者の性格が少し変わっているというか。結構、有名なジャーナリストらしいっす」

今度は地理の話ではなかった。倫子は、カルテにはさんである新宿医大病院からの診療情報提供書、いわゆる紹介状を改めて取り出した。

患者の名前は知守綾子《ちもりあやこ》、四十五歳。七年前に乳癌の手術を受けた。抗癌剤治療を続けていたが再発し、二年前には肺と肝臓への転移が見つかった。ひとことで言うと、末期の乳癌患者だ。すでに癌の増殖が抑えられない状況になっており、緩和医療が中心となっている。

「若い患者さんね……」

倫子に姉妹はいないが、姉と言ってもおかしくない年齢だ。

余命は半年程度と書かれていた。すでに訪問診療の開始から三か月が経過している。つまり、残り三か月くらいの命ということだ。

綾子の家は国分寺市の北、津田塾大学の手前にあった。淡い色のレンガで覆われた西洋風の大きな家だ。出窓があり、レースのカーテンの陰には光沢を放つ濃紺の花瓶が置かれている。

家の前に往診車を寄せた。アイアンレースの門がひとりでに開き、三十代くらいの小柄な女性が現れた。

「患者さんの弟の奥さん、加奈《かな》さんです」

コースケが車の窓を開け、「ちわっす」と加奈に手を振った。

弟夫妻の住む母屋とは別に、庭に「離れ」と呼ばれる白い別宅がある。患者の綾子はそこに住んでいるという。

加奈は、おとなしそうな女性だった。コースケとともに離れのドアの前に立つと、大きな声を出した。

「お義姉《ねえ》さん！　お医者様です！」

中からの返事を確かめ、加奈がドアを開けた。タバコのにおいが鼻を突く。

それに混じり、別の種類のにおいも感じた。倫子には覚えがあった。胸の癌細胞が崩れてくるときに発せられる独特の臭気だ。熱帯の花のような甘ったるさに、雨の日の犬のにおいが加わり、どこか薬くさい。

「私はここで失礼させてもらっています。先生、大変だと思いますがよろしくお願いします」

加奈は丁寧に頭を下げると、母屋の方へ去って行った。

離れの入り口でまず目に入ったのは、壁を埋め尽くす本だった。大きさもバラバラな本の背表紙が、本棚のあちこちから飛び出している。部屋にはベッドと大きなソファーがあり、そこに大柄な女性がゆったりと座っていた。

「知守さん、ちわっす。新しく来た水戸先生っす」

患者の知守綾子だ。幾何学模様のカラフルなワンピース姿で、タバコを吸っていた。

「今日から担当させていただきます水戸倫子です。先月まで新宿医科大学病院に勤務していました。よろしくお願い……」

倫子が最後まで言い終らないうちに、綾子にさえぎられた。

「私はね、名医にしか診てもらいたくないの」

タバコをもみ消し、綾子は大きな瞳をゆっくりと上げて倫子を見た。鼻筋の通った表情は堂々としており、すごみすらあった。

絶句していると、綾子の甲高い笑い声が部屋に響いた。

「あなた、総合診療科のエースなんでしょ。大河内先生が言ってたわよ」

倫子は身の置き所がない思いだった。大河内教授は人を惑わす言葉をよく口にする。医局員もしばしば踊らされたものだ。

「やめてください」

大学からクリニックに追いやられた身だ。綾子はそれをわかっていて言っているのだろうか。だとしたら相当な皮肉屋だ。

「いいのよ、どちらにしても。私、医者なんて全然信じてないから」

投げやりな調子で言い、綾子は前髪をかき上げた。

「評判なんて、あてにならないものね。大学病院の名医と言ったって、程度が知れていたわ。あのまま入院しているよりはましだと思って家《ここ》に戻ったのよ」

綾子は二本目のタバコに火をつけて深く吸い込み、煙を吐き出した。

「タバコ、体によくありませんよ」

倫子を無視するかのように、綾子は再びタバコを吸った。オレンジ色の先端がじりじりと音をたてる。

「その決めつけも信じてない。大学では新しい抗癌剤の治験もすすめられたけど、断ったわ。実験動物になるなんて、まっぴら」

治験の話は紹介状に書かれていなかった。

「新薬を試すチャンスをあきらめたんですか?」

すると綾子が、鋭い声を上げた。

「無責任なこと言わないで! 本当に効くかどうかわからないのに、副作用の苦しみに耐えなきゃならないのは私なんだから。あきらめない方が絶対にいいって、あなた、保証できるの?」

思いがけない反応だった。非難がましい言い方になっていたのか。

「すみません」

大学病院では、たとえ可能性が低くても、万にひとつに望みを賭けたいと言う患者ばかりだった。いつの間にか新しい薬を試すことは当然のように思っていた。

「とにかく私は、死ぬために戻ったの」

綾子は乾いた声で言った。

「だから治療の話はやめて。時間の無駄よ」

「知守さん……」

「私はね、もう治療なんか受けずに、ここでひとり死んでも構わないんだけど。警察が来るのは迷惑だって弟が言うから、仕方なく訪問診療にしたのよ」

自宅で突然死すれば、警察による検死もありうる。家族の懸念も、あながち大げさではなかった。

「弟夫婦には、ホームに入った母の世話をしてもらっている恩があるから逆らえないの。いいから早く手当てを済ませてちょうだい」

綾子はベッドに移り、自ら胸のボタンをはずした。あわててコースケが綾子を手伝う。

倫子は、綾子の左胸を覆うガーゼをはがした。甘い腐敗臭が広がる。

いくつもの赤黒い腫瘤《しゅりゅう》が重なり合って盛り上がっていた。一部はザクロが割れたように崩れ、広い範囲で潰瘍になっている。「花が咲く」と呼ばれる状態で、腫瘍細胞が中から外に向かって成長した結果だ。患部から血液がしみ出ていた。

確かにこの状態から回復させる抗癌剤があったとしても、綾子の言う通り相当な副作用があるかもしれない。

止血作用のあるボスミン液を浸したガーゼを出血部に載せる。雑菌が繁殖しないように、抗生物質の入ったフラジール軟膏を塗る。腫瘍全体にガーゼを当てると、タイミングよくコースケが絆創膏で固定した。

癌に侵されていない側の胸は、悲しいほど美しかった。綾子の張りのある肌を見ながら、改めて患者の若さを感じる。

痛み止めの処方箋を書いて診察を終了した。

「疲れたから、帰ってちょうだい」

綾子が天井を見上げたまま言った。

「では、また来ますねー」

コースケが言葉をかけても返事はない。

倫子とコースケは、追い立てられるように部屋を出た。

そのとき、玄関のドアが開き、中年の男性が入ってきた。黒い革ジャンを着た背の高いスキンヘッドの男だ。弟には見えず、ヘルパーでもなさそうだ。すれ違いざま、男からほのかに甘くウッディーな香りが漂ってきた。

男は無言でベッドに歩み寄り、綾子の枕元に顔を近づける。綾子は笑顔だ。恋人だろうか。

あるいはマスコミの業界仲間か。二人の関係について見当もつかぬまま、倫子は部屋のドアを閉めた。

母屋の玄関で加奈に声をかける。

「次の診察は二週間後っす。訪問看護はこれまで通り、毎日手配しときますから」

コースケが加奈に予約票を手渡した。

「先生、少しお茶をいかがでしょう？」

加奈に促されて応接間に上がる。外から花瓶が見えた部屋だ。ソファーに座っていると、加奈がコーヒーを運んできた。

「先生、変な家だと思われたでしょう。実は私、離れに入れてもらえないんです。身の回りの世話は、ヘルパーを雇うからいいって……」

加奈は、「こんなことまでお話ししていいかどうか」と言いながら、さらに続けた。

「義姉《あね》はちょっとわがままなところがあるんです。せっかく日本一と言われる大学の先生に診てもらっていたのに、勝手に退院を決めてしまったり、ヘルパーも、これまで三人辞めさせたりしているんです」

そういえば綾子の入院記録によると、担当医が二回も替わっていた。大学病院側の都合で変更になったと思っていたが、そうではなかったようだ。

「義姉に意見できるのは、義母《はは》と夫だけです。でも、義母は半年前に施設に入居しましたし、夫は仕事が忙しくてほとんど家にいませんから、誰も何も言えなくて」

加奈は、弱々しくため息をついた。

綾子が「弟夫婦には逆らえない」と言ったのは、実態とかけ離れているようだ。

倫子はふと、入れ違いで離れに入ってきた男性を思い出した。

「そういえば、さっきの方は……」

加奈の表情が、さっと硬くなった。

「また来ましたか！　あの男、ほとんど毎日義姉のところに来るんですが、私たちはまったく知らない人なんです。重い病気なのに男を部屋に引き入れたりして、義姉も何を考えているんだか……」

加奈は憤ったように声を震わせたが、すぐにそれを恥じるように力なく笑った。

クリニックに戻り、ひとり残ってカルテを整理していると、電話が鳴った。驚いたことに大河内教授だった。初日の勤務を気にかけてくれたのだろうか。

「亀ちゃんいる？」

自分への電話ではなかったのかと少しがっかりする。

「先に帰ってもらいました」

「ふうん。水戸君は、なんで残ってるの？」

「カルテ整理を……。往診中に書ききれなかったことがあるものですから」

さっそく要領が悪いのを見抜かれたかもしれないと、ぎくりとする。

「君は真面目だねえ」

「いえ、その、初日ですから細かいことがわからなくて」

しどろもどろになった。

「そうか。どう？　疲れてない？」

「大丈夫です」

心身ともに消耗しきっていたが、ことさら明るく返事する。これ以上、自分の頼りなさをさらけ出して心配をかける訳にはいかない。

「じゃあ任せたよ。よろしくね」

大河内教授の騒々しい声が消えた。室内が静まり返り、少し心細くなる。早々に作業を切り上げ、亀ちゃんに教えられた通り、ドア二か所に鍵をかけて出た。

まだ七時過ぎだった。大学病院なら、この時間からもうひと仕事が始まる。

まっすぐ中野《なかの》のマンションに帰る気持ちには、なれなかった。

クリニックから駅へ向かう道をはずれて、なんとなく商店街の脇道へ入る。「K」の文字型の看板が通りに突き出ていた。正面に立つと、「ケイズ・キッチン」と書かれている。亀ちゃんが帰り際に「お食事されるなら」とメモに書いてくれた店のひとつだ。

外観は喫茶店のような雰囲気だった。ひとりでも入れそうだ。

店のドアを押し開ける。ドアベルが軽やかな音を立てた。

店内は不思議な空間だった。白い壁に大きな木がダイナミックに描かれており、そこに色とりどりの鳥が何羽もとまっている。南国風、いや、絵本の世界のようだ。

「水戸先生！」

店の奥で手を振る女性がいた。亀ちゃんだった。向かいの席にはコースケが座ってビールを飲んでいる。

「先生、嗅覚いいっすね！」

コースケが倫子のために椅子を引いた。

亀ちゃんは、カウンターの向こうへ声を張り上げた。

「ケイちゃん、新しい先生よ。水戸倫子先生」

倫子は、ケイちゃんと呼ばれた人に会釈した。ラメの刺繡《ししゅう》が施された黒いエプロンは妖艶で、壁の絵と妙に合っている。

水とお手拭きが運ばれてきた。

「いらっしゃい」

太い声に、ぎょっとした。どうやらケイちゃんは、ニューハーフのようだ。

「先生も定食でいいですか？」

倫子は「はい」とうなずく。

「先生もビールっすか？」

コースケが赤い顔で尋ねた。

「ごめん、私、飲めないから」

ケイちゃんがカウンターの向こうに戻った。コースケと亀ちゃんが雑談に興じる。

倫子は水をひとくち飲み、「ああ、おいしい」とつぶやいた。おしぼりを目に当てる。気持ちがいい。

今日の患者を思い返した。いずれもあまり経験してこなかった患者ばかりだった。

大学病院では、初期治療については濃厚に行うが、集中的な治療を終了した時点で、患者を退院させる。その後、彼らが自宅に戻り、後遺症に苦しんだり、リハビリに取り組んだりしながらどんなふうに生きているのか、ほとんど知らなかったのだ。

特に知守綾子については衝撃的だった。

これまでの経験では、何らかの治療法があるなら、それにすがらない患者はいなかった。だが、綾子は違った。

「死ぬために戻ったの」という言葉は、どこまでが本音なのだろう。死を覚悟した強い信念があるのか。あるいは、死を目前にした不安を振り払うため、わざとドライな言い方をしているのだろうか。理解できなかった。

「無責任なこと言わないで!」「治療の話はやめて。時間の無駄」「医者なんて全然信じてない」――そんな言葉が切れ切れに思い返される。心の深い部分がうずくのを感じた。

「水戸先生、大丈夫ですか?」

「あ、ごめんなさい」

倫子は、ずっと目に当てていたおしぼりをそっとはずす。

「こうしてると気持ちいいのよ」

心配そうな顔をした亀ちゃんと目が合った。

「お疲れですよね。前の先生も大変そうでした」

「前はおじいちゃん先生だったから、もっとくたびれてたっすよ。夕方は力が抜けてウンコがもれそうになるって」

「しっ、コースケ。食事中!」

亀ちゃんが人差し指を口元に立てる。

間もなく、お盆にいくつもの小皿が載った定食が運ばれてきた。玄米ご飯に大根の味噌汁、ゴボウの煮物、ロールキャベツだった。

「これ、よく混ぜてね。疲労回復メニューよ」

ケイちゃんが中鉢を指した。トマトやレタス、カイワレ大根などが入ったサラダのようだ。

箸を入れると、下には蕎麦が見えた。つんとすっぱい香りがする。

「これ、何ですか？」

驚いて尋ねた。

「レモン蕎麦」

ケイちゃんが、違和感のある料理名をさらりと言う。すぐさまコースケが挑戦し、叫び声を上げた。

「すっぱうめえ！」

倫子も箸の先を舐めてみる。

蕎麦がひたひたになるくらい、たっぷりのレモン果汁で割ったつゆがかけられていた。酸味の強い汁をしたたらせながら蕎麦を嚙みしめる。

「うっ」

すっぱさに、口の中の筋肉がすべて収縮した。

「お蕎麦とレモンって……」

それ以上、言葉が続かない。

「先生、お口に合いませんでした？」

「あ、合います」

やっとの思いで言うと、コースケが吹き出した。自分の口に合うと言ったように誤解されたと気づき、あわてて訂正する。

「いまのは、お蕎麦とレモンが合うっていう意味で……」

「先生、大丈夫です。わかってますから」

亀ちゃんが苦しそうに笑う。

「レモン蕎麦って、ケイちゃんさんが考えたメニューなんですか？」

お茶を持ってきてくれたケイちゃんに尋ねた。

「なんすか、先生。その、ケイちゃんさんって」

「酸が多すぎたって意味かしら？」

ケイちゃんの言葉にみんなが顔を見合わせて笑った。

「もしもし、看護ステーションの野島《のじま》ですが、むさし訪問クリニックの水戸先生ですか？」

深夜二時に、電話で起こされた。

そうだ、自分は昨日から訪問クリニックに勤務していた。中野のマンションへ戻り、ベッドに倒れ込んだところまでは覚えている。

「はい、水戸です。何かありましたか？」

夜間は、二十四時間対応の訪問看護ステーションや大学医局のサポートを受けていた。それで対応できない場合、倫子かコースケに問い合わせの電話が入ることになっている。

「迷ったのですが、念のために報告しておいた方がいいと思いまして。荻窪《おぎくぼ》の柳沢寿子《やなぎさわとしこ》さんですが、ベッドから転落して骨折しまして、搬送しました。病院は……」

電話報告は数分のことだった。だがその後すぐには眠れそうにない。部屋が妙に暑苦しく感じ、ベランダに出た。五階から下を眺めると、人通りはほとんどなかった。

ベランダには土だけが入ったプランターや植木鉢がいくつも並んでいる。仕事で忙しいときほど、つい鉢植えを買ってしまう癖があった。いつも十分な世話ができず枯らしてしまうのだが。

しばらくしてから部屋に戻り、ベッドに入る。変にさえてしまったせいか、ふと綾子の言葉が次々に浮かんでくる。

「実験動物になるなんて、まっぴら」と言われたとき、大学病院で苦しみながら亡くなった患者たちの顔が思い出された。

これまでは、医師が新しい治療に挑戦してきた、と思っていた。だが挑戦していたのは、実は患者の方だったのかもしれない。

「死ぬために戻ったの」と言った綾子の、あの乾いた声が頭をよぎる。

死にゆく患者にとって、医師の存在価値などあるのだろうか。そもそも病気を治せない医師に、何の意味があるのだろう。

そんなことを考えながら、結局、眠れずに朝を迎えた。ぼんやりとした頭でクリニックに着く。昨日コースケが机で居眠りしていたのも、仕方がないことだと思えた。

むさし訪問クリニックへ異動して一か月半が経った。その間、二人の患者を看取り、新しい患者が三人増えた。

知守綾子の訪問も、今日で四回目になる。

庭木の根元には、オダマキが白や青紫色の花を咲かせていた。

「すみません。また例の男が来ているんです。二人っきりで、もう二時間近くも。いったい何をしているのか……」

離れの前で加奈が眉をひそめた。

綾子の部屋をノックした。耳を澄ますが、いつものように「どうぞ」という返事はない。かわりに、うなるような男の声が聞こえ、どきりとした。

綾子はもともと女性誌の記者だった。写真や紀行文、文化人のインタビューなどが数多く掲載された、いわゆる高級グラフ誌の編集部にいたと聞いている。その後、フリーになり、テレビにも出演していたらしい。

マスコミのことはよく知らないが、華やかな世界なのだろう。自分には想像もつかないような男女関係があるのかもしれない。

大学病院でも、患者の秘められた人間関係を目撃したことがある。あるときは、白血病の男子高校生のベッドに女の子が裸でもぐり込む場面に遭遇した。また、高齢の男性患者の病室を妻以外の女性が訪ねてきて、半日以上ずっと患者の手を握っていたこともある。仕事に追われ、恋愛どころではなかった倫子には、いずれもテレビドラマのようだった。

コースケがドアをもう一度叩く。やはり返事はなかった。

「ノック無視っすか？　不愉快な男っすね」

次の患者の訪問予定もある。コースケは腕時計を見ながらイライラした声を出した。

「お約束の時間なのに。大変申し訳ありません」

加奈は、何度も頭を下げた。

数分が過ぎ、突然、「どうぞ」という綾子の声が聞こえた。ようやく扉を開けることが許された。

「先生、本当にお待たせしました」

恐縮しきった様子で言うと、加奈は母屋へ引き返して行った。

綾子はベッドの上で上体を起こしていた。そばにスキンヘッドの男がいる。Tシャツとぴったりとしたパンツ姿だ。いつものようにタバコの煙が室内に充満している。綾子が「おっさん、ありがとう」とささやくと、男は笑顔でうなずいて立ち上がった。

おっさん？　随分な呼び方だ。恋人や友人同士には似つかわしくない。マスコミの業界仲間なら、ありなのだろうか。

綾子から離れる際、男は一瞬、顔の前で手を合わせるようなしぐさをした。

男性が何かをねだっているように見えた。お金だろうか？　二人の関係が怪しいと加奈に聞かされていたこともあり、想像がふくらんでしまう。

男性の年齢は、綾子より少し下、四十歳くらいだ。頭はみごとに剃り上げられ、無表情で何を考えているのかうかがい知れなかった。

「見つかっちゃった」

綾子が、男の去った方を眺めながら吐息をもらす。

どう声をかければいいのかわからなかった。

「タバコ、まだ吸ってらっしゃるんですか……」

綾子が吸いかけのタバコを手にするのを見て、倫子は話題を変える。

「いつまで言ってるの？　今さら関係ないでしょ？」

綾子は「先生も一服いかが？」とタバコの箱を差し出した。女性のシルエットが描かれた、鮮やかな青色のパッケージだった。

「タバコをやめれば私の癌、発育は遅くなるの？」

倫子は答えに詰まった。それを実証するためには、比較対象として相当数の癌患者にタバコを吸わせ続けなくてはならない。もちろん、そんな非人道的な実験はありえない。

「データはありません」

「ほらね。禁煙がいいなんて、いい加減なこと言って私の楽しみを奪わないでちょうだい。人生には毒も必要なのよ」

綾子は、にやりと笑った。

こんな患者は見たことがない。癌と診断されて禁煙しない患者は、少なくとも大学病院にはいなかった。確かに、もう長くはないと思うと、禁止する意味もわからなくなる。

コースケが「血圧を測定しましょう」と綾子の腕に灰色のマンシェットを巻いた。

綾子は右腕を出して目を閉じる。酸素濃度は、いつもより低い九七パーセントだった。

「煙を吸い込むと、息苦しくなりませんか？」

「別に」

綾子は、面倒くさそうに答えた。

「じゃあ、タバコはどうぞご自由に」

コースケが驚いた様子で倫子を見た。綾子は当然という顔をしてうなずく。

左胸の腫瘍は、さらに広がっていた。触れるとずぶりと潰してしまいそうなほどやわらかい部分もある。破裂すれば出血を止めるのは困難だと危惧された。

腫瘍の周囲を触診すると、綾子は顔をしかめる。腹水も認められた。

「痛みは、強くなっていませんか？」

「大丈夫」

綾子はそっけなく答えた。だが姿勢を変えるたびに、彼女の表情は引きつる。

壁際のダイニング・テーブルにはヘルパーが作った食事が置かれているが、まったく手がつけられていなかった。食欲不振は癌の影響だ。

「食欲がなさそうですね」

「食欲？　そんなものある訳ないじゃない」

「でも、少しは召し上がらないと」

「食べるのは拷問なのよ。医者なのにそんなこともわからないの？　ああ、もういいわよ。あなたじゃなくて、別の先生を呼んで！」

綾子が叫ぶのを聞き、ついにきたと思った。大学病院の医師が二人も交替させられたのだ。自分だけが無傷でいられるはずはない。ただし簡単に受け入れる訳にはいかなかった。

「すみませんが、クリニックに医師は私しかいませんので。ひとまず食欲の出る薬を試してみましょう。ステロイド薬です」

このあと綾子が言葉を発することはなく、診察はとげとげしい雰囲気のまま終了した。

「うちの先生、あやうくクビになるところでした」

離れを出たところで、コースケが加奈に報告する。

「先生、申し訳ありません。義姉のかんしゃくに気を悪くしないでくださいね」

加奈は水やりの手を止め、庭先で恐縮しきった。

「今日の綾子さん、最初はとても落ち着いていたんすけど」

コースケの言葉に、はっとする。診察が始まるまで、いつになく綾子が上機嫌だったのは本当だ。

「例の男性がいたからでしょうか？」

倫子は、綾子が男性に向けていた笑顔を思い返した。

「あんな男、信用できません」

加奈が声をひそめて答える。

「私、二度も見たんです。あの男が若い女と駅前で会ってるのを。しかも相手は違う人なんです」

加奈は不快そうな顔をした。

「そうですか……」

「何か、変なことが起きなければいいんですが」

加奈はそうつぶやくと、いったん家の中に戻り、「愚痴ってすみません。これ、吉祥寺《きちじょうじ》で買ったものですが」とコースケに包みを渡した。長い行列で知られる評判店のメンチカツだった。

むさし訪問クリニックでは月に二回、大河内教授の同席で「木曜会」と呼ばれる症例報告会が行われる。今日はその日だった。

「水戸君、だいぶ慣れたみたいだね」

倫子が何人かの症例について報告を終えると、教授は嬉しそうに言った。

「まだまだです。たとえば知守さんとか……」

「ああ、例のわがままジャーナリスト。乳癌の末期だったよね」

コースケが、綾子のカルテをキャビネットから机に出す。

大河内教授は、カルテをぱらぱらとめくった。

「何か問題が？」

教授が倫子の顔をのぞき込んだ。

「問題という訳ではないのですが……」

綾子のような患者は初めてだった。この違和感が何なのかを知りたかった。

「これまで私が正しいと考えていた医療が、本当に正しかったのかどうか……。知守さんと話をしていると、わからなくなるときがあります」

言葉にするのが難しかった。

「死を目前にした患者さんに、つまり治療法のない患者さんに、医師は何ができるのでしょう」

大河内教授は綾子のカルテを閉じ、頬をふくらませた。何かを考えているときのポーズだった。

「医学教育が教えてきたのは、治る患者を治す方法――平和な治療ばかりだった。治らない患者の治療法は、ないからね。水戸君が戸惑うのも仕方ないよ」

大河内教授は、にっこりと笑った。

「平和な治療だけしてるとね、人が死ぬということを忘れがちなんだよ。でもね、治らない患者から目をそらしてはいけない。人間は、いつか必ず亡くなるのだから」

キッチンからコーヒーの香りがしてきた。亀ちゃんが菓子を添えたカップを大河内教授の目の前に置く。

大河内教授は、「やっ、こんな時間か」とコーヒーを一口飲むと、小袋入りのマドレーヌをポケットにねじ込み、早足で出て行った。

関東地方の梅雨入りが発表された翌日、朝から煙《けぶ》るような小雨が降っていた。

倫子とコースケは医療機材を濡らさないように気を遣いながら、綾子の部屋に駆け込んだ。

綾子の乳癌は、ほんの少し触れただけで出血するようになっていた。止血のためボスミンガーゼを何枚も使う。抗菌薬の入ったフラジール軟膏をたっぷりと塗ったあと、せっかくできたかさぶたがガーゼにくっついてしまわないように非固着性のシリコンガーゼで覆った。

「ありがとう」

今日、綾子は機嫌がよかった。

死が近づいている。だが、綾子はその事実にまるで無関心なように、平然とした様子だった。

綾子の気持ちを支えているものは何なのか——倫子にはわからなかった。

診察を終えたとき、思い切って尋ねた。

「知守さんは、どうしてそんなに強いんでしょうか？」

「強い？　強かったら、死なないでしょ」

また変な言い方をしてしまった。

「すみません、サバサバしているといいますか……」

「サバサバなんてしてないわよ！」

ますます墓穴を掘ったようだ。言葉を継げずにいると、綾子がふっと笑った。

「きっとね、あきらめたのよ」

「あきらめ、ですか？」

「だって仕方ないじゃない。もう、死ぬのは決まったんだから。あとはきれいに終らせてくれればいいわ。みっともなく錯乱したり、苦しむのは嫌。先生にお願いするのはそれだけよ」

綾子はそう言うと、静かに微笑んだ。初めて見る綾子の穏やかな笑顔だった。

「私、行かなきゃ」

綾子が時計に目をやって声を上げた。

コースケが玄関のドアを開けたとき、倫子はぎょっとした。家の前にはいつもの男性が立っていたのだ。

綾子は大きなカバンを男に託し、支えられながら離れを出た。

異変に気づいた加奈が、母屋から走り出してきた。

「お義姉さん！　どこへ行くんですか！」

クリニックの車の後ろで、タクシーがウインカーを出して待っていた。綾子は男とともに乗り込んだ。

「お義姉さん！　安静にしていなきゃ！」

加奈はタクシーの前に立ちふさがった。後部座席の窓がするすると下がり、綾子が顔を出した。

「他人を拘束する権利なんて、あなたにあるの？」

「他人って……ひどい」

加奈は、ふらふらとタクシーから離れた。

車はすぐに発進した。去り際、綾子が人をからかうようにバイバイと手を振るのが見えた。

「主人に何て言えばいいのかしら。また怒られる」

おぼつかない足取りで家に入ると、加奈は玄関に座り込んだ。

「結婚して十五年にもなるんですが、知守の母は厳しい人で、私はずっと他人扱いでした。嫁に介護されるなんて嫌だと、自分で施設を見つけて入ってしまったんです。かつて義母とのパイプ役になってくれた義姉が戻ってきて、ようやく私もこの家で少しは役に立てるかもしれないと思っていたんです。それなのに……」

その晩、綾子は帰宅せず、行方はわからぬままだった。

翌朝、むさし訪問クリニックに電話があった。

「水戸先生、加奈さんからっす」

聞こえてきたのは、加奈の恐縮しきった声だった。

「先生、昨日はお騒がせしました。義姉は朝早く、すました顔で帰ってきました」

「よかったですね。安心しました」

「先生、私、なんだか腹が立って……。義姉は体に悪いことばっかりしてますよね。今後は静かにしてないとダメだって、先生の方から義姉に注意してもらえませんか」

加奈は、どこに怒りを向けていいかわからない様子だった。

患者と家族が対立している場合、どちらの味方になっても診療はうまくいかないものだ。倫子はあいまいに答えて電話を切るしかなかった。

綾子の帰宅をコースケに伝えると、意外な反応が返ってきた。

「あの体で朝帰りなんて、すごいパワーっすね。ステロイドが効いて倦怠感が取れたんすかね？」

加奈には申し訳ないが、綾子に外出する気力が生まれたのは確かに喜ばしいことだった。

雨の降り続く日曜日、倫子は吉祥寺にいた。

「先生、『死の受容』って、わかる？」

先日、診察中に綾子から唐突に尋ねられた。綾子は「キューブラー・ロスが唱えた説よ。私、前に解説書を出したことがあるの」と続けた。

綾子の気持ちの支えには、彼女が情熱を注いだ仕事の世界にヒントがあるのではないか。そんな思いに駆られて休日の午後、倫子は吉祥寺の大型書店に向かった。この書店は医学関係の書籍も充実しており、気に入っている。

科学書が並ぶ書架の最上段に、綾子の著書を見つけた。『ドクター・キューブラー・ロスとの対話』と題された上製本だ。カバーの折り返し部分には綾子の顔写真があった。今よりずっとふくよかで、何倍もパワフルな女性に見えた。

綾子の本は、「死を受容する五段階」を提唱したアメリカの精神科医で終末期研究の第一人者であるエリザベス・キューブラー・ロスに取材し、その考えを基礎から解説したものだった。

気がつくと、引き込まれるように読んでいた。「死を受容する五段階」とは、「否認」「怒り」「取引」「抑うつ」「受容」――すなわち、人が不治の病に直面したとき、最初は自分が死ぬのは嘘だと否定し、次になぜ自分が死ななければならないのかと怒り、さらに死なずにすむための取引を試み、やがてうちのめされて何もできなくなる段階を経て、最終的に死を受け入れるに至る心のプロセスを言う。

病気や死と向き合う人の心の動きについて、解きほぐすようにつづられていた。この本を最後まで読めば、綾子の強さの秘密がわかるだろうか。

買ったばかりの本を手に、同じショッピングビルに入っている店に立ち寄りながらエスカレーターで下る。途中階におしゃれな花屋をみつけた。

店先には見たことのない花の苗や多肉植物などが並んでいた。温かみのあるテラコッタの鉢や、土をよみがえらせる高級肥料も売られている。

大学病院で勤務していた頃とは違い、いまは時間に余裕がある。今度こそベランダを植物で飾り、癒しの場にできるかもしれない。

小さな白い花がたくさん咲いたキンカンの木があった。ベランダでも十分に実がなると店員に教えられる。子供の頃、実家にも同じ木があり、毎年父とたくさんの果実を収穫したのを思い出した。さんざん迷った挙句、結局は珍しくもないキンカンを選ぶ。併せて柑橘系植物用の肥料も買った。

加奈にもらったメンチカツの店を探して駅前のアーケード街を歩いていると、見覚えのある人物が視界に飛び込んできた。

あのスキンヘッドの男だった。三十代前半に見える若い女と楽しそうに話しながら歩いている。気づかれた様子はない。

すれ違いざま、「初めてのお泊り、緊張します」と言う女の声が聞こえた。男は小型のキャリーバッグを引いている。二人で旅行でもするのだろうか。見てはいけないものを目撃したような気分だった。


どこかしっくりこないまま綾子を担当して三か月が過ぎた。綾子の生は、宣告されていた余命期間を超えていた。

「こんにちは、知守さん。お変わりありませんか」

綾子の部屋に上がっていつものように声をかける。

「そんなあいまいな質問で、何を答えろっていうの？」

ソファーに座っていた綾子は、いらだった声を出した。今日は機嫌が良くない。

「では質問を変えますね。よく眠れていますか？」

綾子の悪態にも慣れた。

「眠っている本人がよく眠ったかどうかなんて、わかりっこないじゃない」

「なるほど。では食欲はいかがですか？」

綾子は首を左右に振った。

左腕がむくんでいた。胸の腫瘍が脇に広がり、左腕のリンパ管を圧迫しているためだ。

患部に当てたガーゼをはがす。あずき色の腫瘤が増殖し、敷石のように白い胸を覆い尽くしていた。止血用のボスミンガーゼを載せる。

「先生が一番好きな物って何？」

綾子から思いもよらぬ質問が投げかけられた。最も不快であろうタイミングを無視するかのようだ。

「好きな物、ですか？　そうですね……何でしょうね」

言いよどんだまま止血操作を続ける。

何も思い浮かばなかった。うまく止血することを考えるだけで頭が一杯だった。出血が落ち着くと軟膏を塗り、パッドを何重にも当てる。

「どう、思いついた？」

いたずらっぽい顔で、綾子が迫ってきた。腹部を触診しつつ時間稼ぎをする。なんとなく追いつめられたような気持ちになる。からかわれているのだろうか。

「食べ物でも何でもいいのよ」

ふとマンションの冷蔵庫に大量にある物を思い出した。

「……納豆って、いいですね」

「納豆！」

綾子は少し驚いたような顔をした。

「じゃあ、納豆が好きな理由を五つ、形容詞で答えて」

またしても返事に詰まる質問だ。

「形容詞で、五つよ」

逃れられない雰囲気だった。

「まず……安い、おいしい、体にいい、それと飽きない。あとは、粘る！」

綾子がおかしそうに笑った。

「ふふ、あなたらしい」

「この質問、どんな意味があるんですか？」

綾子はそれに答えず、「もう、次へ行く時間じゃないの？」と言い、バイバイと手を振った。

帰り際、加奈に綾子の病状を伝える。

「出血がひどくなっているので、訪問回数を増やします」

「よくないんですか？　ちゃんと安静にしていなかったせいでしょうか、先生？」

加奈は不安が適中したという表情になった。


もったりと重いセミの鳴き声が聞こえる。

倫子が綾子の訪問診療を開始して四か月が過ぎた。綾子の病状は危うさを増している。

この日は午前中に木曜会があり、倫子は綾子のケースを報告した。大河内教授は黙って聞いている。

「最後に、余計なことですが」

スキンヘッドの男性の存在を伝えた。患者の療養環境に関する参考情報としてだった。

「ふーん」

大河内教授はカルテから目を上げ、大きな声を出した。

「おもしろいねえ、その人」

「かなり、いかれた男っすよ」

コースケが風貌やしぐさなどを詳しく説明する。

「なるほど。いや、実におもしろい」

ひどく興味をひかれた様子の大河内教授は、その日の午後に予定されていた綾子の訪問診療へ同行すると言い出した。

「暑苦しい車だなあ。もっとエアコン強くして」

小さな往診車の中で、教授は扇子でしきりに顔をあおぐ。ようやく車内が涼しくなった頃、国分寺に着いた。

「調子はいかがですか？　今日は教授もいっしょに参りました」

ベッドで休んでいた綾子に緊張しながら声をかける。大学病院で教授回診のときに感じたプレッシャーがよみがえる。

「あら大河内先生、お久しぶり。私、まだ生きてるわよ」

綾子は教授に軽口をたたいた。

「エースの腕は確かでしょ？」

綾子が笑った。その瞬間、「イツッ」と言って歯を食いしばる。表情の変化に伴って胸の皮膚が引き伸ばされ、癌の周囲が痛んだに違いない。教授と倫子はちらりと目を合わせた。

だが、綾子はすぐに穏やかな顔を倫子に向けた。痛みは短時間で消えるようだ。

「そうそう、新しい本の企画にゴーサインが出たのよ」

先ほどまで何か書きものをしていたと見え、テーブルにはノートやメモ帳が置かれている。

「どんな本を書かれるんですか？」

「死ぬことについて、よ」

綾子の声は生き生きとしていた。

「そういえば先日、知守さんの『ドクター・キューブラー・ロスとの対話』を読ませていただきました。死の受容プロセスの解説、素晴らしかったです」

綾子は少し驚いたようにまばたきした。

「あの本を出したときには気づかなかったけど、いまならわかることがたくさんある……。だから、その先を書きたいのよ」

綾子が死の覚悟を決めたのは、背景にキューブラー・ロスとの出会いがあったと感じていた。だが、さらに深い解釈があるのだろうか。「その先」とは何なのか。

綾子の胸に当てていたパッドをそっとめくる。シリコンガーゼをはがすと、あずき色をした凹凸《おうとつ》のある腫瘍が現れた。癌のにおいはさほど強くない。フラジール軟膏は親水性の基材で、滲出液やにおいをうまく吸着してくれていた。

「患部のコントロールはよくできているね」

大河内教授が倫子の処置をほめた。

「先生、座るとお腹が張って苦しいんだけど……」

珍しく綾子が自分から体調不良を訴えた。腹膜に播種《はしゅ》した癌により、腹水が生じていた。体液の異常な貯留は胃を持ち上げ、横隔膜の動きを制限する。食欲だけでなく、いずれ呼吸も妨げることになるだろう。そろそろ腹水を抜く必要がある。大河内教授を見ると、彼は目でうなずいた。

「知守さん、お腹の水を抜きましょう。栄養分も多少抜けてしまいますけど、楽になると思います」

「僕もそうした方がいいと思うよ」

教授の言葉もあってか、綾子はすんなりと「任せるわ」と答えた。

「コースケ、腹水穿刺《せんし》の準備をお願い」

倫子がポータブル型の超音波検査器《エコー》で穿刺部位を確認する。そのとき離れのドアをノックする音が聞こえた。扉が開いて、人の上がる気配がする。

現れたのは、例の男だった。

龍の絵が入ったTシャツ姿で、バイクのヘルメットを脇に抱えている。綾子が片手を上げて男に合図した。彼が彼女の口元に顔を寄せると、綾子は小声で何かをささやいた。

「おっさん、また来て。あとで、ね」

物憂げな綾子の表情は艶めいていた。大河内教授が鋭い目つきで男性を見つめる。倫子は思わず手を止め、教授の視線を追った。スキンヘッドの男は意外にも柔和な表情を浮かべていた。物腰も、どこか上品さがある。男は軽く両手を合わせて目礼すると、部屋の外へ向かった。

やがてドアが閉まる音がした。

「タイミングが悪かったですね。次は訪問の時間をずらしましょうか?」

「いいのよ。あとでまた来るから。あの人はね……」

綾子は何かを言おうとしたものの、そのまま口をつぐんでしまった。

綾子の左下腹部を消毒し、麻酔を注射する。続いて穿刺用の針を刺すと、黄色い腹水が勢いよく流れ出した。五〇ミリリットルの注射器をつなぎ、ゆっくりと吸引を開始する。注射筒《シリンジ》に黄褐色の腹水がたっぷりと引けてきた。

「水戸先生、恋人は?」

綾子はまたしても唐突な質問をしてきた。

「え、と。忙しくて……」

実際、大学を卒業してからの十年はほとんどの時間を仕事に捧げていた。それが原因で恋人は去り、あとは何もなかった。

「知守さんはどうなんです？」

何とか切り返す。おしゃべり自体は悪いことではない。綾子の意識状態に変化があるかどうかがわかるからだ。

「私？　プロポーズは何度もされたわよ」

綾子が得意げに答えた。さっきの男性も、その一人だろうか。

太い注射筒にめいっぱい腹水を吸引してから取り外し、コースケに渡す。引き替えに新しい注射器を受け取り、再び吸引する。

「でも、結婚はされなかったんですね？」

「私の人生、そんなもんじゃないと思ってた」

綾子はごく当然といった口調で言った。

「え？」

一瞬、手が止まる。

「まだまだ、もっとすごい人が現れると思ってたのよ」

綾子はにやりとした。

「いつ頃まで、ですか？」

「いまでもよ」

思わず綾子の顔を見た。綾子は忍ぶように笑った。

注射器の交換を二十回繰り返したあたりから、綾子の表情は安らかになっていった。改めて腹を触診する。張りが取れ、やわらかくなっていた。

「お腹、楽になりましたか？」

綾子は「まあまあね」とつぶやき姿勢を変えようとした。その瞬間、またしても表情がゆがんだ。眉間に皺を寄せ、強く目を閉じる。

「痛いっすか？」

コースケがすぐに背中を支え、腕をさすった。いくぶん和らいだのか、綾子はうっすら目を開けた。

「痛み、強くなっていますね。いまの痛み止めでは限界なので、そろそろ鎮痛用の……」

「モルヒネね？」

倫子が言う前に、綾子に言い当てられた。

一般的な痛み止めが効かなくなってきた場合、癌の痛みには世界保健機関（ＷＨＯ）の推奨する手順に従ってモルヒネが選ばれる。

「ええ、医療用モルヒネです」

「麻薬で錯乱するのは嫌よ。私は最後まで正気でいたい」

日本のモルヒネ使用量は欧米と比較して極端に少ない。我慢をさせる悪しき医療習慣に加えて、患者側の偏見も多い。

「強い痛みがある場合は痛みを取る作用が先に出るので、我慢しているよりずっと冷静になれますよ」

綾子の目がしばらく揺れるように動き、やがて倫子の正面で止まった。

「じゃあ、先生に任せるわ」

その晩マンションのベランダに出てみると、キンカンの花はほとんどが落ち、かわりに三ミリくらいの緑色の実が付いていた。

小さな実を眺めながら、日中のことがとりとめもなく頭に浮かんだ。

綾子の死が加速し始めている。腹水を抜けば抜くほど栄養分は抜け、体力は落ちていくだろう。だが限界を超えた苦痛を放置する訳にもいかない。

腹水を抜く直前、綾子が口にしかけた「あの人はね……」に続く言葉は何だったのか。

「恋人なのよ」だろうか。それとも「プロポーズしてくれた人なのよ」なのか。

柑橘系の肥料を少量足した。大きくなりますようにと祈りながら水を注ぐ。


綾子の腹水貯留は止まらなかった。今週も穿刺して一リットル抜いた。栄養状態はひどく悪化している。胸水も増えた。数日以内に急変する可能性が高い。

「本が出たら、出版記念パーティーを開こうと思うのよ」

危険な状況であるにもかかわらず、綾子が話すのは痛みや呼吸の苦しさについてではなく、本や原稿のことだった。

「痛みはいかがですか？」

綾子は、「タワシかな」と答えた。

モルヒネを使う前は、剣山を胸に押し当てられたように痛かったが、薬を飲んでからは、タワシ程度の痛みに弱まったという意味だ。そのくらいなら我慢できると言う。

「息苦しくないですか？」

「まあまあ、よ」

綾子の声は、妙に明るかった。酸素濃度を測定する。九〇パーセントと低い。普通なら「まあまあ」のはずはないが、そう感じないのもモルヒネの効果だ。

綾子の部屋からタバコのにおいが消えていた。

「タバコはどうされました？」

「吸う気になれない」

さすがに息苦しさに耐えられないようだ。

「タバコをやめたのなら、少しだけでも酸素を使ってみましょうか。楽になるかもしれませんよ」

綾子はわずかに首を傾げたが、やがてうなずいた。

「先生がいいと思うなら、やって」

倫子はコースケに目で合図した。すぐに往診車から酸素ボンベが運び入れられた。酸素マスクをつけると、綾子はうつらうつらとし始めた。苦しさのため昨夜はよく眠れなかったのだろう。在宅用の酸素供給装置を入れる手配もする。

次の訪問先へ移動する準備を始めた。目を覚ました綾子に「引火する危険があるのでタバコは厳禁ですから」と伝える。

「念のためにこのライターを預かりますね」

「先生、待って！」

「うっかりということもありますから、これは加奈さんに渡しておきます」

綾子は「そうじゃなくて」と、少し恥ずかしそうな顔をした。

「……先生、ずっと頼ってもいいの？」

「え？」

思いがけない言葉だった。

「ずっと来てくれるのよね？」

すがるような目をしている。

「もちろん、です」

初めて綾子の心をのぞいたような気持ちになった。

「いつまで担当させてもらえますか？」

以前、綾子に交替を告げられたことがあるのを思い出した。

「先生の足腰が立たなくなるまでよ。決まってるじゃない」

綾子はこの日最初の笑顔を見せた。

「じゃあ、しばらくは来られそうです」

見ると、綾子の瞳がおびえたように揺れている。

「最後の日まで、よろしく」

かすれた声で綾子は言った。死を意識した言葉だ。体が震えた。

「承知いたしました」

しっかりとうなずいた。それから少し考えて言い足した。

「万が一、足腰が立たなくなっても、代わりのエースをすぐに手配しますから」

綾子はにやりと笑った。

「じゃあ安心ね」

「ええ、安心です」

倫子が処方箋を書いている間、綾子はコースケに例の問いかけを始めた。

「あなたの好きな物は？」

コースケは片付けの手を止め、表情を変えずに答えた。

「フェラーリっす」

コースケは「一生、縁はないと思いますが」と冗談めかす。

「どうして好きなの？　形容詞で五つ言って」

「カッコいい、速い、性能がいい、すごい、楽しい！」

コースケはすらすらと答えた。以前、倫子が尋ねられたので、次は自分にくると思っていたのだろう。

「ふうん。らしいわね」

綾子が満足げにコースケの顔を眺める。

「これって、どんな意味があるんすか？」

倫子が答えてもらえなかった質問だ。

綾子は目をくるりと回した。

「形容詞のあとに『自分』って付けてみて。それが、あなたの心にある理想像よ」

コースケは、「カッコいい自分、速い自分、すごい自分……」とつぶやくと、ハハッと照れたように笑った。

携帯電話が鳴り出した。

「……行かなくちゃ。また、呼吸器のトラブルかも」

電話を切った倫子がつぶやくと、コースケは弾かれたように立ち上がった。

「お呼ばれ？　お医者さんって仕事は忙しいのね」

綾子は人さし指で小さくバイバイをした。腕を上げる力も、もう残っていないようだ。

綾子が暮らす離れの周囲には、さまざまな木が植えられている。テラス脇にある紫式部という低木には、紫色の細かい実がいっぱい付いていた。加奈によると、この実が落ちると次々に芽が出るので、それを抜くのが大変なのだという。

今日の訪問にも大河内教授が同行してくれた。玄関の前に立つと、緊迫した表情の加奈が走り寄ってきた。

「先生、ノックしても返事がないんです！」

大河内教授がさっと表情を変えた。

「すぐ行って！」

コースケが離れのドアを勢いよく開け、綾子の部屋へ駆け込んだ。

綾子は極度の息切れをきたしていた。

「知守さん！　知守さん！」

ただちに酸素の供給量を毎分二リットルから七リットルに上げる。吸引やタッピングを繰り返した。青白かった綾子の唇が、徐々にピンク色になった。

「……せんせ、やっと来たのね」

焦点の定まらない目をした綾子は、もうろうとしながら言った。

苦しい中で待ちわびたと言っているのか、それとも約束の時刻に五分ほど遅れたのを皮肉っているのか。

「苦しくないですか？」

大声で呼びかける。

「大丈夫よ」

綾子は視線を宙にさまよわせたままうなずいた。

呼吸が落ち着いた後、胸のガーゼをはがした。いくらボスミンガーゼを使っても出血が止まらない。

「しみませんか？」

生理食塩水で患部を洗う。

「本の執筆はどこまで進みましたか？」

手を動かしながら綾子が関心を抱きそうな話題を探した。多弁だった綾子が急におとなしくなっている。新しい本の企画について尋ねてみても、あいまいに笑うばかりだ。

「知守さんが好きなものは、何ですか？」

綾子は「盗んだわね、私の質問」と、かすれた声を出した。

「教えてください。好きなもの」

倫子は処置する手を止め、綾子の口もとの動きを見つめる。だが、いつまでたっても答えは返ってこなかった。

「ほら、何でもいいんですよ」

いつもの毒舌を聞くことができないのが寂しかった。

綾子の本を引き込まれるように読んだのを思い出した。

「この前もお話ししましたが、あのキューブラー・ロスの本、本当に良かったです。彼女の説いた理論が……」

黙って処置を見ていた大河内教授が眉をピクリと動かす。綾子はそっけない顔つきで言った。

「あんなに、うまく行くもんじゃなかった」

綾子の言葉に教授がうなずいた。

酸素マスクの音が、倫子の耳にやけに強く響く。

気配を感じて振り返ると、スーツにネクタイ姿のやせた男性が綾子の部屋に入ってきた。加奈も恐る恐るといった様子で後ろから続く。

「お世話になってます、水戸先生。弟の満夫《みつお》です。申し訳ありませんがちょっとこちらへ」

倫子は離れの外へ連れ出された。

「妻から聞き、会社を抜けてきました。姉はいよいよでしょうか？」

初めて会う綾子の実弟だった。

「厳しい状況です」

満夫はわずかに目をうるませる。

「わかりました」

一瞬の沈黙が流れた。満夫は倫子とともに部屋へ戻り、目を閉じた姉に声をかけた。

「聞こえる？　姉さん、僕だよ。姉さん、ねえ、返事して」

満夫の声が少しずつ力をなくしていく。

誰もが言葉を失った。

そのときだ。ノックに続いて玄関のドアが開く音がした。見ると革ジャン姿のスキンヘッドの男が入ってくる。

「あ、あなた、あの男よ！」

夫の背中に身を隠し、加奈が小さな声をあげた。満夫はすばやく立ち上がった。

「どちら様でしょう？　ちょっと取り込んでますのでお引き取りください！」

満夫は強い調子で言うと、男の正面に回った。二人がにらみ合う。

「これ以上いれば不法侵入で通報しますよ」

満夫が携帯電話を手にする。と、スキンヘッドは素早く右手をジャンパーの内ポケットに入れ、何かをつかみ出した。

凶器か⁉　倫子が息を呑んだとき、とぼけた声がした。

「やめやーめ！」

大河内教授だった。

「いや、まあ、とんだ失礼を」

教授はスキンヘッドに向かって深々と頭を下げた。状況が飲み込めず、あっけにとられる。

「——ご住職、大変なご無礼をいたしました」

倫子は、男が手にしていた物が「般若心経」だと気づいた。経本の間にはさまれていた名刺には、「浄楼寺《じょうろう》住職　日高春敬《ひだかしゅんけい》」と書かれている。


「申し訳ありませんでした」

母屋の応接間で、加奈の夫はスキンヘッドの男——日高住職に何度も謝った。

「黙ってお訪ねしていたのですから、不審に思われたのも無理ありません。ところで、どこでおわかりになりました？」

日高が大河内教授に尋ねた。いましがたもらい受けた名刺を倫子はじっくりと見直す。

「第一に、『おっさん』です」

教授は、綾子が何度か男に向けて言った不思議な呼称を口にした。

「関西風の呼び方ですよね。『和尚様』から転じて、京都や奈良、大阪などではいまも僧職を『おっさま』『おっさん』と呼ぶと聞きました」

「よくご存じで。当寺の本山は京都の嵐山《あらしやま》にありまして、関東の檀家の間でもそうした呼び方が定着しております」

大河内教授は、「やはり」とつぶやいた。

「ご住職は、きれいに剃髪されていらっしゃいますし、前回お見受けした際のたたずまいからも、ほとんど確信いたしました」

教授以外は二人の会話に耳を澄ますばかりだ。

「ほかには？」

「では、もう三点申し上げましょう」

教授はまるでカンファレンスで研修医に説明するように、どこか得意げな面持ちだった。

「ご住職が放つ白檀《びゃくだん》のいい香りです。タバコと癌のにおいに紛れ、わかりにくかったのですが。修行や法要の前にお体に塗られるという塗香《ずこう》でしょうか？」

日高は、ほお、と感心した様子を見せる。

「もうひとつは、これです」

そう言いながら教授は、自分の顔の前で合掌した。

「ご住職が患者のもとを去るとき、手を顔の前で合わされていましたね」

思い当たることがあった。だが倫子には、おねだりでもしているようにしか見えなかった。

「つい、そんな所作《しょさ》をしておりましたか。私の身分が周囲に知られるのを綾子さんは嫌がっていたので、気をつけていたつもりだったのですが……」

「つまりご住職は、臨床宗教師として彼女のもとを訪ねていたわけですね」

大河内教授の指摘に日高は深くうなずいた。

終末期の患者の多くは、人生の意味や価値を見失うことによる根源的な苦痛に見舞われる。臨床宗教師とは、こうした「魂の痛み」、すなわちスピリチュアル・ペインを和らげるために患者に寄り添う宗教家のことだ。

欧米では、大きな病院に「チャプレン」と呼ばれるキリスト教の聖職者が常駐する伝統がある。タイやインドなどでは「ビハーラ」という名の仏教ホスピスがあり、多くの僧侶たちが末期患者と向き合っている。日本でもようやく最近、寺院を出て、病院や在宅で療養する患者に寄り添う活動を始める僧侶が増えているという。

「さらに、これが最も大きな理由なのですが、患者がとても若いことです。いくら気丈で知識がある方でも、死に直面したときには心の支えになる存在が必要だと思われました」

日高は静かに微笑んだ。

「もう五年も前になりますか、綾子さんに取材を受けたことがありました。今年になって久しぶりに電話をもらい、新宿医大病院に入院されたと聞いて驚きました。末期癌と診断され、心の整理をつけられずに悩んでおられました。そこで私がときどきお訪ねしてお話をうかがっていた次第です」

「死の受容プロセス」を説いたキューブラー・ロスの解説書を著してもなお、いざ自分の人生の終末に臨み、綾子は激しい悩みや苦しみに苛《さいな》まれていたのだ。「私の人生はこれで良かったのだろうか」と、日高住職に何度も尋ねたという。

「私が通ううちに、綾子さんは徐々に心の落ち着きを取り戻されました。退院と在宅医療を決められたのも、対話の結果でした」

黙って話を聞いていた加奈が、納得できないという顔で口をはさんだ。

「でもそちら様は、随分いろいろな女性と親しくされているのを見かけましたけど」

「そんな、違いますよ。うちの寺は、保育園も経営しています。お母さんたちの悩み相談は、引きも切りませんので」

日高は、頭皮まで赤く染めて釈明した。

吉祥寺で倫子が目撃した、あの場面もそうだったのか。日高の名刺の裏面には、「お泊り保育の会」という活動名も記載されていた。

「なぜ義姉は隠していたんでしょう」

「非常にプライドの高い方ですから、坊主に頼っているなんて言い出せなかったのでしょう。

誰にも身分を言うな。できれば変装でもして来てくれって頼まれました。結果的に皆さんの誤解を招いてしまったことを心からおわびします」

日高が柔和な顔をほころばせ、着ている革ジャンをつまんで見せた。

「それじゃあ、義姉とのあの外泊は何ですか？」

加奈はまだ腑《ふ》に落ちない様子だった。

「ああ、タクシーでこちらを出発したときの……」

日高は加奈の方に向き直った。

「あの日、綾子さんは、お母様が暮らすホームを訪ねたのです。死ぬ前にお別れを言いたいとおっしゃって。私は介助役を務めただけで失礼しましたが、彼女はお母様の部屋に泊まったそうです」

加奈は「え？」と、うろたえたような声を出した。

「お義母様に、お別れを……それならそうと、お義姉さんも言ってくれればいいのに……」

「そういえば綾子さんは、『義妹《いもうと》には義妹の人生があるのだから、自分の介護なんかで貴重な時間を使わせたくない』ともおっしゃっていましたよ」

「お義姉さん……。私はお世話をさせてほしかった」

加奈は左手を口にあてがい顔を震わせた。

翌日、綾子の表情は力が抜けたように見えた。死は時間の問題だった。

酸素マスクの下で、綾子が口を動かした。

「はい、何でしょう？」

ベッドの脇にひざまずき、倫子は耳を澄ます。

「あの、人、は？」

切れ切れに聞こえた。綾子は日高住職を求めているのだ。

「お呼びしますね。安心してください」

綾子は目を閉じたまま、かすかにうなずいた。

綾子の希望を加奈に伝え、倫子とコースケはいったん知守家をあとにする。他の患者の訪問予定があり、簡単にキャンセルする訳にはいかなかった。だが今夜は綾子の急変が予想された。夕方以降の患者訪問を別の日程に変更してもらうよう、亀ちゃんに伝えた。

再び綾子のもとを訪ねたのは、午後四時を少し回った頃だった。すでに綾子の意識はもうろうとし、酸素を増やしても効果はない。血圧も低く、危篤状態だ。

「知守さん、わかりますか。苦しくないですか」

倫子が声をかけると、綾子はうっすらと目を開けた。唇がかすかに動く。それは微笑みのように感じられた。

ベッドのそばには加奈や満夫がいる。加奈はしきりに目元をぬぐっていた。

静かに離れのドアが開く。現れたのは、鮮やかな色の法衣を身にまとった日高春敬だった。

日高は綾子のそばに立ち、おごそかに宣言した。

「臨終勤行《りんじゅうごんぎょう》を、執り行います」

臨終勤行とは本来、死に行く者本人が人生最後のお参りとして勤める行であるという。

日高の読経が、深く低く部屋中に響き始めた。綾子も、かすかに口元を動かしている。

ときどき澄んだ鐘の音が空気を震わせた。そのたびに、どこか高みに一歩一歩近づくような、不思議な感覚にとらわれる。

綾子の友人たちも離れの部屋に集まっていた。一様に真剣な顔で綾子を見守る。

三十分ほど経過したとき、綾子の顔色が、すっと白く変化した。わずかに上下していた胸元や喉の動きが、完全に止まった。

生から死へ移った瞬間だ。

倫子はひと呼吸、待った。魂が抜け出るとされる刹那《せつな》は、体にむやみに触れてはならないように感じるからだ。非科学的な思い込みだとわかってはいるのだが。

数秒後、綾子の胸にそっと聴診器を当てた。呼吸停止と心停止を確認し、さらにペンライトで瞳孔の対光反射が消失していることを確認する。

「九月七日、午後六時三十八分、知守綾子様、ご臨終です」

倫子は静かに頭を下げた。コースケが綾子の酸素マスクをはずし、点滴を止める。続いて綾子の瞼をしっかりと閉じ、胸の上で手を組ませた。

すすり泣きの声が漏れ聞こえる。

ひとしきり皆が別れを告げたタイミングで、コースケが「お体をきれいにさせていただきます」と声をかけた。

遺体を清める作業に入った。まず二重にしたビニール袋に氷を入れ、綾子の腹に載せる。亡くなったあと、できるだけ早く肝臓を中心に冷やしておくと傷みにくい。それからコースケは、ゆっくりと体を整えていった。

倫子は死亡診断書を書きながら、綾子との日々を思い出していた。ベッドでタバコを吸い、挑発的ともいえる言葉を口にする綾子に最初は戸惑った。タクシーを呼んで外泊するなど、大胆な行動に驚かされた。いまとなっては笑い話だが、日高春敬との関係も気になった。

初めて会ったとき、綾子は「死ぬため」に自宅に戻ったと言った。だが、そうではない。彼女は人生の最後を「生きるため」に戻ったのだ、と倫子は思った。

部屋の片隅で日高住職が口を真一文字に結んでいた。

綾子を看取った日は、蒸し暑く長い一日だった。マンションに戻った倫子はベランダに出た。夜風が気持ちよかった。

大河内教授は、日高住職が綾子の心の支えだといつ気づいたのだろう。

倫子を大学病院の外に追いやった教授は、人の気持ちがわからない人間だと思っていた。だが案外そうではないのかもしれない。

キンカンの枝に何か丸い物が付いているのに気づいた。スイカの種くらいのサイズで白い。中心部はややオレンジ色がかっている。べたりと枝に張り付き、こすっても簡単には取れなかった。硬くなったキャラメルの粒のようだ。よく見ると、枝のあちらこちらに大量に付着していた。

葉の勢いが、心なしか悪くなっているように感じる。もしかすると、害虫かもしれない。

倫子は部屋からピンセットを持ってきた。キンカンの枝を懐中電灯で照らしながら、その白い粘着性のある粒をつまんで力ずくで取った。こういう作業はいったん始めると、全部やってしまうまで気が済まなくなる。結局、百個以上もあった気味の悪い粒は、すべてポリ袋の中に収まった。

まだどこかに潜んでいないかと葉の裏を子細に点検する。そのとき部屋で電話が鳴った。

立ち上がると腰が痛い。時計を見ると十一時だった。二時間以上、ベランダに座り込んでいたのだ。

電話は母からだった。

「お母さん、どうしたの？」

「今度の日曜日、お父さんの誕生日よ。覚えてる？」

母は横浜の日吉《ひよし》で一人暮らしをしている。父は八年前に脳梗塞を発症し、いまは歩くことも食べることもできない。自宅からさほど離れていない施設に入所し、寝ているだけの状態だった。

「うん、わかってる。行くつもりだったよ」

「良かった。今度ね、お父さんにアロマセラピーをやってみようと思うのよ」

母は、はしゃいだ声を出した。

「ローズマリーとレモングラスっていうのを買ったの。神経の刺激作用があるんだって」

どこでそんな知識を仕入れてくるのだろう。

もはや神経を刺激して回復することなど、父に関してはありえないことだった。だが、そういった医学の常識を母にいくら説明してもわかってはもらえない。

「早めに来てね。お父さん、倫子が来ると喜ぶのよ」

電話の向こうで母が念を押す。喜ぶとか、そういう感情すら持てなくなった父親を喜ばせろと母は繰り返す。何と返せばいいのかわからない。

綾子だったら何と言うだろう。

「あきらめない方が絶対にいいって、あなた、保証できるの？」と彼女は言った。

綾子と話をするたびに、倫子はうっすらと父を思い出していた。だがそれを正面から意識するのは怖くもあった。

「大丈夫、お昼前には着くから」

じゃあ寝るねと言い、電話を切る。父はともかく、母を悲しませることはしたくなかった。

「水戸先生、郵便物が届いています」

午後の訪問診療から戻ったとき、亀ちゃんが渡してくれたのは、やや厚みのある封筒だった。差出人は、知守加奈となっている。

中から一冊の本が出てきた。題名は『死ぬ瞬間のデュアログ』。著者は知守綾子と日高春敬となっていた。

綾子の死から三か月が経過していたが、綾子を診察した日々の記憶はまだ生々しく、日高住職の読経も倫子の耳に残っていた。

本の帯には「生と死をめぐる二人の対談」と書かれている。

亀ちゃんが興味深そうにのぞき込んできた。

「知守綾子さんって、九月に亡くなられたジャーナリストの患者さんですよね？」

「そうよ」

「じゃあ、この日高春敬って、コースケの言っていたなんとかヘッドのことですよね？」

「スキンヘッドっすよ！」

コースケが吹き出す。

「そのスキンヘッドさんって、実はすごい人だったんですね」

亀ちゃんは少し感激している様子だった。

表紙を開くと、「謹呈」と書かれた短冊が机の上に落ちた。

綾子の死を覚悟した経緯《いきさつ》がどこかに書かれているのではないか――倫子は、はやる気持ちでページを繰った。

仏教の教えには死への苦悩の対処として、まず「死に至る原因と闘う」段階があり、それが無理なら「死を受容する」段階へ移るという。さらにそれも困難なときは臨床宗教師に導いてもらい、「受容できない自分を受容する」ことによって真の心の安寧が得られると説明されていた。

日高がいた理由は、まさにこれだと思った。

あの雨の日、綾子が「あきらめた」と言ったのは、受容できない自分を受容した、ということだったのか。

ふと父を思う。意識があれば父はどうしたいと言うだろう。

最後の章で綾子はあらゆることへの感謝を述べていた。家族や周囲の人々への思い、与えられた環境、自身の努力、生きてきた時代、自分の病気や、死ぬ運命に至るまで、すべてを肯定する内容だった。綾子の生と死の間《あわい》を日高が支え、魂を先へ先へと導く光景が目に浮かんだ。

あとがきに「デュアログとは『二人の登場人物によって演じられる脚本』のこと」とあり、倫子への謝辞も記されていた。

ブレス2　イノバン

「無理です。お断りします」

ついに言ってしまった。

四月の異動で在宅医となり、三か月半が経つ。大河内教授に面と向かって仕事を拒否したのは、今回が初めてだ。

木曜会の朝、むさし訪問クリニックの窓からは、いまにも降りだしそうな黒灰色の空が見える。

亀ちゃんとコースケは黙っていた。キッチンから冷蔵庫のうなる音が聞こえてくる。

目の前に座る大河内教授は、憮然とした表情だった。

「無理じゃない」

決めつけるように教授が言った。床が揺れ、体が傾いたように感じる。

倫子に大学病院からの出向を命じたのは大河内教授だ。今度はここもお払い箱になるのか。

だが、それでも守りたいものが倫子にはあった。医師としての良心だ。

「できません。筋ジスの患者なんて、診たことがありませんから」

意を決し、硬い表情の教授にもう一度繰り返した。

紹介されたのは、天野保《あまのたもつ》、二十二歳の筋ジストロフィー患者だった。正式な病名は進行性筋ジストロフィーといい、徐々に筋肉が衰えていく病気だ。

根本的な治療法はない。最終的には呼吸する筋肉の力までも弱くなる。かつては二十歳前後で死に至るとされた難病だ。こうした患者は数が少ない上に専門病院へ集中する傾向にある。

医学部の授業で習っただけで実際に目にすることのない疾患はいくつもある。筋ジストロフィーも、そのひとつだった。

「最初からすべての病気を診られる医師なんて、いないんだから。何ごとも経験。やってごらん」

大河内教授は気楽に言った。

子供の頃、川原で父に「その石を飛び越えてこっちに来てごらん」と言われたときのようだ。結局うまく飛べず、落ちてずぶ濡れになった。

何ごとも経験？　医療がそれでいいのか。自分が失敗するだけではない。患者の命がかかっているのだ。

「経験もない疾患を引き受けて、取り返しのつかないことになるくらいなら、断る方が誠実です」

大河内教授の表情に、余裕の色が漂った。

「誠実？　専門医でなくてもいいからと在宅医療を希望しているのは患者の方なんだよ。病状も安定しているし、その要請に応じることこそ誠実じゃないの？」

倫子は言葉に詰まり、紹介状を見直した。

天野保は四歳で筋ジストロフィーと診断され、次第に歩行困難が進行。十七歳で完全に歩けなくなり、車椅子の生活となった。二十歳になる少し前から呼吸筋の力も顕著に落ち、人工呼吸器を使用し始めた。

これまでは一か月に一度、小平市《こだいら》にある大和《やまと》神経病院へ通院して診療を受けていたが、病状の進行で通院が難しくなり、在宅医療に切り替えたいとのことだった。血液データ上、内臓機能等は安定し、大きな問題もなく経過していた。

「神経内科にバックアップしてもらえないでしょうか？」

「バックアップ？」

「つまり、この患者については、新宿医大の専門医に同行してもらうとか……」

「バカなこと言うな。神経内科の専門医はね、全国に五千人しかいないんだよ。病院の数は全国に八千五百もあるから、在宅患者を診るなんて余裕はない。だからこそ、どんな患者でも引き受ける在宅医が必要とされているんだ。大丈夫、天野保の訪問には僕もいっしょに行くから。何なら僕が車の運転もしてあげようか？」

受ける方針は覆《くつがえ》りそうにもなかった。

「本当に、専門外の私が受け持っていいんでしょうか？」

倫子は困惑したまま紹介状を見つめる。

「いいも何も。さっきも言ったけど、訪問診療は患者の第一の希望だから」

引き受けることに同意せざるを得なかった。

「……初回訪問は、いつにすればいいんでしょうか」

書棚から神経内科学の成書を取り出し、筋ジストロフィーのページを開いた。やはり、自分でいいのだろうかという不安感に息苦しさを覚える。

翌週、大河内教授とともに天野保の家へ向かった。

武蔵小金井《むさしこがねい》駅から小金井街道を北上する。玉川上水《たまがわじょうすい》に近づく一帯は、古びた家が目立つ住宅地だった。名門とされる小金井カントリー倶楽部が目の前だというのに、華やかさは感じられない。

保の家も、そんな町並みに紛れる公営アパートの一階にあった。

母子家庭で生活保護を受けている。公的補助によるヘルパー派遣などは、市福祉課の神田《かんだ》という男性が担当していた。

二階建ての低層団地は、建築から相当の年数が経っているようで、白く塗られたはずの壁が黄色くくすんでいる。戸口にはバリアフリーのスロープと銀色の手すりが付いており、そこだけ新しく見えた。

天野と書かれた表札を確かめ、インターフォンを押す。しばらく待ち、不在かと心配し始めたときにドアが開けられた。

現れたのは中年の女性だった。倫子が名乗ると、女性は「はあ」と、くぐもった声を出し、「どうぞ」とも「上がってください」とも言わない。コースケも初めての家で戸惑っている様子だ。

「あの、天野保君のお母様、ですか？」

患者の介護に来たヘルパーかもしれないと思った。

「そうですけど」

それがどうしたと言わんばかりの、不機嫌そうな声が返ってくる。母親はそのまま奥へ引っ込んでしまった。

亀ちゃんがまとめた「患者情報」によると、母親の名は和子《かずこ》という。四十九歳にしては老けて見えた。夫とは離別しており、パートの仕事をしている。

コースケは「おじゃましまーす」と、いつもより軽い調子で言って玄関を上がった。靴箱の上にはダイレクトメールが乱雑に積み重ねられていた。

和子のあとを追って大河内教授とともに暖簾《のれん》をくぐる。そこは台所だった。テーブルには、食器や調味料、袋の口が開きっぱなしの食パン、飲み残したお茶のペットボトル、スナック菓子、ビタミン剤の小瓶などが雑然と置かれ、ほとんど天板が見えない。

和子はテーブルの向こう側にあるコンロの前で、ヤカンを手に立っていた。

「ええと、保君はどちらに？」

和子は黙ったまま振り返り、台所の左隣にある部屋を指した。

「こっちっすね……こんちは」

コースケが声をかけつつドアを開け、倫子も続く。

室内は薄暗かった。寝ている時間が長い患者は天井の照明をまぶしく感じるため、灯りを落としている場合が少なくない。

患者は背もたれを立てた介護用ベッドに体を預け、人工呼吸器を付けていた。

「はあい」

弱く、ゆっくりではあったが、返事が聞こえた。

「天野保さん、ですね？　こんにちは。むさし訪問クリニックの水戸倫子です」

患者の喉は気管切開されており、蛇腹《じゃばら》状になったエアホースが喉と枕元にある人工呼吸器をつなげている。圧力鍋から漏れる蒸気のような音が、断続的に呼吸のリズムを刻んでいた。

「保でーす。大変な患者ですみませーん！」

保は、わずかに口角を上げた。

人懐こい目をした青年だった。つやつやとした白い肌で、髪は短く刈られている。腕は顔や体と比べてアンバランスなほど細かった。体も小さく、小学生くらいにしか見えない。左肩が少し持ち上がっており、胸郭のゆがみもあるようだ。

「こちらは、大学病院から来てくれた大河内教授。で、彼は看護師のコースケよ」

教授は保に近づき、「保君、しゃべれるんだね」と感心したように声をかけた。

「しゃべれまーす」

かすれた声ではあるが、言葉はきちんと聞き取れた。

人工呼吸器を使うとチューブが気管を閉塞し、声帯に空気が届かなくなる。普通は言葉を発せないはずだが、保はそうでないのが不思議だった。

「スピーチカニューレが付いているのかしら？」

声帯にも空気を流す特殊な弁付きパイプ、スピーチカニューレがあれば発声は可能だ。倫子は保に近づいて喉を調べた。いや、特別な器具などない。「よくあることだよ」と教授が答えた。

「患者の気管が変形していて、声帯側に空気が漏れて声が出るんだ。換気効率は悪くなるけれど、話せるのはメリットだね」

気管のゆがみが幸いしていた。

「よろしくね」

コースケが、少しおどけた表情で保にピースサインをした。

「よろしくー」

保は嬉しそうに答えた。医師や看護師には慣れている様子だ。

ベッドの上には細長いオーバーベッドテーブルが渡され、そこにノートパソコンがセットされていた。

ベッドの端に寝そべっていたネコがゆっくりと起き上がり、床へ飛び降りる。

「可愛いネコね」

目で追いながら倫子が言うと、保は「僕の友だち」と答えた。

ネコは窓際の子供用タンスに飛び乗ると、日だまりに寝そべり直す。

壁に大きなポスターが貼られていた。「ＡＫＢ48」と「エヴァンゲリオン」だった。天井からは気球型のモビールが吊るされており、エアコンの風を受けてくるくると回っている。保にどのくらい筋肉の力が残っているかを調べるため、握手をした。握力は弱いが十分にあった。パソコンのキーボードを打ったり電動車椅子のスティックを操作したりするのは問題ない。痰の吸引器を使って自分で排痰するのも可能だろう。

テーブルをずらしてベッドを水平に戻し、保をまっすぐに座らせてみた。体が不安定に揺れてはいたが、何とか座位のバランスを取ることができる。

そう思ったのも束の間、しばらくすると保は横に倒れてしまう。

「起きれませーん」

いったん倒れると自力で座り直すことはできなかった。

「ごめん、ごめん」

呼吸器のエアホースがはずれないように注意しつつ、コースケが保をゆっくりと起こす。二十二歳の保と三十歳のコースケなら、兄弟と言ってもおかしくはない。だが保の体は華奢《きゃしゃ》で小さく、ふたりはまるで親子のように見えた。

いずれ保の心臓は弱り、不整脈が出る可能性もある。カゼをひけば痰が増え、うまく痰を出せずに窒息する危険性も高い。そういったリスクはあるものの、いまのところは紹介状に書かれているように大きなトラブルはなく、体調は安定していた。

これまでと同様に、心臓の筋肉を保護するためのACE阻害薬とベータ遮断薬を処方した。

大河内教授が、台所の方をのぞき見た。和子を捜している様子だ。ずいぶん前にヤカンのけたたましい音が鳴るのが聞こえたが、和子は姿を見せず、お茶が出てくる気配もなかった。

保は日中、パソコンを操ってブログを書いたり、ネット配信で好きなアニメや映画を観たりして過ごしているという。

高齢の患者を多く診てきたせいだろうか。ひとりでトイレにすら行けない体であるにもかかわらず、保からは圧倒的な若さを感じた。声や表情、汗のにおいすらも、エネルギーにあふれている。

「先生、僕のことフォローして」

「フォロー? もちろん毎週くるよ」

コースケがあわてて「先生、ツイッターのことっすよ」と説明する。

「あー無理そうだね。じゃあ先生、メアド教えて」

在宅患者からメールアドレスを尋ねられたのも初めてだった。若い患者を受け持ったのだと実感した。

診察中、とうとう和子は保の部屋に入ってこなかった。

「終りました」

倫子は、台所にいる和子に声をかけた。電気もつけず薄暗い中で、和子は『数独』を解いていた。

「ちょっと、お話しできますでしょうか？」

「はい？」

和子は無表情のまま顔を上げた。

今日の診察結果について、大河内教授と一緒に報告し、次回の訪問日程の打ち合わせをしようとした。ところが、和子は時計を見て、「もうこんな時間！　仕事に行かなきゃ」と立ち上がった。

「次の日にちだけでも、決めたいのですが」

コースケが手帳を出す。

「お任せします」

和子がそう言ったとき、インターフォンが鳴り、「ふれあいステーションでーす」という声とともに女性が入ってきた。介護ヘルパーだ。和子は入れ違いであわただしく出ていってしまった。

「……こちらの奥さん、私たちがいる間はパートに出たっきりです」

保は和子との二人暮らしだが、日常の世話についてはヘルパーや訪問看護師のほか、理学療法士が交替でかかわっているとヘルパーに教わる。

「じゃあね、保君。また二週間後に来るから」

保との間で訪問スケジュールを確認したコースケは、部屋の入り口で手を振った。

往診車に乗ってすぐ、倫子は大河内教授に所見を述べた。

「思ったよりも安定していて、ほっとしました。呼吸状態もよかったですし、上肢の筋力もそれほど落ちていないようでした」

「うん、病状は落ち着いてたけど……」

教授は眉間に皺を寄せた。

「市の福祉課にも連絡しておこう。まあ、やれる限りやるしかないな……」

大河内教授はそうつぶやくと、すぐに後部座席で居眠りを始めた。昼食から一時間が経つ。車の振動が、ちょうどいい子守唄になったようだ。

「おいでー、マユユ」

ネコがベッドの上に飛び乗った。保がリボンの付いたネコじゃらし棒でちょっかいを出す。マユユというのは、ネコの名前だった。

三回目の訪問時、母親は留守だった。「日中は不在がち」という理由で合鍵を渡されていたので、診察に支障はない。

「メスネコなの？」

「ううん」

「オスなら違うっしょ！　マッジュンとか？」

コースケがつっこむ。

「やだよー」

保は、目を細めて口を開けた。最初はわかりにくかったが、それが保の「笑顔」だった。

保がネコじゃらし棒を落とした。その瞬間、マユはベッドから枕元の人工呼吸器の上へジャンプし、さらに本棚の最上段に飛び移った。反動でエアホースが小さく揺れた。

「危ない！」

思わず叫ぶ。ヘタをしたら、接続部がはずれたかもしれなかった。だが保は平然としている。

「へーき、へーき」

「いやいや、へーきじゃないっしょ」

コースケも揺れたエアホースの接続部分を確認しながら、保をたしなめた。

「たまにホースにじゃれることもあるよー」

保が恐ろしいことを言う。

「はずれたら、どうするのよ!」

鋭い声が出てしまった。呼吸器は、保の命を支えているのだ。

「はずれたら? うーん、そうなったら仕方ないよ」

倫子たちの心配をよそに、保はのんびりと答える。

訪問時間の後半、保はコースケのストレッチを受けながらテレビを見ていた。倫子もカルテを書きつつ、なんとなく画面を眺める。

番組のテーマは高齢者の介護問題だった。映し出されているのは施設の食事風景だ。認知症や脳梗塞などの老人たちは、口元に食事を運ばれても口を開けようとしない。食べ物を手で混ぜて遊ぶ人もいる。そうした入居者に何とか食べさせようと、介護スタッフが奮闘している姿が大写しになった。

「あそこまでして生きたくないな」

意外な言葉に、保の顔を見返した。

彼らも保も、第三者の手で「生かされている」存在だ。だが、保自身は同じ状況とはまったく考えていないのだ。保は精神的に幼く、自分の置かれた状況を十分理解できていないのかもしれない。

連日、三十度を超える暑さだった。往診車に乗り込むときには、ちょっとした勇気が必要だ。終りの見えない猛暑にうんざりする。

保からは、ときどき他愛のないメールが来た。

《先生、仕事はどうですか？》

《暑くて大変ですよ〜》

《予言します！　九月には、必ず涼しくなるでしょう》

保の冗談めいたメールに癒されることも多かった。

八月下旬のメールには、《バイクに乗って、ディズニーシーに行きました》と書かれていた。乗れるはずのないバイクという言葉に引っかかったが、誰かの車に乗せてもらったという意味だろうと思った。

「バイクって、誰かの車？」

翌週の診察時に尋ねた。

「違う。外用の車椅子」

なんと、バイクとは保の電動車椅子のことだった。

電動車椅子の背面に、手提げ金庫サイズの人工呼吸器を積み込み、介助者といっしょに行ったという。保が使っている人工呼吸器は内蔵バッテリーと外付けのバッテリーを併用しており、六時間から八時間程度は持つ。

水分補給はちゃんとできたのだろうか。

「暑かったでしょ？」

脱水症が気になった。

「ぜーんぜん」

保は気温など気にしなかった様子だ。

それにしても、今日は蒸し暑い。保の部屋には風がまったく吹かず、気球型のモビールは、そよともしない。

「アトラクションは、何を？」

コースケが、兄貴分の口調で尋ねる。

「トイ・ストーリー・マニア！　あれ、車椅子ごと乗れるから」

保は自慢げに言い、「俺がついてるぜ〜」と歌い始めた。コースケも「おお、トイ・ストーリー！」と言い、一緒に鼻歌でメロディーを追いかけつつ保の体をストレッチした。

活動性を保ち苦痛なく日常生活を送るためにも、ストレッチは重要だ。倫子の指示でほぼ毎日、理学療法士か看護師の介助でストレッチできるようにスケジュールが組まれていた。コースケは保のてのひらを伸ばし、肩甲骨を動かす。呼吸筋を伸ばし、股関節や膝も丁寧に屈伸し、足首を回す。人工呼吸器が空気を送り込む音に混じり、くすぐったそうに笑う保の声とコースケの歌声がミックスされる。

コースケの歌はいつしか原曲に変わり、「You've got a friend in me…」を繰り返していた。

「僕も英語の勉強、しよっかなー」

コースケが、「おっ、偉いっ」と保の肩を軽く叩く。

「院内学級で勉強したときは、英語が嫌いだったけど」

保は照れたように言った。小中学校の大部分を病院内の教室で過ごした保にとって、教室はつらい思い出とも重なっていた。何人もの友だちが自分と同じ病気で亡くなり、ある日を境に教室へ来なくなる。学びの場は、将来の不安を増幅させる場だったという。

「それなら、英語でメールしようか？」

倫子が提案すると、保は「それはお断りします」と笑った。

倫子たちが帰り支度をしているときだった。突然、人工呼吸器のアラームが鳴った。

「な、何？」

人工呼吸器の本体にある警告ランプが、黄色に点滅している。呼吸器に頼る保にとって、機械のトラブルは死に直結する危険がある。

倫子とコースケは、あわてて呼吸回路の状態を点検した。エアホースはきちんと接続されている。詰まった部分もなかった。

「とりあえず、アンビューどこっ？」

アンビューバッグとは、浮き輪用の空気入れに似た道具だ。万が一、人工呼吸器が止まった場合に手動で空気を送り込める。人工呼吸器の患者には、日常生活でも必需品だ。たとえば入浴時は呼吸器をはずし、代わりにこれを気管チューブに取り付けて、手動換気をしながら入る。必ずどこかにあるはずだった。

「そこのタンスだよ。一番下の引き出し」

コースケが子供用タンスの引き出しを開け、アンビューバッグがあるのを確認した。

いまのところ、人工呼吸器は正常に作動している。マニュアルを読むと、黄色いアラームは外部電源から内蔵バッテリーへ切り替わったサインだった。機械の内部に問題でもあるのだろうか。倫子の指示でコースケがすぐに人工呼吸器の業者に連絡し、点検をリクエストした。

「へーきだよ」

保の声は、のんびりしている。慣れた様子だった。

台所へ行くと、母親の和子がテーブルの前に座り、またもや数独に熱中していた。

「保君の呼吸器、調子が悪いようなので業者を呼びました。すぐに担当者が来ると思いますので、ご対応よろしくお願いします」

和子はひどく迷惑そうな顔をした。

「余計なことしないでください。大丈夫です。もう帰ってください」

いつもの素っ気ない様子とは違い、和子はやけに強い調子で言った。倫子とコースケは、その場から戸口へ追い立てられる。和子の態度が理解できず、倫子が振り返って尋ねようとすると、目の前でドアを閉められてしまった。

次の患者の訪問時刻も迫っている。倫子は腑に落ちないまま保の家をあとにした。

往診車に乗り込み、保にメールする。

《呼吸器の状況を連絡してください。緊急時はいつでも電話を！》

違和感をぬぐえなかった。人工呼吸器の警告音という緊急事態に、和子も保も信じられないくらい鈍感だ。「余計なこと」であるはずがない。

他の患者の訪問がちょうど終ったとき、倫子の携帯電話が振動した。

《Hello! I'm OK. Tamotsu Amano》

「保君だ！」
ほっとしてコースケに指でOKサインをする。すぐに返信した。
《呼吸器、直ったの？》
《Yes!》
《原因は？》
しばらくしてから返事が来た。
《業者の人は、問題ないと言ってました》
トラブルは解消したようだ。
「よかったっすね」
コースケが安心したようにつぶやいた。
夕刻で混み始めた道を、訪問車はクリニックへ向かってゆっくり進んだ。西日がルームミラーを照らす。日没の時間が少し早まったようだ。
「昨日、僕だけで横浜スタジアムのコンサートに、行ったよ」
二週間後、保は得意そうな顔で倫子に報告した。
「えっ！ ひとりで？」

「うん」

「マジ？　ヘルパーなしで？」

コースケも驚きの声を上げた。

言われてみれば、部屋にはAKB48の新しいポスターが増えている。

体の自由がきかない保が、たったひとりで大変な人混みの中へ入っていったという事実にぞっとした。単独で横浜に出かけるだけでも、病状の進んだ保にとっては無謀な行為だ。車椅子の転倒や呼吸器のトラブルなど、命を脅かす危険はいくつもある。

「どうやって行ったの？」

コースケが尋ねると、保は待ってましたとばかりに説明を始めた。

朝、ヘルパーの介助で電動車椅子に移り、人工呼吸器や水、食料を背面に積み込んでもらった。なるべく人の手を借りずに乗り換えられる駅を事前に調べ、そのルートで電車に乗った。階段昇降機しかない駅は駅員を呼ばなければならないから避け、多少遠回りでも、エレベーターやスロープのあるルートを選んで、横浜スタジアムのある関内《かんない》駅まで行った――などなど。

「筋ジスの友だちと、向こうで会ったよ」

和子は止めなかったのだろうか。

「お母さんに何か言われなかった？」

「別に。あ、そうって」

「ほかには？」

「えーと。何時に帰るかって。それと、まだ暑いから帽子を忘れるなって」

普通の親子の会話すぎて、拍子抜けする。

「どうして今回はひとりで出かけたの？」

保はきょとんとした顔で答えた。

「だって、ひとりの方が楽しいから」

コースケが笑い出す。

「しゃーねーな、この悪ガキ！」

コースケにこづかれながら、保は口を開けて笑った。

ああそうか、と倫子は思った。これこそが保と老人との違いなのだ。

保はつまり、普通の男の子だった。施設の高齢者のように車椅子で生活し、彼ら以上にチューブにつながれているけれど、保は生かされているのではなく、自らの力で生きていた。

「駅のスロープの位置までよくわかったね」

倫子が感心すると、保は嬉しそうに答えた。

「インターネットで簡単にわかる。ネットとバイクがあれば、何でもできるよ」

バイクが車椅子でなく、本当のオートバイのように聞こえた。

保はこの日、とてもよくしゃべった。

「人が多くて、帰りは大変だったでしょう？」

「途中で出たから全然、大丈夫」

「そうだったの」

「たった三曲で帰ってきたから、コンジョーなしだね」

「そんなことない。それだけでも、すごいよ！」

コースケは、横浜への単独行に成功した保をほめた。

「でも保、これから何でもひとりでこなすって訳にはいかないぞ。行動範囲を広げたいなら、手を貸してくれるボランティアを募集してみるとか……」

「ふーん、なるほどー」

コースケは保の足をストレッチしながら、何やら知恵を授けていた。

元気そうな保を見て、このときは問題がないと考えてしまった。

九月に入ったとはいえ、戸外ではツクツクボウシがまだ勢いよく鳴いていた。

その翌朝、保から電話があった。

「先生、息が苦しい……」

ただちに天野家へ向かう。また呼吸器のトラブルだろうかと危ぶむ。

ベッドの上で保は、青白い顔をしていた。呼吸器は正常に作動している。体温が三十八度七分もあった。体の酸素濃度が九六パーセントに下がっている。昨夜は母親に三十分おきに痰を吸引してもらったという。聴診すると、かすかだが雑音が聴こえた。

肺炎だ――。

倫子は前日のやり取りを思い起こす。保がコンサートを早めに切り上げて帰ったのは、途中で体調が悪くなったせいかもしれない。

コースケが吸引器で痰を吸い上げた。黄緑色をした痰がずるずると引ける。酸素濃度は九八パーセントに上がったが、すぐにまた痰が気管に貯留して呼吸困難になると予想された。

筋ジストロフィー患者は痰を排出する呼吸筋が弱く、痰でも窒息する可能性がある。

台所にいる和子はいつも以上に疲れた表情をして座り込んでいた。保の状態は、在宅介護の限界を超えたと感じた。

倫子は、その場で大河内教授に電話した。

「天野保が肺炎になりました。膿性痰《のうせいたん》が大量で、母親だけでは介護困難です。重症化するリスクも高いので緊急に入院させたいのですが。新宿医大にベッドの空きはあるでしょうか？」

「わかった。どこかのベッドを空けさせるから、入院で動いていいよ」

教授は即座に了承し、ベッドを確保すると答えてくれた。

通話を終えた直後だった。和子が珍しく保の部屋に来て、硬い声で言った。

「あの、ちょっと。勝手にそういうことをされると困るんですけど。ええと、在宅では治療できないんですか？」

思いがけない反応だった。

「二十四時間態勢の対応でなければ危険です。万が一、痰が詰まれば窒息しますから」

和子は小さくため息をついた。そして、保の額に手を当てて「タモちゃん、入院する？」と尋ねた。

「やだ」

おびえたような表情で保が答えた。

「大河内教授のいる大学病院なのよ」

「ちょっとだけでも入院した方が安心だぞ」

倫子とコースケが諭す。

「行かない！　ここにいる！」

保はいつになく険しい声で「入院しない」と繰り返した。和子がヒステリックに叫んだ。

「だから、この子の好きにさせてよ！」

それ以上、倫子には説得の言葉が見つからなかった。

「……コースケ、持ってきてる？　ピペラシリンを二アンプルと去痰剤一アンプルに、生食」

「えっ、在宅でやるんすか？」

「いいから。早く！」

抗生物質入りの点滴を開始した。

「それと人工鼻は痰で詰まるから、加湿器タイプに替えましょうね」

コースケが呼吸器の回路を組み立て直し、フィルターの塊のような人工鼻を取りはずした。

肺炎になると、介護の労力は普段の何倍にも増す。訪問看護ステーションにも電話で病状を伝え、頻回に来るよう手配した。

「あら、今日は三人とも元気ないじゃない。夏バテ？」

ケイちゃんは、三人を探るように見た。

このところケイズ・キッチンへは週に一度、多いときは二、三度通っている。そのせいか、ケイちゃんにはひと目で調子を見抜かれる。

「とっておきのC定食はどう？　お肌にいいわよ」

お肌という言葉に亀ちゃんがピクリと反応し、ＯＫサインを出す。

運ばれてきたのはイカ墨スパゲティーにオニオンスープ。それに山盛りのグリーンサラダが添えられている。

「イカ墨っすか。意外にフツーっすね」

コースケが勢いよく食べ始めた。

「イカ墨って整腸作用もあるらしいですよ」

亀ちゃんが口の周りを黒く染めながら、倫子に笑いかける。効能はわからないが、磯の風味がたっぷりでおいしい。

「うわっ、これ何すか？」

コースケがデザートの皿を指し、口をゆがめる。ケイちゃんは、してやったりという表情だ。倫子は、そのスライスしたチョコレート・ケーキのようなデザートを口に入れた。

チョコレート——ではなかった。甘く、どこか異国の味がする。弾力のある歯ごたえは、海と森の両方を思わせる風味だ。

亀ちゃんも、目を大きく見開いたまま動きを止めた。

「うふっふ。スモークサーモンの黒砂糖まぶしよ」

ケイちゃんの、太い声が返ってきた。

「見抜けなかった〜」

コースケが悔しそうに笑う。だが笑い声はすぐに小さくなり、すっと消えた。コースケはテーブルに両手をつき、倫子に頭を下げた。

「見抜けなかったんす、俺。ちょっと変だと思ったのに、アピールできなくて、すんません」

保のことだ。昨日コースケは、保の筋肉がどことなくこわばっているのに気づいたという。

「腰が張っていたのを、単なる筋肉痛かと思って……」

「あれは、発熱のサインだったんだ」とつぶやきながら、コースケは自分の頭を何度も叩いた。

「私も同罪よ。それより在宅で治療なんて、リスクが大きすぎる……」

倫子は首を振る。

「保さん、どうして入院を拒否したのかしら？」

「な、何？」

亀ちゃんが首をかしげた。

「そこは俺、なんとなくわかるんすよ」

実は、と言いながらコースケは、かつて自分が「ヤンキー」だったと話し始めた。

解体業を営む実家は貧しかった。自宅では勉強する場所も得られず、成績は最悪。毎日が荒れた日々だったという。高校を出て働こうにも、調査書の記述がネックになって就職すらできなかった。

「もう、あのときの自分には戻りたくない。あの頃出入りした場所にも絶対行きたくないっす。看護師なんて仕事してっから、俺が昔ヤンキーだったなんて、誰も信じないと思うんすが」

亀ちゃんが吹き出した。

「バレバレよ。まんま、じゃない」

コースケは「そうっすかあ？」と不服そうな表情になる。

そういえば亀ちゃんから聞いたことがあった。高校卒業後にフリーターをしていたコースケは、友人の代役で肢体不自由児のボランティアをしたのがきっかけとなり、大学の看護学部へ進学したのだ。

「二度と行きたくない場所って、確かにあるわよね」

いつの間にかケイちゃんも会話に加わる。

「保さんには、病院がその場所なんですね」

亀ちゃんが少し目をうるませた。

ドアベルのにぎやかな音とともに、大河内教授が入ってきた。

「先生！」

亀ちゃんが教授のために椅子を引く。

教授は手を挙げ、「ケイちゃん、僕は定食じゃなくていいから。ビールと、つまみ適当に」と声をかけた。

「それからケイちゃんも一杯いこう」

「いつもありがとうございまーす」

ケイちゃんがいそいそと新しいグラスを取りに戻った。亀ちゃんが教授のグラスにビールを注ぐ。

「入院ベッド、せっかくぶん取ったのに。心臓外科がほしいって言うから、流しちゃったよ」

グラスの中身を一気に飲み干した教授が、うらめしげに倫子を見た。大学病院のベッドは常に奪い合いだ。外来患者を入院させたくても空きがなく、他の病院に送るしかないこともある。

保のためにベッドをひとつキープするのに、大河内教授は無理をしたに違いない。それなのに保は入院しなかった。口を開けて待つ他の診療科に、ベッドはすみやかに食われた、という次第だ。

「すみませんでした。保君には、強く入院をすすめたんですが……」

倫子は頭を下げた。

「本人にも母親にも、強硬に拒否されまして」

症状が悪化すれば、命の危険もある――そう伝えれば、たいていの患者は入院を選択する。今回のようなケースは初めてだった。

「母親はさておき、患者の意思に反することはできないからね」

「入院した方が安心だったんですが……」

「患者は医者の安心のために入院する訳じゃないよ」

教授の口調は穏やかだったが、倫子はきつく叱られたように感じた。

「とにかく、いまは肺炎の治療に専念しなさい。在宅医としてやるべきことを粛々とやればいい。そのほかのことは僕が責任をとるから」

そう言われても、倫子の気持ちは少しも楽にならない。

帰り際、大河内教授がケイちゃんに声をかけた。

「今日のつまみ、ちょっと甘過ぎないか？」

「あら、人の世の酸いを知りつくした先生には、ぴったりかと思って」

ケイちゃんが、すまして答える。

「なんだ、そりゃ」

突き出しの小鉢には、先ほどのスモークサーモンの黒砂糖まぶしが盛り付けられていた。

駅に向かいながら、倫子は保の肺炎が気になって仕方がなかった。改札口で皆と別れると、訪問看護ステーションに電話した。午後九時の巡回報告が上がっているはずだ。もどかしいほど待たされ、夜勤の看護師が電話口に出た。保の熱は下がり、呼吸状態もいまのところ安定していると教えられる。

電話を切ったとき、倫子はホームへ通じる階段の上にいた。一段一段、降りるたびに、「ありがとう、ありがとう」という言葉がこぼれた。


治療に用いた抗生物質の選択がよかったためか、あるいは若くて免疫力が高かったおかげか、二週間も経つと保は順調に回復した。

安静がよほど退屈なようで、保は頻繁にメールをしてくる。

横浜スタジアムで会った友だちは実は女の子で、また会う約束をしたという報告や、その子へのプレゼントは何がいいか、といった相談もあった。
《医療って、結構ふざけてるよね》
そんなメッセージが来たときは、いったい何のことかと思った。
《どうして？》
短いメールを返すと、すぐに返事が来た。
《肺炎のとき、カロナール使ったでしょ？》
カロナールというのはアセトアミノフェンの商品名で、ごく一般的な解熱鎮痛剤だ。抗生物質のような、肺炎の根本的な治療薬ではない。保は自分の病気が単なる対症療法でごまかされたと思ったのか。どう返そうか考えあぐねていると、保からまたメールが届いた。
《カロナールって、軽なーる、でしょ？》
なんだ、そういう話か。保は単に、薬の名前がダジャレだと言いたかったのだ。
《その通り！　実は、他にもいっぱいあるよ》
すぐに返信する。
《どんなの？》
《下剤で、ヨーデル》

《アハハ（∵▽）》

絵文字つきの返事が来た。

《脂質が高い人の薬に、リピトール》

《どうして？》

《脂は英語でリピッドだから》

《そっか！　リピッドを取るリピトール！》

《血圧を上げる薬、イノバン》

《？》

《昇圧剤は命の番人だから》

《ヘエ》

保のメールは、話題が変わりやすい。次に来たメールには、先生はスカートをはかないのかとか、ネコのマユユがヤモリをくわえていたとか、別のことが書かれていた。

肺炎発症から一か月が経ち、保はすっかり元気になった。十月下旬の訪問時に胸を聴診すると、きれいな呼吸音になっている。

保と同じような患者の場合、大きな病院でも症状の悪化を食い止められないケースがある。

それを在宅で治療できたのは、奇跡に近いと言えた。

「先生、治すのうまいじゃん」

保は生意気な口調で言った。

「冬になる前に治ってよかったね」

聴診を終えた倫子は、しみじみと喜びをかみしめる。寒い季節であれば、これほど簡単には回復しなかっただろう。

「ねえ、先生はどうしてお医者さんになったの？」

ふいの質問だった。

「病気の人を治したかったからだよ」

とっさに、型通りの答えを返すことしかできなかった。

だが保は気にした様子もなく、「そうだ！」と目を輝かせる。

「宇宙の筋ジス研究、うまくいくかな」

「いくと、いいね」

少し言いよどんでしまった。以前、国際宇宙ステーションで筋ジストロフィーに有用な蛋白質の結晶を生成する実験が行われるというニュースを聞き、話題にしたことがある。だが、実用化されるには相当な時間がかかるはずだ。保がどれほど待ち望んでいるかを考えれば、安易に返事をすることができなかった。

「僕、治療実験のボランティアで宇宙に行ってもいいなあ」

保の楽天的な明るさに救われる。

「英語の勉強が役に立ちそうね」

「うん！　単語の語源とかも勉強してるよ」

保は嬉しそうに言った。

倫子はまぶしい思いで保を見る。誤解していたと思った。保は自らの病状を認識できていないのではなく、自分の力で前に進もうという強さにあふれているのだ。

「そうだ、未来の車椅子を考えたよ」

保は瞳をくるりと動かした。得意なときの、いつもの表情だ。

「どんなの？」

コースケが尋ねる。

「初号機みたいなの！」

「シオーキ？」

うまく聞き取れなかった。

「先生、しょ・ご・う・き、初号機っす」

保の言うのは、「エヴァンゲリオン」に出てくる人型の乗り物のことだった。

「保、それ最高！」

コースケが声を裏返らせる。

「でしょ！　僕、初号機に乗って困っている人を助けに行くんだ。たとえばね……」

保が夢中になって話をするのを聞きながら、胸が熱くなった。

完全な治療ができればそれに越したことはない。だが、そうでなくても患者が生きることを楽しめるよう、呼吸も移動もサポートして世界中へ行ける乗り物ができればいいのだ。それが「初号機」というものかどうかはわからないが、いつか現実になってほしいと願わずにはいられない。

翌日、クリニックの木曜会で保の回復ぶりを報告した。

「天野保はもう大丈夫です」

倫子は、保の肺炎を治したことで手応えを感じていた。しかし、大河内教授の表情は硬かった。

「油断すると危ない」

「……すみません。次はもっと早く治療を開始できるように注意します」

肺炎の予兆に気づけなかった点を指摘されたのだ、と思った。教授はまだ厳しい顔をしている。

「いや、危険は別のところにある」

教授は、そこで言葉を切った。

「どういうことですか？」

「水戸君、気づかない？」

「何にでしょう？」

大河内教授は眉をひそめた。

「母親だよ」

「えっ？」

「あの母親は初日から問題があった。無気力な態度で、ちっともコミットしようとしない。人工呼吸器のトラブルへの対処や入院すべきかどうかの議論でも、正しい判断ができていたのかどうかわからない。もしかすると、意図された消極的な行動かもしれない」

「先生のおっしゃる意味は……」

倫子の背筋に、冷たいものが走った。

「そう、ネグレクト──介護放棄だとしたら、明らかに犯罪行為だ」

和子がいつも、どこか上の空だったのを思い返した。

その日の夜、ベランダのキンカンを見ると、小さく育っていた実がすべて落ちていた。例の白い粒のせいだ、と思った。

先日の日曜日、花屋の店員に尋ねると、「それはカイガラムシだろう」と言われた。弱った木に付く害虫らしい。

カイガラムシは、聞けば聞くほど不思議な生き物だった。木の上で交尾したあと、メスは足を失う。そしてその場に留まって樹液を吸い、卵を抱えながら白い蠟《ろう》状の老廃物を体の周囲に出し続け、やがて白い貝殻のような姿になる。卵はその白く堅牢な壁に守られ、やがて孵《ふ》化《か》して幼虫になる。雄だけは翅《はね》を持つ成虫となり飛んでいくという。

栄養分を吸い取られたキンカンの木は、体力温存のために実を落としたのだ。もっと早く気づいてあげればよかった。キンカンの葉をなでつつ「ごめんね」とつぶやく。

治したいけれど治せない——そんな患者が世の中にこんなにも多いのだと、医師をめざしたときには考えもしなかった。病気の人を治したかったから医師になったと保に言ったとき、ひどく苦い思いがした。

いま、切実に治したいのは保であり、施設にいる父だ。それなのに——。

ベランダの手すりにもたれる。何のために自分は医師になったのか。

「ごめんなさい……」

暗い空に吸い込まれそうな気がして、あわてて部屋へ戻る。

ベッドに入って間もなく、枕元で携帯電話が鳴った。深夜一時だ。

「せん、せい……」

保からだった。いつも以上に、声が小さい。

「た、保君？　どうしたの？」

けたたましい電子音が電話の背後で鳴っている。聞き覚えのある人工呼吸器のアラームだ。

「あたま、が、痛い……」

ベッドから立ち上がる。頭痛は低酸素の症状だ。

警告音の間隔も短い。人工呼吸器に重大なトラブルが起きているのは明らかだった。

「お母さんは？　お母さんを呼んで！」

うめき声が聞こえるだけで返事がない。

「すぐ行く！　ちょっと待っててね」

倫子はタクシーを呼び、車を待つ間にコースケにも連絡した。

深夜の道は空《す》いており、中野から小金井まで三十分ほどで着いた。天野家のインターフォンは反応がなく、いつものように合鍵で開ける。家中に激しいアラームが鳴り響いていた。

電話で聞こえた以上の騒々しさだ。

玄関の照明スイッチを押す。だが電気がつかない。

「失礼します！　むさし訪問クリニックです！」

真っ暗な室内を、診察用のペンライトで照らしながら進んだ。

「すみません！　水戸です！　天野さん、入りますね！」

応答がない。保の部屋では暗闇の中で呼吸器の赤いランプだけが点滅していた。母親はいない。

「保君！　大丈夫？　保君！」

ペンライトの細い光だけを頼りに、駆け寄った。保の意識はもうろうとし、全身が濡れていた。大量の汗だ。

アラームが鳴っているのに、倫子は奇妙な静けさを感じた。直後にその理由に気づき、動転した。

人工呼吸器が動いていない！

電源スイッチを何度も押すが、呼吸器は全く反応しなかった。

低換気状態が続いた保の体は、酸素不足になっている。とにかく換気させなければ危険だ。

急いで子供用タンスの最下段を開けた。

「なんでないの⁉」

いつもの場所に、アンビューバッグが入っていなかった。すべての引き出しを開ける。どこにもない。保の自発呼吸は、ひどく弱々しかった。

口で人工呼吸をするしかない。倫子は人工呼吸器のエアホースをはずした。気切部から息を吹き込むためだ。だが、圧力が高く、うまく息を吹き込むことができない。

保の息は、ほとんど止まっているのも同然だった。痰の吸引器も動かない。冷や汗が流れた。

最悪の事態を覚悟したとき、玄関の開く音がした。

「水戸先生！　大丈夫っすか？」

コースケだ。

「ここよ！　保君の部屋！」

部屋に飛び込んできたコースケが、呼吸器のスイッチを押し直した。だが、やはり無駄だった。

「スイッチ、入れ！」

コースケは呼吸器に向かって叫ぶ。

「ブレーカー見てきて！」

「ラジャ！」

勢いよく走り出したはずのコースケが、ベッドの脚元へ崩れ落ちた。

「くうう、足の指、ぶっつけたあ」

床の上でコースケが激痛に身もだえる。だが、その直後に「あった！」と叫び、アンビューバッグを手に立ち上がった。ベッドの下に落ちていたようだ。

すぐにアンビューバッグをつなぎ、袋を両手で押しつぶすようにバギングを開始する。

「保君！　保君！」

抵抗が強く、うまく空気が送り込めなかった。手に返ってくる圧力が持続的に高く、アンビューバッグを押すタイミングをつかめない。

「保！　ゆっくり！　力を抜く！　吸って、吐いて、吸って、吐いて……」

コースケが保に声をかける。すると、少しずつ、保の肺に空気が入るようになった。保の肺の抵抗を感じながらも、倫子は微妙に力を調整し、アンビューバッグを押し続ける。

保が少し咳き込んだ。

「わかる？　保君！」

コースケが引き出しから手動式の吸引器を見つけ出し、痰を吸う。

「う、んー」

保の意識は、徐々に改善していった。

コースケは「そうだブレーカーだ」と言って部屋を出た。玄関の方で主電源のスイッチを上げ下げする音がする。

「ブレーカーはオンです」と言いながら戻ってきた。

「呼吸器の本体、もう一度チェックして！」

コンセントから電源プラグを抜き、再び入れる音がした。

「あっ、ヤバい！　バッテリーも完全に切れてる！」

内蔵バッテリーと外部バッテリーで八時間くらいは駆動する。だが、その残量もすべてゼロとなっているのが判明した。

「どうしよう！」

「一一九番、します？」

「でも、これって……」

保の意識はすでに改善しつつあった。問題は機械トラブルで、救急医が必要な状況ではない。

「あっ、車っす！」

「え？」

「とにかく呼吸器に電源がつながればいいんすよね？」

「そう、だけど？」

「保を外へ出します。先生はバギングの方を！」

コースケは保を車椅子に乗せ、動かない人工呼吸器も積み込んでアパートの外に出た。倫子は保のかたわらで慎重にアンビューバッグを押し続ける。

車椅子をコースケのＢＭＷの脇に停めた。コースケは保を抱えて後部座席に乗せる。

車のトランクからコースケが、弁当箱くらいの大きさの機器を取り出した。そこからコードを引き出し、先端のプラグを運転席のシガーライター・ソケットに接続する。

「それ何？」

「オートキャンプ用のカーインバーターっす。買っといてよかったー」

倫子はひたすら保にバギングを続けながら、コースケを見守った。

「あとは呼吸器の本体を、と」

コースケは呼吸器を助手席に運び入れ、電源プラグをインバーターに接続した。

「エンジン、かけます！」

車内に軽い振動が伝わった直後、あれほど頑固に動かなかった呼吸器がスムーズに動き出した。

呼吸が徐々に安定し、保の表情は穏やかになってきた。

「保、聞こえるか？」

コースケが意識レベルを確認する。

「う、うん……、聞こえる」

しっかりとした返事があった。

「よかった、保！」

「呼吸器の新しいバッテリーが必要ね。朝一番で業者に連絡しなきゃ。でも、どうして保君の呼吸器はこんなにトラブル続きなのかな……」

コースケが携帯電話を耳に当てながら首をひねった。

「母親、携帯も出ないっすね」

ダッシュボードから大きな付箋を取り出し、コースケは何かを書き付けた。

「保を預かっているというメモを家に置いてきます。驚かせるとマズいんで」

コースケはそう言って、アパートに向かった。

深まる秋の未明、路上に停めた車の中で人工呼吸器が保の肺へ空気を送り込む音が響く。

月の光が保を照らし、規則的な胸の上下運動を浮かび上がらせた。寝息をたてる保の顔を見ていると、さっきまでの騒動が嘘のように思えてきた。

「先生ー、水戸先生ー」

知らぬ間に倫子は保に寄り添って眠っていた。あたりはすっかり明るくなっている。元気を取り戻した保が、周囲を見回していた。

「僕、車に乗ってるんだあ！　このままドライブしたいな。ねえ、ドライブに行こうよー」

「ヤベ、寝てたか……」

コースケはきゅうくつそうに運転席で伸びをすると、いつの間に調達したのかコンビニ袋からゼリー飲料を出し、保に渡した。

「はい、朝ごはん」

コースケは倫子にもおにぎりとペットボトルのお茶を渡し、自分も食べ始めた。

「こんなすごい車、初めて！」

保が目を動かし、車内を興味深そうに見回す。

「えへっ！　まだローンがいっぱい残ってるけどな」

コースケは嬉しそうに答えた。

いつの間にか朝七時になろうとしていた。アパートからゴミ袋を提げて出てきた女性が、不審そうな顔で車の前を通り過ぎた。

「保君、お母さんは？」

「知らない」

「いつから、いないの？」

保は、倫子と目を合わせようとしなかった。

「うーん、一昨日《おととい》くらいかな」

あきれると同時に驚いた。大河内教授が懸念した通りのことが起きていたのだ。

「マジかよ。あぶねーなー」

コースケも鋭い声を上げる。

「ヘルパーさんも来てくれるし、別にーいつものことだから」

保は何ごともなかったかのように、のんびりと答えた。

「お母さん、いつ戻るのかな？」

努めて冷静になろうと思いながらも、詰問調になってしまう。返ってきたのは、「さあ」というひと言だけだった。

八時になった。倫子は大河内教授の携帯電話を呼び出した。

「先生、朝からすみません。ちょっと問題が発生しまして。天野保の人工呼吸器が止まって、いま車のバッテリーで作動させているところなんです」

倫子は、呼吸器と電気系統をめぐるトラブルの概要を説明した。

「ついに、やったか！」

「え？」

「母親だよ」

「それが和子さんとは、連絡が取れなくて……」

「失踪したんだろう」

「そんな、まさか……」

電話の向こうから、大河内教授の息の音だけが伝わってきた。

「水戸君、前にも呼吸器のトラブルがあったって言ってたね。あれ、いつだった？」

教授に尋ねられ、倫子は手帳を開く。

「九月前の訪問日ですから……八月二十八日です」

「やっぱり二か月前か。ぴったりだ」

「どういうことですか、教授？」

「最初に呼吸器が止まったとき、何か、ほかの異常に気づかなかった？　電気が消えていたとか」

「前回は、日中でしたから。それに保君がまぶしがるので、いつも室内灯はつけていないんです。ほかには……ええと、ちょっとコースケに代わります」

倫子は、コースケに携帯電話を渡した。

「そういえば、あの日、部屋のエアコンが止まっていました。送風口近くに吊るしたモビールが全然、動いてなくて気づいたんです。もともと冷房の効きが悪い家っすけど、ものすごく暑い日なのに、なんだエアコンを止めているのかってがっかりしたんで、よく覚えてるんです」

そんなこともあったかと記憶をたどっていると、コースケが電話を倫子の耳に押し付けてきた。受話口から聞こえた教授の言葉に、倫子は愕然《がくぜん》とした。

「もう携帯の充電が切れそうだから、公衆電話を探してくるね」

倫子はそう言って、車を離れた。

「充電切れ」と言ったのは嘘だ。車内にいる保に、これ以上会話を聞かせたくなかった。倫子は物陰に身を隠し、再び携帯電話を取り出す。

教授の指示に従って市福祉課の神田を呼び出した。

「……また、ですか」

倫子の説明に、神田はうんざりしたような声を出した。

「あそこの母親は、電気代滞納の常習者なんです」

何ということだろう。料金を払わずに電気が止められていたとは。息子の生命を危険にさらす事態を、母親が引き起こしていたなんて――。

信じられなかったが、やはり大河内教授の言った通りだったのだ。

神田によると、電気代の未払いは以前からあった和子の「奇行」で、払えない訳ではないのに滞納を繰り返してきたという。

月ごとの納入が滞ると電力会社から督促状が届く。それを無視し続けると、事前通告の上で送電が停止される。都内の場合、実質的な最終支払期日は「検針日の翌日から五十日目」に定められており、約二か月にわたって料金を滞納すると電気を止められてしまう。

電気が落ちるたびに和子はコンビニに駆け込んで滞納分を払い込み、送電を再開してもらっていた――それが、神田の説明だった。

「ときどきいるらしいですよ。『いまカネ払った、すぐ電気つけろ!』って、電力会社の担当者に怒鳴り散らす人が。そうすると、一、二時間で送電を再開してくれるそうです。意外に早いですよね。宅配ピザよりは時間かかりますけど……」

神田の冗談に、倫子は笑うことができなかった。

「その母親が不在なんです。すぐに電力会社に電話してください! 保君の呼吸器のために」

ともかく、早急に電気を復旧しなくてはならない。

「とりあえず電気の件はこちらで要請してみます。先生、ご連絡ありがとうございました」

神田の声は、落ち着いているというより冷ややかに聞こえた。

ジリジリしながら車で待つ。約一時間後、アパートの部屋の電気がつくのが見えたとき、思わず拍手した。

「電気が来た！」

「よし、これで家に帰れるぞ！」

倫子とコースケは、さっそく保を車から出す準備を始める。

「なーんだ、ドライブしないのー？」

保は残念そうに言った。

「春になったら、小金井公園へお花見に連れて行ってやるよ」

「やった！」

保は口を大きく開けた。

部屋へ戻り、人工呼吸器をセットし直す。規則正しい機械音がとても心強い。

「電気が止まったときは、びっくりしたね」

さりげなさを装って倫子は保に話しかけた。

「お母さんはときどき忘れちゃうから、仕方ないよ」

保は、倫子が母親の不在を気にしているのを敏感に感じ取ったようだ。

「そう、なの？」

忘れちゃう、で済む問題ではない。シャンプーやトイレットペーパーの買い忘れとは違うのだ。

「うん、おっちょこちょいなんだ」

保の明るさは痛々しかった。事態が深刻であることは、保自身が一番よくわかっているはずだ。

倫子は神田との会話を思い出した。

「和子さんは、いったいどういうつもりなんでしょう」

つい神田にそんなふうに言ってしまった。

「私には何とも……。でも、誰も母親の代わりはできませんから」

神田は、あきらめたような声で答えた。

二十四時間、ずっと患者の介護を求められている母親の精神的な負担は、決して軽くない。

保はそれを知っているからこそ、母親をかばうのか。

「どこに行ったのかしらねえ……」

保の前で母親を責めてはいけない。なのに口をついて出るのは、そんな言葉だった。

「先生、仕事あるんでしょ？」

午前の外来や午後の訪問診療の準備なども気になってはいた。

「もちろんあるよ。だけど保君を放っておけないよ。いまは、先生がお母さんだからね」

倫子は、ちょっとおどけて答える。

「えへへ、結婚したこともないくせに」

保も、ふざけて返した。

九時少し前にヘルパーが来た。身の回りの世話が始まる。いつもの保の日常に戻った。

「僕、大丈夫だよ。もうすぐお母さんも帰ってくると思うし」

母親の行方は気がかりだったが、ひとまずヘルパーに任せて倫子は引き上げることにした。

玄関に向かったとき、携帯電話が鳴った。神田からだ。

「神田さん、電気の手配ありがとうございました」

「それが先生、彼の母親の件ですが……」

電話口の声が、いつになく硬い。

「パートの勤務に出ているスーパーに電話を入れたところ、先週末で退職していたことがわかりました。夜間にアルバイトをかけ持ちしているビル清掃会社にも当たりましたが、こちらも本人から、『辞める』と申し出があったそうです。やはり先週でした。理由は『遠方に転居するから』と……」

倫子は、全身が震えるのを感じた。

「携帯はまだつながりませんか？」

「携帯電話会社に照会してますけど、あの応答メッセージからすると、契約が解除されている可能性が高いと思います」

「どういうことでしょう？」

「先生には、大変申し上げにくいことですが……」

倫子は携帯電話を耳に押し当てたまま、和子の部屋の前に立った。静かにふすまを開ける。

室内は雑然とし、足の踏み場もなかった。ベッド上の寝具は乱れ、床の隅には各種の請求書や督促状と見られる郵便物が、封も切らずに積み重ねられている。ハンガーラックには、あふれるほどの洋服がかけられていた。

こんなに荷物が残されているのだから必ず帰ってくる——そう信じたかった。

「……で、先生の訪問診療は打ち切りとさせていただき、保君はこちらで病院か施設へ移します。なにしろ天野保の母親は、いわゆるその、失踪したものと思われますので」

部屋の壁際に小さなドレッサーがあった。引き出しが開いている。中身は空っぽだ。鏡面前のカウンターも含め、そこに本来あるべき化粧品の類いは何も残されていなかった。

疑念が確信に変わり、倫子はその場に座り込んだ。

「……もしもし。先生、水戸先生、聞こえますか？」

和子は保を自宅に残したまま、自らの意思で失踪したのだ。


一か月が経ったが、和子が見つかったという連絡はない。

保はアパートに一人で生活していた。肺炎を引き起こしたときと同様、保自身が頑強に入院を拒否したからだ。

「絶対に家にいる！」

保は神田に、そう言い張ったという。

母親の失踪が明らかになった翌々日、クリニックに倫子を訪ねて来た神田が訪問診療の継続を要請した。

「保君が、ぜひ引き続き先生に診ていただきたい、と。水戸先生は、ええと確か……僕の『イノバン』だって。これって、いわゆる若者言葉ですか？」

倫子はあの日のメールのやり取りを思い出した。

命の番人、イノバンだ。

「担当させていただきます。ただ――」

保が信頼してくれる気持ちはありがたい。だが一方、母親がいない中で二十四時間の介護態勢をどうするのか不安だった。

「夜間の介護はどうなりますか？」

行政援助のみでは、ヘルパーや介護スタッフの増員を図るにも限界がある。

「ボランティアが集まってくれて、夜も回せる目処が立ちましたから」

神田は自信たっぷりに答えた。母親の失踪前に、保がコースケのアイディアで作成した『ボランティア募集』のツイートが、いまになってようやく功を奏しているという。

まるで失踪を予感していたかのような、皮肉な結果だった。

世の中はどこもクリスマス・ムードに満ちていた。三鷹駅の北口にある木々もイルミネーションで覆われた。木が大きいせいか、まばらな光がどことなく寂しい。

保の生活は母親がいないという以外、大きくは変わらなかった。

「二十四時間態勢は順調？」

「うん。うまくいってるよ」

ヘルパーや介護スタッフ、それに学生ボランティアたちが順番にアパートを訪問し、保のそばには常に誰かしらがいた。

「先生、クリスマス・プレゼントは何がほしい？」

「保君が元気なら、それでいいから」

そう言いながら、倫子は保のパジャマをたくし上げる。

「胸の音、聴かせてね」

ひどくやせて変形した保の胸を見るたびに、倫子はいたたまれない思いになった。

「先生どうしたの？　元気ないよー」

「え？」

「教授に叱られたの？」

「そうじゃないよ、大丈夫。心配させてごめんね」

逆に励まされ、倫子は苦笑した。

「コースケさん、また三人も応募があったよ」

保はツイッターでボランティアの追加募集を精力的に進めていた。

「よっしゃあ！」

ボランティアも徐々に定着しつつあったが、さらに安全を担保するためにも、多くの人がいる方が安心だ。

「面接、いつにしよーかな」

保がパソコンでスケジュールをチェックする姿は、生き生きとしていた。

「入浴日はダメ。診察日も落ち着かないから、うーん、この日かなー」

ボランティアの組織作りさえ、保は楽しんでいるように見えた。


それは、クリスマスの朝だった。

午前九時少し前、むさし訪問クリニックに到着したとたん、倫子の携帯電話が鳴った。

「あの、水戸先生ですか？　私、天野保君のヘルパーです。すみません、保君が変なんです！　すぐ来てください！」

電話の背後で、人工呼吸器の警告音が鳴り続けている。電気代の支払いは、もう問題ないはずだ。何が起きているのか。倫子はコースケとともに往診車に飛び乗った。

前回の経験から、クリニックの往診車にもカーインバーターを積み込んである。エンジンをかけたまま車をアパートの前に停め、玄関のドアを開けた。

「今朝、私が来たときには夜勤ヘルパーがいなくて。アラームは鳴ってるし、保君はしゃべれないし。もう、どうしたらいいかわからなくて……」

小太りの中年女性は、おろおろとしていた。

保は完全に意識を失っている。

「保君！　保君！」

いつかの晩と同じように、呼吸器のアラームは激しい勢いで急を告げていた。だが、何かが違う。

「あっ」

コースケと倫子は、同時に叫んだ。

人工呼吸器の回路の途中にあるエアホースが、コネクターからはずれている。保の脈は触《ふ》れなかった。倫子はベッドに飛び乗り、心臓マッサージを開始した。

「AEDを！　救急車も！」

倫子は叫んだ。なぜこんなことに？　とにかく助けなければ——。

部屋を飛び出したコースケが、往診車から自動体外式除細動器《AED》を取ってきた。保の胸にパッドを付ける。心電図分析の結果、心室細動——致死性の不整脈が出ていた。

「離れて！」

倫子が声を上げる。電気ショックをかけると同時に、保の胸が跳ね上がった。だが、心拍は戻らない。ただちに心臓マッサージを再開した。

遠くから、救急車の音が聞こえてきた。

「戻って！」

「戻ってこい、保！」

倫子も、コースケも、必死に心臓マッサージを続ける。

二回目の電気ショックを施行した。

無理なのか——そう思いかけたとき、めちゃくちゃなリズムを表示していたモニター画面に、きれいな尖った波形が出現した。

「出た！」

よかった。保の心臓は再びリズムを取り戻した。

「保君！　わかる？」

「う……ん」

保は、かすかにうなずいた。

救急隊が到着し、保をストレッチャーに乗せる。

「新宿医大の救急外来へ。受け入れ了承済みです」

倫子は救急車に同乗し、保の心電図モニターをにらんだ。再開したばかりの心拍は、いつまた乱れてしまうかわからなかった。

早く！　早く！

救急車は、赤信号を突き進み、ときに車線を逆走しながら進んだ。それでも途方もない時間が費やされているように感じられる。

ようやく救急車が新宿医大病院の救急外来専用入り口へ滑り込んだ直後だった。突然、心電図モニターの波形が乱れたと思うと、フラットになってしまった。

倫子はストレッチャーの上に飛び乗り、心臓マッサージを行う。

「保、行っちゃダメ」

救急車の後部ハッチが開けられた。ストレッチャーは倫子を乗せたまま救命救急センターの扉の中へすみやかに運び入れられる。

重厚な医療機器に囲まれた、無機質で機能的な部屋だ。以前と少しも変わらない。だが、集まった救急医は見知らぬ若い医師ばかりだった。そのなかの一人と心臓マッサージを交代する。

医師や看護師が保を一気に取り囲み、次々と処置を進めるのが見えた。心電図計の電極が手足に取り付けられ、点滴が開始され、尿道カテーテルも挿入される。大型の人工呼吸器が運び込まれると、保の姿は医療器具で見えなくなった。

「反応ないな。ボスミン、もう一アンプル！」

チーフの医師が叫ぶ。心拍の再開はない。

「もう一アン！　グズグズするなっ！」

蘇生処置の途中、倫子は看護師に促されて外へ出された。

待合室に連れて行かれると、コースケが呆然とした表情でソファーに座っていた。その隣に、倫子も倒れるように体を落とす。

「水戸君」

背後から低い声がした。

「教授……」

大河内教授が厳しい表情で立っていた。

「もっと、もっと早く判断を……」

声をつまらせると、大河内教授は、わかっている、というようにうなずいた。

倫子は唇を嚙んだ。今日だけの話ではない。肺炎になったときに、いや、母親が失踪したときに入院を選択していれば、そもそも最初に担当を依頼されたときに断っていれば、こんなことにならなかった――。

やがて、救命救急センターの扉が開き、看護師が倫子を中に呼び入れた。救急医のチーフが近づいてくる。

「お力になれませんでした」

倫子に向かって、小さく頭を下げた。

保の死亡が告げられた瞬間だった。

翌朝、むさし訪問クリニックを小金井署の警察官二人が訪れた。倫子、コースケ、亀ちゃん、それに大河内教授が顔をそろえた。

「かたくならなくていいですよ。我々も、不運な事故と考えています」

年配の刑事が、笑顔も見せずに言った。

「天野保さんは、ひとりで夜を過ごせる状態でしたか？」

「安全性を考えると、極めて危険でした」

倫子は正直に答えた。

「ではあの日、天野保さんがひとりだと、知っていましたか？」

「知りませんでした」

倫子は、訪問のたびに二十四時間態勢は順調かと尋ねていた。保からは、大丈夫だという返事しか聞いていなかった。

「すみません。確認が不十分でした」

「まあ、それは先生の責任ではありませんから」

倫子はうつむく。自分の認識の甘さが悔しかった。

若い方の刑事が、亀ちゃんの刷り出した資料を見ながらつぶやいた。

「それにしてもなぜ天野さんは、あの晩だけボランティアを入れなかったのでしょう？」

資料は保が書いていたツイッターやブログで、ボランティアたちへの連絡やシフト表も含まれていた。

シフト表にはきっちりと担当者の名前が書き入れられているが、十二月二十四日の夜欄だけが空白だ。ボランティアが見つからなかったのだろうか。それならばヘルパーを入れれば済むことだ。

皆が黙った。紙をめくる音だけがする。

「あ……」

大河内教授が声を上げた。

教授は「ここを見てください」と、あるページを刑事に示した。

《クリスマス・イブは、一年のなかで一番大切な人と過ごす日。家族とか、恋人とか。誰にとっても大事な夜だよね。みんなは、誰と過ごすのかな？　僕の大切な人も、必ずイブには帰ってくると思います――》

「保君は、あえてひとりを選んだのかもしれませんね。誰も拘束したくなくて……」

教授がそう言うと、部屋の中は再び静かになった。やがて亀ちゃんのすすり泣く声が聞こえた。

新横浜にある介護老人保健施設「ガーデニア新横浜」に向かっていた。父の見舞いのためだ。今年も終りかと思うと、普段は考えないようなことが頭をよぎる。この一年、父はまったく声を出さないばかりか、目も合わせられなくなった。

渋谷《しぶや》で見舞いの品を買うため、ハチ公口に回る。果物店で倫子の前に並んでいた女性客が、季節はずれのメロンを買い求めていた。倫子は少し迷ったが、大粒のイチゴにする。

東横線が地下深いホームとなってからは、渋谷が単なる途中駅に過ぎなくなった。父と出かけた、以前の明るい始発駅が懐かしい。

車内は、年の瀬を楽しむ若者や家族連れで混雑していた。倫子は電車のドアに体をあずけるように立つ。保と同じくらいの年齢の青年が向かいの角に立っていた。

なぜもっと強く説得しなかったのか。保を病院や施設に入れていれば、こんなことにはならなかった。繰り返し悔やまれるのはそのことばかりだ。要領が悪いというのはこういうことなのか。唇を強く嚙んだ。

「保は、母親を待つことを選んだんだ。もう一度、家で母親に会える方に賭けたかったんだよ。君は彼の選択を医師として支えたんだから、あまり自分を責めるな」

あの日、刑事の帰ったあとに大河内教授が言った。

だが、保の命を支えきれなかったのは、どんな理由があったとしても自分の責任だ。やりきれなかった。

こんな結果になって、在宅医を続ける資格があるのだろうか。

救おうとしても、手からこぼれていく命。やはり保を受け持つべきではなかったとしか思えない。

車窓に映る自分の顔が揺れている。ドアが開くたびに十二月の冷気が頬を打つ。

新横浜駅に着いた。マンション風のガーデニア新横浜は、庭がよく手入れされている。数本の松が、こも巻きで冬支度されていた。

父の部屋にはすでに母がいた。優しい香りが漂っている。

「ジャスミンよ」

いい香りでしょう、と嬉しそうに言う。そんな母を見て、倫子はささくれだった心がほぐれていくのを感じた。

「ちょっと高かったけれど、お正月が来るからお父さんのために買ったのよ」

母は言い訳のように付け加えた。父に香りがわかるとは思えないが、母が喜ぶならいいことだ、と思う。

「イチゴ。食べてね」

倫子が包みを差し出す。母は、「あまおう!」と目尻を下げた。

八年前に一度目の脳梗塞を、五年前には二度目を発症し、父は脳の機能の多くを失った。後遺症によってほとんど反応のない父親を見ると、大好きな父であるはずなのに、もう会いたくない気分になるときもある。もし生活のすべてを犠牲にして父のために生きられるかと問われれば、正直、無理だ。施設の中で、交替で見守ってくれる人々がいるからこそ、父を優しい気持ちで見つめ、一緒にいる時間を楽しめるのだ。

部屋に若い介護士が入って来た。三か月前、父の誕生日にハッピー・バースデーを一生懸命に歌ってくれた女性だった。

「今日は少しお熱があったので、入浴を中止して往診の先生に診てもらいました」

そう報告すると、小さくお辞儀をして出ていった。

「お父さん、温泉が好きだったから、悔しがってるよね」

母は倫子に向かって、くすりと笑った。父親の脂っぽくなった髪をなでつけ、「もっと行けばよかったね、温泉」とつぶやき、いつものように少し涙ぐんだ。

母を見ながら、倫子はありありと思い出した。「ドライブしよう」と言った天野保の言葉を。

あのとき、どうして保とドライブしなかったのだろう。

どこでもよかったのに。あの日しかなかったのに。


警察の調べにより、保の死は最終的に事件性がないと判断された。深夜に人工呼吸器のエアホースがはずれ、保が異変に気づいたときには血中酸素濃度が大きく低下しており、電話やメールをする力が残っていなかったのだろうとの見立てだった。

「寝ている間に保さんが体を動かして、はずれちゃったんでしょうか？」

亀ちゃんが「在宅医療は、うまくいっていたのに」と、残念そうに言った。

「あっ、マユユ！」

コースケが小さく叫んだ。

「何？」

亀ちゃんが顔を上げる。

「いや……」

コースケは口ごもったまま黙った。倫子は痛いほどの胸苦しさを感じる。エアホースに、ネコのマユユがよくじゃれついていたのを思い出したからだ。だからといって、いまさら何が変わる訳でもないのだが――。

亀ちゃんが「そういえばこれ、ちょっと見てください」と、パソコンの画面を示した。保がつづっていた例のブログだ。日付は十二月十日、亡くなる二週間前だった。

《ところでみんな、happinessとhappeningの語源は同じだって知ってる？　どちらも、『チャンス』を意味する古代スカンジナビア語『hap』に由来するそうです。だから僕は、何が起きてもハッピーでいようと決めたんだ。これからの人生、いろんなハプニングがあるかも知れないけれど、いっしょに頑張ろうね！　そんな訳で、ほんの少し早いけれど、Merry Christmas and a Very Happy New Year with a lot of HAPPENINGs!》

ブレス3　エンバーミング

三鷹駅のホームに薄紅色の花びらが散っていた。近くに桜の木などあったかと周囲を見回す。やはり、どこにもない。花弁というのは、案外遠くまで舞い散るものなのだろうか。

むさし訪問クリニックに来て二年目の春だった。

この一年で九人を看取り、十人の新しい患者が加わった。そのうち二人は患者家族からの紹介だ。クチコミという事実は家族が満足した証と思え、ほっとする。しかし、昨日看取った九人目の患者については複雑な思いが残っていた。

クリニックに着いたとき、ドアにはカギがかかっていた。今朝は一番乗りかと思いながら室内に入ると、デスクの電話が鳴っていた。

「た、大変なことが……」

受話器から女性の震える声が聞こえた。

「どちら様ですか？」

倫子が尋ねても、すぐに返事はない。

「は、は、母が……」

聞き覚えのある声だった。

「古賀《こが》さん？」

「は、はい、妙子《たえこ》です」

昨日、亡くなったばかりの患者、古賀芙美江《ふみえ》の娘、妙子だ。ひどく取り乱した様子だった。

「どうされまし――」

倫子の言葉を待たずに妙子は叫んだ。

「母が消えたんです！」

「えっ！　ご遺体が？」

今度は倫子の声が裏返る。

芙美江は昨日、確かに息を引き取った。倫子が看取り、死の床に就いた芙美江の手をコースケがしっかりと組み合わせた。間違いない。

いったい何が起きたというのか――。

いつの間に出勤したのか、コースケと亀ちゃんが驚愕《きょうがく》の表情で見つめている。

花冷えの日の始まりだった。

＊　＊　＊

「ねえ、お母さん。優しそうな先生でよかったわね。きっと元気になれるわよ」

妙子は母親の額をなでつつ、幼児に声をかける調子で話した。

前日に降った雪の残る一月中旬、古賀芙美江の家を初めて訪問した日のことだ。

吉祥寺駅から公園通りを南西へ進む。武蔵野《むさしの》市御殿山《ごてんやま》にある古くて大きな家は、高い垣根に囲まれていた。庭は真冬だというのに木がうっそうと茂っている。周囲は静かで、吉祥寺駅の近くとは思えない。まるで別荘にでも来た気分だった。

「お医者様に、わざわざこんな所まで……ありがとうございます」

患者はベッドの上で小さな半身をゆっくり起こし、白い頭を下げた。

《古賀芙美江、八十四歳。日常生活の活動性が著しく落ち、食事量も乏しいが、血液データおよび画像検査では明らかな異常所見を認めず、老衰性の変化のみと思われる。処方薬なし》

新宿医大病院からの紹介状には、そう書かれていた。

「何か、お困りのことはありませんか？」

倫子が尋ねると、芙美江は「今のところ、何も……」と答えた。

「お食事はとれていますか？」

「はい」

「お母さん、違うでしょ」

妙子は、ショートヘアの頭を左右に振った。

「母はちっとも食べないんです。もとは食欲旺盛だったのに、二年前くらいからすぐにお腹いっぱいと言って残すんです。栄養が足りないせいで寝てばかりいるんじゃないかと心配で……」

妙子は困ったように笑って倫子に訴えた。

カルテの患者情報によると、妙子は長女で五十七歳だ。やせているせいか皺が目立ち、疲れているように見える。

「どんなお食事をとられていますか？」

食事形態を変えれば食が進む高齢者も少なくなかった。

「母の好物を中心に……。とにかく食べてもらえるように、何でも買っています」

妙子は介護ノートを取り出した。几帳面な文字で、びっしりと書き込まれている。

マスクメロンに和三盆を使った卵プリン、永平寺御用達のゴマ豆腐など——。やわらかく喉越しのよいものであるばかりか、栄養面にも優れた素材に気を配っているのがわかった。

「この時期、メロンをみつけるのも大変でしょうね」

「渋谷か銀座まで行けば、たいていそろいますから」

倫子の驚きをよそに、妙子はごく当たり前のように応じた。

「銀座で季節はずれのメロン！　高いっすよね！」

コースケがとんでもないことを言い出す。妙子が苦笑した。

「お金はいいんです。ただ、せっかく買っても、ほとんど残してしまうのがもったいなくて」

妙子は残念そうにつぶやいた。

「お薬は飲まれていないようですね？」

「はい、何も。母は薬嫌いなんです」

「でも、養老酒は飲んでますよ」

芙美江が横から口をはさんできた。思ったよりも反応がいい。

「養老酒、ですか。教えていただきありがとうございます」

聴力や理解力は問題なく、記憶力もそれほど落ちてはいないようだ。倫子は「覚醒レベル良好。言語的な疎通は良い」とカルテに書き入れた。

「診察をさせてくださいね」

倫子の言葉を合図にコースケが血圧を測り始める。血圧は一四六 - 九二とやや高いものの、すぐに治療が必要なほどではなかった。

パジャマのボタンをはずした。肋骨がくっきりと浮かび上がっている。飴《あめ》細工のように壊れそうな体だった。

やせて脂肪が落ちきった皮膚は弱い。寝ているだけで肩や腰骨など、布団に当たって圧力がかかる部分の血流が悪くなり、やがて壊死《えし》する。最終的に褥瘡、いわゆる床ずれになるのだ。

ところが芙美江の肌は、褥瘡などの異常がまったく認められなかった。

「丁寧に介護されていますね」

そう指摘すると、妙子は「夜も定期的に寝返りさせています」と誇らしげに微笑んだ。

芙美江はこの一か月、終日ベッドで過ごしているという。

「お座りになれますでしょうか」

ベッドの上で芙美江の体をゆっくり起こして座らせた。芙美江は背筋を伸ばしたかと思うと、すぐに腰からぐにゃりと崩れる。背後に回ったコースケが、両手で芙美江の体重を支え、ベッドに横たわらせた。

芙美江の手足を徐々に伸ばし、関節の動く範囲をチェックする。膝が伸びきらず、マイナス一〇度、腕も完全には上がらず、マイナス一五度の拘縮が見られた。関節の可動域が狭くなってはいるが、この程度なら生活に支障はない。

「関節の動きは、まずまずですね。つらいことはありませんか？」

「リハビリ、です」

芙美江が、しわがれた声で答えた。

「え？　リハビリですか？」

「先生、実は先月まで理学療法士さんに来てもらっていました。でも母が嫌がるのでやめたんです。本当は続けた方がいいですよね？」

妙子がそう言った瞬間、芙美江が叫んだ。

「リハビリは、もうたくさん！」

「でもお母さん、動けなくなったらおしまいよ」

「勘弁して。とうに八十を過ぎたんだから、食べるのも休むのも好きにさせて。それでお迎えが早く来ても構わない」

「お迎えなんて、縁起でもない」

妙子が芙美江を軽くにらむ。

「あなたも、この歳になったらわかる。リハビリは死ぬよりつらいのよ」

芙美江は悲痛な声で言うと、ベッドの上で体の向きを変えた。

「お母さん、トイレなの？」

妙子は、先ほどから芙美江が少し動くたびに、「喉が渇いたの？」とか、「トイレ？」と尋ねた。

「トイレなんでしょ？」

妙子が繰り返す。

「トイレ、トイレって、しつこいっ！」

芙美江が声を上げると、妙子は、途方に暮れた顔になった。

「……いつも母はこんな感じなんです。食事拒否、リハビリ拒否、トイレ拒否。まるで反抗期の子供ですよね」

倫子は芙美江のやせた体を改めて観察した。筋力の著しい低下により、いろいろな動作が負担になっているに違いない。

「そうとばかりは言えません。お母様は筋力が弱くなっているので、トイレに立つとか座るというだけでもお疲れになるのでしょう。私たちで言えば、走ったり、重い荷物を持って動いたりするようなものです」

「そうなんですか……」

妙子は少し寂しそうな顔で、しばらく考え込んでいた。

「ここ半年くらい、母とは『やる』『やらない』、『食べる』『食べない』のバトルでした。でも、もともと我慢強かった母がこんなふうに怒るんですから、よほどつらいのかもしれませんね。母の言う通り、無理せず自然に過ごさせてあげた方がいいのでしょうか」

「ご高齢ですし、そうすべき時期かもしれませんね」

この一年近く、在宅で暮らす高齢者を診ているうちに、倫子は徐々に自分の考えが変化したのを感じる。食欲が落ちれば、これまでなら消化器の検査や栄養を取るための治療を考えたものだ。だが、食べなくなるのも自然な経過という感覚もわかるようになってきた。

「お体を詳しく調べれば、癌などの病気が見つかるかもしれません。でも年齢などを考えると、見つかったところで手術や抗癌剤治療には耐えられない可能性が高いでしょう。わざわざ体に負担をかけてまで検査をする意味は見いだしにくいと思われます」

「人が老いるって、そういうことなんですね……」

妙子がしんみりとした口調でつぶやいた。

コースケに、リハビリは無理せず関節が固くなるのを防ぐ程度でいいと伝える。

「では、食欲が出る漢方を試してみましょう」

倫子は六君子湯《りっくんしとう》という、食欲不振に効果のある漢方薬を処方した。

コースケが運転席で炒り豆をポリポリと食べながら車を走らせていた。

「まさか、クリニックにまいた豆？」

コースケは「フクワウチっす！　うまいっす！」と答える。

芙美江は体調を崩すこともなく、穏やかな日々を過ごしていた。今日は三回目の訪問日だ。

「先生は、ちゃんとお昼ご飯食べたの？」

午後最初の訪問で芙美江は開口一番、自分のことより倫子の食事を心配した。妙子の記録を見ると、相変わらず食は細いようだ。

ベッドの脇にコンパクトな仏壇がある。優しそうな顔をした男性の遺影が飾られていた。

「ハンサムな方ですね」

芙美江は、嬉しそうに笑った。

「うふふ、そうね。主人は無口な人でね……」

芙美江は目を細めた。

「五十九歳で死んじゃったの。脳出血で」

「そうでしたか」

「だから私も六十まで生きればいいって思ってた。まさか八十四歳でも生きてるなんてね……」

「あらお母さん、そんなふうに思っていたの？」

妙子が驚いた声を出す。芙美江は気にする様子もなく話を続けた。

「主人といっしょに、お庭を作っていた頃が一番楽しかった」

「庭ですか」

倫子は窓の外を眺めた。陽のよく当たる広い庭だった。

「私はバラやハーブを育てていたんだけれど、主人が好きだったのは、芝生」

「芝生、ですか？」

「変わってるわよね。でも、夫婦は好みが違うくらいが喧嘩しなくてちょうどいいのよ」

倫子の両親も趣味は違っていた。父が口ずさむのは演歌、母は演歌など歌ったことがない。

「そういえば主人ったら、ひどいのよ……」

この日の芙美江はよくしゃべった。

「私がお友だちと外出したとき、新しく植えておいたハーブをみんな抜いちゃったの。あ、草と間違えた、ごめん、ごめん、なんて言ってたけど、あれはきっとヤキモチね。私が遊んで帰ってくるのが憎らしかったのよ。それでハーブに仕返ししたのね」

芙美江は声を立てて笑った。

「今日は機嫌がすごくいいのね」

妙子は、久しぶりに母の笑い声を聞くと言った。

「庭に立つ父と母は、本当に幸せそうでした。珍しい品種が出ると、夫婦でわざわざ遠くまで買いに行ったり。祖父からの相続が少々あって、趣味に費やすくらいのお金には困らなかったのでしょうね」

「あ、だから銀座のメロンも……」

コースケがあとの言葉を飲み込んだ。今朝、コースケは「下品なことを言わないように」と亀ちゃんに釘を刺されていた。

漢方薬を処方した後、しばらくは食欲が戻ったように見えた芙美江だが、食事量は再び落ちていた。アイスクリーム数口とジュース程度しかとれない日もあるとのことだ。

いよいよ、栄養摂取の方法について話をしなければならない。大学病院にいたときは、患者がこの状態になれば、ほぼ自動的に胃瘻《いろう》や高カロリーの点滴を行ってきた。死は、誤嚥《ごえん》性肺炎が引き金になることが多いからだ。

在宅患者では胃瘻を使う場合もあれば、できる限り口から食べられるように介助し、それも困難になった時点で自然に死を迎える方法もある。どちらが正解というものではない。

意思のはっきりした芙美江はどうしたいのか——直接尋ねてみたいと思った。

「これから、どうやって栄養をとるかということについてお話ししますね」

倫子は芙美江と妙子に、胃瘻や点滴治療に関する説明をゆっくりと開始した。

今後、口から物を食べられなくなった場合、胃瘻や点滴で栄養を確保する選択肢がある。胃瘻は、手術で造った開口部にチューブを使って流動食を胃に直接流し込む方法だ。食物をとる生理状態に最も近いため、点滴よりも高い栄養補給が可能になる。ただし手術に伴う出血や感染などの合併症が起きるリスクがある。

「胃瘻、ですか……。胃に穴を開けるんですよね？」

「はい。手術で胃への入り口を造ります」

「胃瘻にしたら、もう二度と口から食べられないんですか？」

妙子が悲しそうな表情で尋ねる。

「あとで口から食べられるようになれば、胃瘻を使わなくてもいいんですよ。お口が二つある状態だと考えてください」

「お風呂は？」

「大丈夫です。小さな蓋をして、ちゃんとお風呂に入れますよ」

「じゃあ胃瘻でずっと生きられるということですよね？」

「必ずしもそうとは思えません。食べるという行為をしなくなると、全身の活動性も落ちてしまう方が多いというのが実感です」

命を維持するという点だけを考えれば、確かに胃瘻はうまくいけば有効な方法だ。一時的な胃瘻で元気になる——そんな高齢患者が皆無という訳ではない。

ただ、研修医の頃にアルバイトした民間病院を倫子は思い出す。そこでは多くの患者に胃瘻が造られていた。機械的に栄養をとらされる患者がずらりと並ぶ工場のような病院だった。言葉を発することができる患者はほとんどおらず、病室は常に静けさに満ちていた。

一般に病院では、新しい患者を受け入れるときに最も手間がかかる。同じ患者をずっと生かしておけば、病院側の労は少なく、空きベッドなしで安定した収入が得られる。

その病院は職員のモチベーションが下がっており、「患者の幸せ」を議論するような雰囲気ではなかった。思い出すといまでも心が痛む。あの状態を芙美江や妙子が望むとは思えなかった。

妙子は「そういえば、親戚にそういう人がいました」とうなずく。

「私には決められません。お母さん、どうしたい？」

芙美江は即座に答えた。

「もう結構です。無理に生かされたくないんです」

言葉のなかに、固い決意が込められているのを感じた。

「先生、食べられなくなったら終りにしてください」

芙美江の表情は、穏やか、いや、晴れやかと言ってもいいほどだった。

「ベッドの上だけの人生なんて、好きじゃないんです。私は十分に生きてきました。ここには主人もいませんし、もう、お庭にも立てませんから」

「お母さん……」

妙子が涙ぐむ。

「胃に穴を開けるなんて、とんでもない。そこまでして生きたいとは思いません」

ふと天野保のことを思い出した。老人の食事介助の風景をテレビで見たときに、保は「あそこまでして生きたくない」と言った。

芙美江が妙子に微笑みかける。

「ね、十分なのよ、妙ちゃん。お庭でいろんな花も育てたし、ずいぶん遠くまで行って珍しい苗を集めてきたりもしたわね。もう、あの子たちの世話をする体力もない。生きていても意味がないのよ。私も自然に帰るだけ」

窓から見える庭は花壇の形が残されていたが、生い茂った雑草で荒れていた。

「だからね妙ちゃん、お願いよ。もしものことがあったら泣いてないで、お庭を早く片付けてちょうだいね。ほかにもご先祖様のこととか、家の中のこととか、あなたにお願いすることは山のようにありますからね」

妙子はイヤイヤをするように顔を揺らした。大粒の涙が数滴こぼれ落ちる。

妙子の姿を見ながら、倫子もいま父に死なれたらと考えると、まだ早いという焦りを覚える。自分も、妙子と同じ迷いの中にいるのかもしれない。

芙美江は妙子の手に自分の手を重ね、真剣な表情になった。

「妙ちゃん、お願いだからこのままでね。先生、あとは苦しくないように。どうか上手に死なせてくださいね」

芙美江は死を覚悟している。これ以上、患者に治療をすすめるのは、ある意味、医療という名の暴力だと感じた。

「では、お食事もご無理のない範囲で経過をみましょう」

コースケが驚いた表情で倫子を見る。

「食べられないときはそのままでいいってことっすか？」

倫子がうなずくと、コースケは緊張した表情で「ラジャっす」と答えた。

二月の寒さは例年以上だった。キンカンは枯れてしまっただろうかと思いながら、恐る恐るベランダに出た。葉は色あせていたが、まだなんとか生きていた。

鉢を陽の当たる場所に移動する。葉の陰で、青い実が揺れた。

「すごい、残ってたのね！」

思わず声が出る。カイガラムシのせいで、実は全滅したと思っていた。

よく見ると、実はもうひとつあった。合計二粒が生き残っていたのだ。ひとつは、皮の表面に茶色の線が入っている。もうひとつは、やや細長い実だった。

「よかった、よかった」

青果店に並ぶキンカンのように大きくも美しくもないけれど、いま目の前にあるいびつなキンカンが愛おしくてたまらなかった。

人も似ている、と思った。同じように治療しても、治る人とそうでない人がいる。その差には、医療を超えた何かがあるように思う。あえて言えば寿命、生まれながらに持っている運命や生命力なのかもしれない。

終末期医療の現場では、それがくっきりと浮かび上がる。

人の幸せのために医療があるならば、患者の思いを尊重するのが本来の医療の姿だろう。

そう頭でわかっていても、医師として、命が自然に尽きていくのをじっと見守るだけというのは迷いが大きく、簡単なことではない。

いつものように古賀家の門をくぐる。梅の木にたくさんの花が咲いていた。そばを通るといい香りがする。

芙美江の寝室には、初めて見る男性がいた。髪をきちんと分け、メガネをかけたスーツ姿のやせた男だった。妙子が改まった口調で言った。

「兄の純一郎《じゅんいちろう》です。こちらはむさし訪問クリニックの水戸先生」

男性は「え、女？」と声を漏らし、細くつり上がった目を倫子に向けた。

古賀家の訪問は四回目だが、これまで息子の話を聞いたことはなかった。

妙子と二つ違いの五十九歳。大手種苗会社に勤務した後、独立して植物の海外買付を専門とする会社を設立したという。シカゴやロサンゼルスでの駐在経験もあるとのことだった。

「妹から、母が危ないって連絡を受けました。失礼ですが、ちゃんと治療をしていただいたのでしょうか？」

純一郎は、挨拶もなくいきなり詰め寄ってきた。

「お兄ちゃん、そんな言い方、失礼よ」

妙子が顔をしかめる。

「妙子は黙ってろ！　なんで、もっとちゃんとした医者にかからないんだよっ」

後半部分は小声だったが、倫子にも十分聞き取れた。妙子は暗い表情でうつむいた。

「こんなにやせちゃって……。食事を受け付けないのは、病気だからじゃないですか？」

純一郎は、いぶかしげな目を倫子に向けた。

「ご年齢を考えますと、特別な経過ではありません。ここにデータがありますが……」

倫子が血液検査の数値や、前の主治医から取り寄せた胃カメラやCT検査の結果を出して説明した。純一郎はそれらに目もくれず、ツッと舌を鳴らした。

「あのですねえ。診断と治療が間違ってる可能性はないのか、と言ってるんですよ、センセ」

純一郎の言葉に、医療不信というより、強い悪意を感じた。あえて言えば女性蔑視のようなものかもしれない。「ちゃんとした医者」とは「男性の医者」という意味だろう。

大学病院で倫子は何度も経験した。自分が主治医だと名乗ったときの、患者のがっかりした反応を。あからさまに「なんだ、女か」と言う人もいれば、「女医さんの方が、しっかりした先生が多いのよね」と、自身を納得させるようにつぶやく患者もいた。

「新宿医大病院総合診療科の大河内仁教授とともに、治療方針を決定しています」

あえて言った。嘘ではない。ただし、木曜会で「ふうん、いいんじゃない」という程度の教授の言葉を盾にして、ここまで言い切っていいのかどうかはわからないが。

ある種の患者と家族を不安がらせないためには、「女医だけで決めていない」という一言が大きな効果を発揮する。どんな医学書にも書かれていない、医師になってから倫子が学んだやり方のひとつだった。

純一郎は少しだけ落ち着きを取り戻した。倫子はこれまでの治療の説明に入った。

「お母様のように明らかな疾患もなく、ゆるやかな食欲の減退と食事量の低下が見られるのは、老衰によるものだろうと考えています」

「はあ？　随分な見立てですね。そもそも老衰って何ですか？」

純一郎は眉を上げ、不信感をあらわにして倫子を見た。

「自然な肉体の衰えです。不可逆性の、つまり元には戻らないもので……」

純一郎は倫子の言葉をはねつけた。

「母はまだ八十代の前半ですよ。日本には百歳を超えた人が六万人以上もいるというのに、ウチの母を一方的に老衰だと決めつけるなんてひどいじゃないですか。何も治療をせず、このまま死ぬのを待てというのですか？」

「そんなことはありませ……」

「私はね、アメリカで病気に強い花を作ったり、老木を若返らせたりする研究をしていたんです。不可能を可能にするのが、プロの仕事だと思っていますよ。母が老衰なら、老衰を治すのがあなたの仕事じゃないんですか？」

純一郎が、再び興奮し始める。

「これまで私は事業に追いまくられて、母には随分と寂しい思いをさせてきてしまった。親不孝の穴埋めに、母にはできる限りのことをしてやりたいんです。妹には絶対にできない親孝行を……」

ベッドに体を横たえていた芙美江は、黙って目を閉じた。

「とにかく、母を早く治してください！」

老衰を治すことなどできるはずがない。どうやって話を進めようかと言いよどんでいると、純一郎の携帯電話が鳴った。

「ちょっ、ちょっとそれはお待ちください。来月になれば……」

携帯電話を耳に当てたまま純一郎は何度も頭を下げ、部屋を出て行った。

翌日の木曜会で、倫子は古賀芙美江の症例報告をした。大河内教授は報告の半ばあたりから耐えきれない様子で笑い出した。

「老化は治せないって、息子に教えてやれば？」

「先生、それが通じそうな相手じゃないんです……」

倫子は純一郎の冷たい目を思い出した。

「終末期医療では、医療者側も家族も逆算の思考でいかないと」

大河内教授は、また謎めいた言葉を口にする。

「逆算、ですか?」

「治療すれば以前のように歩けるようになるとか、しっかり食べられるようになるとか、古賀芙美江はそうした期待が持てる時期を過ぎているんでしょ? だったら死というゴールから逆算して、残された時間をどうするかを皆で考えてあげなさい」

「死というゴール……考えもしませんでした」

確かに死をゴールと思えば、そこに至る区間の走り方を考えるようになる。

「肉親が死ぬという事実を受け止められない家族は少なくない。だからこそ、医師がひるまずに現状を伝える必要がある。ゴールがわかれば、そこから『最期をどう生きたいか』という話を始められるのだから」

大河内教授の理論は明快だった。

在宅医療を始めてから、いつも迷いのようなものが心の片隅にあった。教授の言葉で、もやもやとした思いが少しずつ整理されてゆくのを感じる。

芙美江の望む「穏やかな最期」をどう支えればいいのか。死の時期を見極めたあと、残された時間に患者や家族、そして医師に何ができるのか——。考えるべきは、そこなのだ。

桃の節句の午後、古賀家の玄関には、古めかしい立雛《たちびな》が飾られていた。

「お宝っすね」

挨拶のついでにコースケがおどけて言うが、その日の妙子は笑みを見せない。いつになく暗い表情のままだった。

「よろしくお願いします」

声が沈んでいる。理由はすぐにわかった。純一郎が芙美江の傍らに陣取り、何やら怪しげな様子なのだ。

芙美江に覆いかぶさるようにして、純一郎は耳元で繰り返しささやいている。

「ママ、大丈夫だからね。もうすぐ聖観世音《しょうかんぜおん》様も来るし、五鈷杵《ごこしょ》も大きい方を頼んだから」

妙子は二人をチラリと見ると、うとましそうに眉を寄せた。

「お母さん、水戸先生の診察よ」

純一郎は倫子の姿を認め、顔をこわばらせた。

「母が何を言ったか知りませんが、一日でも長生きさせるのが医師の仕事でしょ？」

相変わらず高圧的だ。

「患者がこんなになって、医療をしていると言えますか？　はっきり言わせてもらいますが、これって手抜き診療じゃないですか？　債務不履行、医療詐欺ですよ！　母に何かあれば、あなたを訴えますからね！」

脇の下にいやな汗がにじむのを感じる。コースケの顔が怒りで赤黒くなっていた。

「かわいそうに、こんなにやせさせられて……。老衰だから治療をあきらめろと言いくるめられたんだね。このままじゃ、母は餓死しますよ。食べられないなら、流動食を入れる方法だってあるんじゃないですか？」

純一郎は、「ちょっと、これを」と、タブレット端末の画面を倫子に突き出した。「胃瘻」の解説ページだった。

「素人だって、調べればこれくらいのことわかるんですよ。胃瘻を使えば、母はちゃんと栄養がとれるでしょ？」

芙美江や妙子にしたように、倫子は改めて胃瘻の方法やリスクについて説明を繰り返す。

「……胃瘻にしない理由は、三つあります。第一に、高齢者への手術はリスクが伴います」

「だから？　上手い外科医にやらせりゃ済む話ですよね！」

「第二に、胃瘻をしたからといって、必ずしも延命にはつながりません」

「やってみなけりゃ、わからないじゃないか。あきらめるよりは、ずっといい！」

「最後に、これが重要なのですが。お母様ご自身が、胃瘻を拒否されていらっしゃいます」

純一郎はテーブルを手で強く打ちつけた。

「母は、正しい判断ができないだけですよ！」

そのとき、純一郎の携帯電話が鳴り響いた。彼は電話を耳に当てると、こわばった顔で部屋を出て行った。

倫子は吐息をつく。どんな状態であっても、命をつなぎたいという願いもまた生き方のひとつだ。患者本人と家族が望むなら、胃瘻を試すチャンスを阻《はば》むつもりはない。

純一郎が戻ってきた。それまでとは打って変わり、声も静かで哀愁を帯びている。

「ママ。俺さ、ずっと家を空けていたから信用ないのはわかっている。独立するときも、ママ反対したよね。でも俺、いまを乗り切ればうまくいくんだ。だから今度だけは、俺の言うことを聞いてよ。ね、ママには、もっと生きてもらって、俺の成功するところを見てもらいたいんだ」

純一郎は芙美江に再び顔を寄せ、しばらく見つめていた。

芙美江が困った表情をし、「わかったわ」とささやいた。妙子が驚いた様子で声を上げる。

「ちょっと待って、お母さん。まさかお兄ちゃんの言うとおりにするの？　あんなに胃瘻は嫌だって言ってたじゃない。だから私も納得して、先生にそうお願いしたのに」

「黙れ！　妙子はだまされたんだよ」

「違う！　お兄ちゃんは何もしてこなかったくせに、いまさら何よ！　私はお母さんの気持ちをちゃんと考えてきたんだから、余計な口出ししないで！」

純一郎が顔色を変えて立ち上がった瞬間、芙美江が強い口調で言った。

「妙ちゃん、お兄ちゃんに謝りなさい」

妙子が唖然として二人を見つめる。

「まさかお母さん、胃瘻するの？」

芙美江はうなずいた。

「私よりお兄ちゃんが大事なの？」

「どっちも大事よ。でも純ちゃんがそこまで言うなら……」

芙美江は目に涙をためた。

「お母さん！」

妙子は部屋を飛び出していった。

「先生、やっぱり胃瘻をお願いします」

芙美江は真剣な表情だった。

「よろしいんですか？　ご自身のことですよ」

倫子は芙美江の変化に驚いた。つい先日までは「無理に生かされたくない」と言っていたのだ。

「私、間違っていますか？」

芙美江の目が少し泳いだ。

「いえ、正解はありません」

「ではお願いします。私の体は子供たちのものですから」

芙美江は微笑んだ。

「ママ、よく決断してくれたね！　よかった！」

純一郎が勝ち誇ったような笑い声を上げる。

「……承知しました」

倫子はその場で新宿医大病院の消化器外科に電話した。顔見知りの医師がおり、ただちに手術の予約を受けてくれた。

古賀家を辞するとき、純一郎はまたもやどこかに電話をしていた。

クリニックに戻ってうがいをしても、口の中が妙にいがらっぽい。

芙美江に関しては、穏やかな死に向かった自然な医療ができているという手応えを感じていた。患者本人の意思が、判断の大きな支えだった。まさかここで方針がひっくり返るとは予想していなかった。

長年にわたって母を顧みることがなかった純一郎が、ここまで母親の治療に強いこだわりを見せるのはなぜなのか。

倫子はコースケとともに、カルテや診察道具を棚に戻し始める。二人とも無言だった。亀ちゃんは何かを察したらしく、「お帰りなさい」と言ったきり黙っている。

しばらくはファイルをしまう音や電話の問い合わせに答える声だけが事務所に響いた。

「胃瘻に決まったんすよ、古賀芙美江さん」

コースケが、ボソリと言った。

「え？　本当！」

亀ちゃんが驚いた表情でペンを置く。

「甘ったれの長男が親孝行したいってピーピーわめいたんすよ。芙美江さん、あんなに嫌だった胃瘻をやることになって……」

コースケは気持ちを抑えきれない様子だった。

「そんなことが……。『罪滅ぼし家族』のパターンね」

亀ちゃんの言うような、長く不義理を重ねていた家族が妙に張り切り、それまでの治療方針を覆してしまう事例はこれまでにも数件あった。だが、ここまで極端な例は経験していない。

「その長男、マザコン？」

「それ以上っすよ。母親が死んだら訴えるとか言うし」

「訴訟！」

亀ちゃんが大声になる。

「まともに話ができる相手じゃないっす」

コースケの語気が荒かった。

倫子には「訴訟」以上に、純一郎の放った「餓死」という言葉が胸に刺さっていた。

自然な死を見守る医療は、どこか頼りない。果たすべき治療をやりきっていないのではないかという迷いとも背中合わせだ。

胃瘻を行わないのは、患者の飢えを放置することになるのか。芙美江に対する自分の医療方針は間違っていたのだろうか。倫子は再び思い惑う。

「あのう水戸先生、差し出がましいようですが」

亀ちゃんが、あらたまった声を出した。

「その古賀さん、ほんの少しでも食べる力は残っていませんか？」

「どういうこと？」

「実は私の祖父なんですが」

亀ちゃんの祖父は、調布《ちょうふ》の深大寺《じんだいじ》で寿司店を開いており、咀嚼力《そしゃくりょく》の落ちた客でも食べられる寿司を売りのひとつにしているという。

「お店の品書きで『松』『竹』『梅』とは別に、『寿』という特別メニューがありまして」

亀ちゃんから寿メニューの詳しい内容を聞き、倫子は「それよ！」と叫んだ。

「亀ちゃん、おじいさんに会わせて！」


その日は古賀家を訪問すると、すぐにキッチンへ案内された。

「先ほど亀寿司のご主人にお越しいただき、これを作っていただいたんです」

妙子の声が弾んでいる。テーブルの上にある寿司下駄には、茶さじがずらりと並んでいた。さじの部分には、色とりどりのハーフサイズの握り寿司が載っている。

「どうぞ、お味見してください」

倫子は茶さじをひとつ受け取り、そのまま口に入れた。

「あ、すごい！」

普通の寿司とは違い、口の中でネタとシャリがほろほろと崩れていく。だが味は食べ慣れた江戸前そのもので、醬油やワサビの味もちょうどよく広がった。

「寿司そのものっす！」

コースケは、不思議そうな表情でもうひとつを口に入れた。

シャリの部分には米粒がなく、きれいにすりつぶされている。試しに白い部分だけを口に含んでみると、ちゃんと寿司飯の味がついていた。

マグロはたたき状になっており、その上にワサビが小さく載せられて醬油がかかっている。ガリも見た目はガリそのものなのに、口の中でちゃんと溶ける。すり下ろして再び成形したのだという。

マグロだけでなく、ウニ、エビ、ホタテに光り物など、色どりも美しかった。

「お食い初めでなく『お食い締め』という言葉もあるそうですね。店のご主人に教わりました」

妙子が目に涙をためながら言った。

「おかげさまで、このところ食事をほとんどとれなかった母が、お昼に四つも食べたんです！　これからのことも母と話せましたし、いい思い出になりました」

ハンカチの端を目頭に押し当て、妙子は微笑んだ。

「幸せなお食い締めでした。本当に幸せな……」

お食い締めの翌々日、倫子は新宿医大病院の五階手術室前にいた。芙美江の胃瘻手術に立ち会うためだ。

手術室横のホワイトボードには「古〇芙〇江　PEG」と書かれている。伏せ字入りの氏名に続くPEGとは経皮内視鏡的胃瘻造設術の英語を略したもの、つまり胃瘻を造る手術のことだ。

手術室はレントゲン操作室とセットになって並び、放射線をさえぎる鉛の扉で隔てられていた。外科医と外科ナースは鉛のベストを着込んで手術室に入り、倫子はレントゲン操作室に立った。消毒薬と金属臭が混じったような懐かしいにおいがする。

大学病院に勤務していた頃は、よく外科手術に付き添ったものだ。担当患者の手術を依頼した場合、外科医に任せっきりにするのは無作法と教育されていた。

実際に手術に立ち会うことで、手術の難度や患者の様子などをより正確に把握できる。しかも術後の患者や家族に対するのは、主治医である自分だ。術後の処置や注意については、手術直後に執刀医から教えを受けるのがベストだと思っている。

手術室に現れた三人の外科医は、倫子の知らない若い医師たちだった。

麻酔のかかった芙美江の口へ、内視鏡《ファイバースコープ》が挿入された。スコープの先端部の光に照らされ、腹の一部が提灯《ちょうちん》のようにぼうっと明るくなる。これを見るたびに人の体はなんと頼りないものかと思う。腹の中の光が透けてしまうくらい、人は薄い皮で覆われた生き物でしかないのだから。

外科医たちは慎重かつ繊細でありながら大胆な手さばきを見せた。彼らの指示でナースもレントゲン技師も軽やかに動く。チームの仕事ぶりを眺めているうちに、自分も大学病院の医師に戻ったような錯覚に陥った。

十五分ほどで胃瘻カテーテルは腹壁に固定された。最後に造影剤が流され、胃壁のヒダがモニターに映し出される。

執刀医の表情に安堵の色が広がった。

胃瘻手術という選択にしてよかったのかと直前まで違和感を覚えていた。だが、てきぱきと手術が進められていくのを見るうちに、これも間違ってはいないはずだという安心感に包まれる。

シアターと呼ばれる手術室の中にいる医師たちが輝いて見えた。ときおり何か冗談を口にして笑い合ったりしている。操作室側の倫子には声が聞こえず、何のことだかわからない。

手術が終った。執刀医に術後管理の指示をもらおうと、出口で待ち構える。しかし出て来た外科医は倫子とほとんど目も合わさず、「今後の指示は、ナースから聞いてください」とだけ言って足早に去った。

二泊三日の入院から自宅に戻った芙美江は、ひどくやつれていた。手にはミトンをかぶせられている。無意識に胃瘻のチューブを引き抜く、いわゆる「自己抜去」という事故を防ぐためだ。

「お腹の傷が痛むのか、ちょっと目を離したすきにチューブを引っ張っているのを見つけたんです。かわいそうだとは思うんですが、危なくてミトンをはずせません」と妙子は言った。

芙美江は落ち着きなく手を動かし、倫子に「これ、取って」と訴える。だが、うっかり自己抜去してしまえば、辛くなるのは芙美江自身だ。倫子は黙って首を左右に振った。

胃瘻を造設してから一週間が経過した。ミトンによる拘束で思い通りに物に触れられなくなった芙美江は、すべてをあきらめたように口を閉じ、動かなくなった。たまに出る言葉は、「取って」だけになった。

胃瘻を使い、数日前から少しずつ白湯《さゆ》を入れ始めていたが、ようやく今日から流動食の注入を開始する段階だ。

「いよいよお食事を入れますよ」

コースケがベッドの背もたれの角度を約六〇度まで上げた。このような半座位にすることで、胃の内容物が逆流するのを予防する。流動食の入った二〇〇ミリリットルの紙パックを開けると、バニラの香りがした。

まず、イリゲーターと呼ばれる小型のバケツ状容器に、とろみのある乳白色の液体を半パックだけ入れて蓋をした。それをベッド横のハンガー掛けに吊るす。高低差により、流動食はチューブを通って芙美江の胃に流れていく。

コースケは流動食のスピードを慎重に調節した。倫子も芙美江の変化を注意深く見守る。

部屋の奥で座布団にあぐらをかいた純一郎が、「やっとまともな医療になった」と口にした。いつの間に新調したのか、部屋の奥には大ぶりの仏壇が据え付けられている。

「先生、それで何キロカロリーですか？」

純一郎が、新しい仏具の配置を直しながら尋ねた。

「一パック二〇〇ミリリットルで二〇〇キロカロリーです。今日は半パックですから、一〇〇キロカロリーですね」

「それっぽっちですか？」

「ご様子を見ながら、一日一回から、二回、三回へと徐々に増やしていく予定です。人によって差はありますが、活動性の低い芙美江さんなら、それくらいでいいでしょう。まずは一日三パック、計六〇〇キロカロリーを目標に、注入量をゆっくり増やす計画です。無理に増やせば、逆流の危険もありますからね」

術後、二週間が経った。ようやく一日に二パック、朝と夕にそれぞれ二〇〇ミリリットルの流動食を流しても支障のないレベルになった。

ただ胃瘻が造られて以来、芙美江の発語は激減していた。

「このところお静かですね。ご気分はいかがでしょうか？」

診察を始める前に、倫子は芙美江に声をかけた。

目を開けた芙美江が、珍しく小声で何かをしゃべった。

「こんなんじゃ――」

「え？」

口ごもっており、後半がよくわからなかった。

「もう一度、おっしゃっていただけませんか？」

「――こんなんじゃ、生きていても仕方がない。天井を、見ているだけの毎日なんて……」

今度は、はっきりと聞こえた。

「お母さん、どうしてそんなことを言うの？」

居合わせた妙子が悲しそうにため息をつく。芙美江の言葉を聞くべき純一郎は、新しく玄関先に届いた配送品の荷ほどきに没頭していた。

芙美江はそれきりまた口をつぐみ、じっと天井を見つめていた。

街に桜の季節がめぐってきた。芙美江が胃瘻の造設を行って約三週間後のことだ。今日の御殿山は朝から雨が降っている。

「こんにちは」

古賀家に到着した倫子とコースケは、洗面所で手を洗っていた。

「先生！　先生！」

妙子の尋常でない呼び声が聞こえた。

手を拭くのもそこそこに芙美江の部屋に駆けつける。ふすまを開けたとたん、甘酸っぱい臭気にむせた。芙美江の口から白い流動食が流れ出ていた。唇の色が、みるみる白くなる。

倫子はとっさに芙美江の顔を横に向けた。

「コースケ、吸引！」

気道に流れ込んだ流動食による窒息状態だ。

「早く！」

コースケが吸引機のスイッチを入れ、圧力を一気に上げる。倫子はチューブを受け取り、芙美江の鼻から吸引を開始した。どろりとした液体は、反対側の鼻孔や口からも次々にあふれ出て、いくら吸っても追いつかない。

「ママ、ママ！」

異変を察知した純一郎が声を震わせた。

「お母さんっ！」

妙子も悲鳴を上げる。

「こんなに早く……困るんだよ！　おい、助けろ！　助けないと、訴えるぞ！」

必死で吸引を繰り返す倫子の耳元で、純一郎が怒鳴り続けた。だが、構っている場合ではない。酸素が数分来ないだけで、脳は深刻なダメージを受けるのだ。

とにかく吸引で気道の確保を、一刻も早く——。だがしつこい白液がいつまでも大量に湧き上がってくる。

芙美江の呼吸は戻らない。

「ママ！　ママ！　ああっ、もう！　助けてくれ！」

純一郎が泣き叫んだ。

芙美江の心臓が突然、拍動を止めた。

心臓マッサージを開始する。芙美江の胸に手を当てて押した瞬間、口から流動食が噴水のように噴き上がった。

乳白色の吐物を顔や体に浴びながら、倫子とコースケは蘇生処置を続けた。吸引を繰り返し、ボスミンを静脈から注入する。吐物で目がしみる。ぬめる額を白衣の袖でぬぐいながら、吸引と心臓マッサージをひたすら反復した。

約十五分後、ようやく心臓マッサージをしても嘔吐はしなくなった。だが、心電図は心臓マッサージの手を止めるたびにフラット、つまり心停止を示した。ボスミンをいくら投与しても心臓は反応しない。

一時間以上が経過した。何十回目かの心停止を確認し、倫子はコースケと目を合わせる。

芙美江の顔は、すでに死者のそれとなっていた。

「これ以上やっても――」

倫子は、心臓マッサージの手を止めた。コースケもアンビューバッグをはずし、うなずいた。

「残念ですが、このまま蘇生処置を続けても戻る可能性はないと思われます」

倫子がそう言うと、妙子と純一郎は無言のまま目を合わせた。

芙美江の死亡時刻を確認し、ご臨終を告げる。

一瞬の間の後、純一郎が顔を赤くして叫び始めた。

「ダメだよ！　聞いてなかったのかよ！　助けろって言っただろうが！」

倫子は黙って聞くしかなかった。

考えられないほど多量の流動食が芙美江の周囲に流れ、布団やパジャマをぐっしょりと濡らしていた。

倫子とコースケは、吐物にまみれた芙美江の髪の毛を洗い、絞ったタオルで何度も顔や体を拭き清める。妙子は涙を流しながらも気丈に動いた。タオルや新しい布団にシーツなどを手際よく運んできてくれた。きれいな布団に芙美江を寝かせ、綿を詰めた後に白装束にして手を組ませた。

「何でだよ！　何でなんだよ！　それでも医者かよ！」

やがて純一郎は喉をひくつかせ、子供のように泣き始めた。頭を抱え、ときおり「ママあ、何でだよお」とわめき声を立てながら。

何でこんなことに――倫子も同じ思いだった。

一回に注入する流動食は、二〇〇ミリリットルだった。回数は、昨日から一日三回に増やしていた。だが、嘔吐した量はそんなものではない。ここ数日の分が腸に流れていかず、胃の中にたまっていたのだろうか。

蠕動《ぜんどう》運動が極度に低下していれば、可能性がないとは言えない。

死化粧を手伝っていた妙子が突然顔を上げ、大声を出した。

「お兄ちゃんのせいでしょ!?」

純一郎は視線を泳がせ、部屋のゴミ箱を隠すように立つ。コースケが背後に回った。

「うわっ、すごい数の紙パックっすよ！」

コースケが持ち上げたゴミ箱は、流動食の紙パックであふれていた。

「お兄ちゃん、やっぱり多く入れたのね」

純一郎はうつむいた。コースケが紙パックを数える。

「十一パックっす」

「昨日の朝はカラでした。私が入れたのは昨日が三パック、今朝一パックで……」

「まさか、七本いっぺんに入れたんすか？」

純一郎は力なくうなずいた。

「一リットル半くらいあるっすよ！」

「なんで、そんなに……」

妙子が「ありえない」とつぶやく。

「じゃあ、どうすれば良かったんだよ。ママがどんどんやせるのなんて、見てられなかったよ」

純一郎はそう嘆くと、放心した様子で座り込んだ。嘔吐は起こるべくして起こったのだ。

妙子は手で顔を覆い、「お母さん、ごめんなさい。本当にごめんなさい」と泣き続けた。

死亡診断書を前に、倫子は死因の記載をどうしようかと悩んだ。

急な展開の直接原因は流動食による「窒息」である。だが、死因を「窒息」とするのは、芙美江が亡くなった真因にそぐわないと感じた。

そもそも胃瘻を造ったのは、食欲や嚥下《えんげ》機能の低下といった老衰性の変化が始まりだったのだ。

直接の死因を「窒息」と記載、その原因として「老衰」と記載した。これなら死亡統計上、芙美江の原死因は「老衰」にカウントされるだろうから実態に合う。

その日、倫子がマンションに帰宅したのは、夜の九時を回っていた。夕食用に惣菜を買ってきたものの、食欲はない。テレビを見る気もしない。何もしたくなかった。

着替えもせずにベランダに出た。家々の灯りをぼんやりと眺める。光は二重、三重の輪に広がって見えた。ざわざわとした風の音に混じり、車のクラクションが聞こえる。

自分はいったい、何をしているのか——。

理由はどうあれ、自分が手配して造った胃瘻が、役に立たないどころか芙美江を苦しめ、結果的に命を縮めてしまった。

患者の希望はわかっていたのに、望まない方向に転がるのを止めることができなかった。

あのとき、医師として胃瘻を安易に認めてはいけなかったのだ。芙美江を苦しめたのは、家族の「愛情」という欲であり、医師の「保身」という欲だったのかもしれない。

キンカンは収穫の時期を過ぎたが、まだ緑がかった薄黄色だ。もう、熟した色にはならないのだろうか。茶色い線の入った方をひと粒ちぎり取り、手でこすって口に含んでみる。酸っぱいというより、ただ苦かった。

＊　＊　＊

「……そ、それじゃあ、昨日亡くなったお母様のご遺体が消えたということですか？」

電話で話す倫子の言葉に、コースケと亀ちゃんは驚きの表情を浮かべた。

「先生！　どうしたらいいんでしょう！」

妙子はひどく混乱している。

そこへ大河内教授がクリニックに到着した。今日は午前中から木曜会の予定だった。送話口を押さえ、倫子は事態の概要を報告した。教授は、小さな目をめいっぱい見開いた。

「とにかく行ってみよう。車、出して！」

教授はコースケを促し、外に出た。

「もし何かあったら携帯に電話くれる？　すぐに戻るから」

亀ちゃんに留守を頼み、倫子も教授とコースケのあとを追う。

御殿山の古賀家は、冬に逆戻りしたような冷気の中にあった。インターフォンを押す手が震えた。

「先生、お忙しいのにすみません。もう私、訳がわからなくて……」

妙子はパジャマ姿で立っていた。

「昨日、先生たちがお帰りになった後、ひどいめまいがして自室で臥《ふ》せっていました。やらなければならないことは一杯あったのですが、あとを兄に託して。今朝になって、やっと起きられるようになったらこんなことに……」

芙美江の部屋は、隅々まできれいに片付けられていた。室内にほんのりと芳香剤の香りが漂い、わずかな死臭もなかった。

通常、自宅に葬儀社が入れば、その日のうちに祭壇が作られ、遺体の周囲には十キロ程度のドライアイスなどが置かれる。ところが、何ひとつないのだ。妙子が「消えた」と表現した、まさにその通りの印象だった。

教授は興味津々という様子で部屋の中を見回している。

「お兄さんは？」

教授が妙子に尋ねた。

「さあ……」

大河内教授は、部屋の奥に鎮座する大きな仏壇に手を合わせた。たっぷりとしたサイズの御鈴《おりん》を叩く。上品な鈴台と布団に載った黄金色の仏具は、いつまでも余韻の残る音を響かせた。

「……なるほど、延長戦に持ち込んだんだな」

大河内教授が、謎めいた言葉を口にした。

「延長戦？」

倫子の問いに答えることもなく、教授は妙子に「心配せずに、お兄さんを待てばいい」とだけ言って立ち上がった。

「先生、どういうことでしょう？」

教授を追いかけながら尋ねる。

「大丈夫、大丈夫。ほら、もう引き上げるよ」

太めの体型に似合わず、教授は素早い身のこなしで玄関へ向かった。

「また何かあったらクリニックに連絡してください」

妙子にそれだけを伝えると、倫子もコースケと古賀家を出た。

　再び妙子から電話が入ったのは、木曜会が終了し、教授の帰った後だった。

「兄が、すごいことをしたんです！」

　妙子の声は、興奮を隠しきれない様子だった。

　昼食を早めに済ませ、午後の診療前に古賀家へ立ち寄る。芙美江の部屋に布団が敷かれていた。

「母です」

　妙子が布団の膨らみを愛おしそうになでた。

「先生、見てやってください」

　妙子に促され、白布をそっとめくり上げた。

　芙美江の顔は、頬の落ちくぼみもなく、むしろ以前よりふくよかになっていた。血色もいい。表情は優しげで、いまにも目を開けそうだ。

「きれい！」

　思わず声が出た。

「スゲエ！」

　コースケも目を見張る。

「エンバー……ええと、お兄ちゃん、何だっけ？」

仏壇の前で純一郎がグラスを手に座っていた。ほんのり酒のにおいがする。

「エンバーミング！」

エンバーミングとは、遺体に殺菌剤や防腐剤、樹脂などを注入して行う遺体の保全方法だ。ルーツは古代エジプトにさかのぼるが、ベトナム戦争以降、アメリカで急速に普及したという。祖国の荘厳な廟《びょう》に眠るレーニンや毛沢東も、同様の技術で保全処置が施されているらしい。倫子も実際に見るのは初めてだった。

昨日、妙子が自室で横になっている間に、純一郎が専門業者に依頼したという。業者は特別なラボに遺体を運ぶため、すべての工程が完了するには数時間から半日程度かかる。兄もそのまま家を空けていたので、遺体が消えたようになってしまったのだ。

「エンバーミングは、アメリカやカナダでは常識なんですよお」

純一郎がとうとうと説明を始めた。血管から防腐・殺菌用の薬剤を体内に入れるから、腐敗しない。細菌感染の問題がクリアされ、遺族はいつまでも遺体に触れられる。急いで葬儀をあげる必要もなく、ゆっくり別れを惜しむことができるということだ。

なるほど芙美江の肌は薬剤の影響か、うっすらとオレンジ色がかって見えた。右の鎖骨上部に三センチほどの切開創がある。薬を注入した箇所だろう。ホルマリンやフェノール、グリセリンなどがその成分だと聞いたことがあった。

「日本では、業者の自主規制で五十日を保全期間の限度にしているらしいですから、それまでは母のそばで弔いたいと思っているんです」

そう言うと、純一郎は豪華な仏壇の御鈴をりん棒で叩いて手を合わせた。

いつまでも糸のように長く響く音を聞きながら、部屋の様子が大きく変わったことにいまさらながら気づいた。

仏壇には、金色の仏像や花器、位牌や骨壺、ほかに名前のわからないさまざまな仏具が並べられている。いずれも以前に見た記憶はなかった。

純一郎が「親不孝の穴埋めに、母にはできる限りのことをしてやりたい」と言っていたのが思い出される。

それが、これなのか——。倫子は、目の前の純一郎の意図をはかりかねた。


「水戸先生、診察をお願いします」

木曜会の最中に、珍しく外来患者が来た。なんと、診察室に座っていたのは妙子だった。

「まだときどき、めまいが続いていまして……」

芙美江の死から二か月が経っていた。妙子は、ひどく歳を取ったように見えた。

母親を亡くしてからすべてに意欲がなくなり、食事も十分にとれないという。

　まぶたを下げ、眼瞼《がんけん》結膜を見る。貧血はなさそうだ。心音や肺の音も異常はない。目の動きを確認するが、特に眼球が左右に揺れる眼振も見られなかった。脳梗塞やバランス機能に関わる三半規管の障害でもないようだ。

「念のために、血液検査をさせてくださいね」

　倫子は検査伝票を取り出した。しばらく沈黙した後、妙子が絞り出すように言った。

「先生、兄のことでは大変失礼しました」

　言うそばから、妙子の目に涙があふれる。

「兄は……兄はひどい人間なんです。じ、実は……」

　感情が高ぶったのか、妙子は言葉を続けられない。

　コースケは、ティッシュボックスを黙って妙子の前に置いた。帰り支度をしていた大河内教授が顔をのぞかせた。

「お兄さんの狙いは財産だったんでしょ？」

　妙子はハッとした様子で、深くうなずいた。

　コースケが不思議そうな顔をした。

「財産目当てなら、早く亡くなってほしいと願うんじゃないすか？　純一郎さんは『ママをできるだけ長生きさせろ』だったんすよ」

「純一郎氏が目をつけたのは、いわゆる『遺産』じゃない。法定相続分は、兄でも妹でも同額だ。お母さんがいつ亡くなっても、これは変わらないからね」

大河内教授は頰を膨らました。

「大きな仏壇に黄金の位牌や仏像、御鈴……。あれは全部、お兄さんが買い集めたんでしょ？」

真っ赤な目をした妙子が首を縦に振る。

「ええ。病床の母を口説き、母名義の預金を崩して。おかしいと気づく間もなく……」

「仏具を買ったのが何か問題でも？」

教授が両眉を上げて倫子を見た。

「お墓や仏具は祭祀《さいし》財産と呼ばれ、遺族間で分割する遺産の対象に入らないからね。法律上、これはひとりで受け継ぐことに決められている。多くの場合、長男だ」

「……祭祀承継者、と言うそうです」

妙子が小声で付け加えた。

「だから純一郎さんはせっせと高価な仏具を買い集めたんですね！」

倫子にも、長男の策略が見えてきた。

「しかもあれは、ほとんどが純金製と見えた。総額で億は下らないだろうね」

「億っすか！」

コースケが目をしばたたかせる。

新たな疑問がわいた。唐突に行われたエンバーミングだ。

「では教授、エンバーミングにも何か別の意図があったのでしょうか？」

「そうなんだよね、妙子さん？」

妙子は「はい」と言いながら、写真を取り出した。

「兄から聞かされました。祭祀財産と言っても、節税や投資目的の物と判断されると相続税をかけられてしまうと。税務署の判断ポイントは『日常的に礼拝の対象とするものでなければならない』という点だそうで……」

写真には新品の仏具で拝む純一郎の姿が写っていた。セルフタイマーで撮影したのだろう。日付やアングルを変え、同じような写真が何枚もあった。多くのものに芙美江の遺体も写り込んでいる。

「日常的な祭祀道具、という実績作りのためにエンバーミングを？」

あきれる思いだった。

「ええ。母と一日でも長く一緒にいたい、供養をしたい、なんてウソでした。買ったばかりの金の仏像や御鈴に、線香のにおいを染み込ませるための演出だったんです」

「すさまじいっすね」

コースケが吐き捨てるように言った。

「昔っから兄は、自分の取り分が一番でないと満足しない性質《たち》でした。おやつも、おもちゃも、お小遣いも。遺産だって私よりたくさん取って当然だと思っているんでしょう。法律で折半と決まっていても、許せなかったに違いありません。でも残念なのは、母もそれを納得していたことなんです。同じ子供なのに、結局、母の愛情も兄が……」

妙子が嗚咽《おえつ》を漏らした。

「それに兄は、随分と借金もあったようです」

訪問診療中、純一郎の携帯電話に何度も呼び出しが入ったのを思い返す。倫子には居丈高だった純一郎が、電話の主にはひどく低姿勢で、ときには怯《おび》えたような表情も見せていた。あれは返済を催促する債権者からの電話だったのか——。

想像をめぐらす倫子の前で、妙子は目頭を何度も押さえた。

「家族で花に水をやったり草取りをしていたあの頃が、一番幸せだったのかもしれません」

「私が胃瘻について、もっと慎重にお話しできていれば……」

倫子が言いかけると、妙子は首を強く振った。

「それは違います。胃瘻をするかどうかに正解はないって、先生はちゃんと言ってくれたじゃないですか。結局、兄だけでなく母も私もわずかな希望に賭けてしまったんです。私たちの責任です」

妙子は下を向き、ティッシュを顔に押し付けた。

「カマンベールチーズとたくあんのコラボ、けっこうイケるっす！」

ケイズ・キッチンで、コースケが赤い顔をしてビールを飲んでいる。

「このお寿司、ありえない！」

亀ちゃんが黄色い声を上げた。寿司飯に板チョコがひとかけら載り、海苔で巻かれている。

「チョコ寿司はね、ヨーロッパで流行《はや》っているのよ」

ケイちゃんが平然と答えながら、大河内教授にビールをつぎ足した。

その晩のケイズ・キッチンは、いつも以上に風変わりなメニューのオンパレードだった。

「まともな物も食わせてくれえ！」

教授が悲鳴を上げる。

「あら失礼ね！　暑気払いだっていうから、せっかく張り切って作ったのに！」

ケイちゃんがふくれて見せた。いつものお決まりのやり取りだが、やけにおかしい。

しばらくして教授は芋焼酎の水割りに進んだ。

ケイちゃんがシャンソンを静かに歌い出す。優しさに満ちた低音に、店内の誰もがしばし口を閉じた。

倫子は大河内教授の近くに座り直した。

「古賀芙美江さんの胃瘻管理さえできていたら……。あと数か月は家で静かな終末期を過ごせたはずでした」

純一郎に振り回された嵐のような日々を思い出した。あれから何度、患者自身の意思に沿えなかったことを悔やんだことか。

「そんなに自分を責めることはない。患者と家族に、いい思い出を作る機会をあげられたじゃない。ほら、あれを見たよ」

教授が珍しく倫子をなぐさめた。

「さっき、私がお見せしたんです」

亀ちゃんがタブレット端末を手にしていた。画面をタップし、いくつかの画像を表示する。

芙美江の「お食い締め」の写真だった。亀寿司の若衆が記念に撮影したものだ。茶さじに載った色とりどりの寿司、妙子の介助でそのひとつを口にする芙美江、嬉しそうな妙子――。

芙美江の顔はどれも穏やかで幸せそうだった。

「すごいじゃない。僕が食べられなくなったら、これにしてよ」

教授が真剣な顔つきで言った。

「ああいうのじゃなくてさ……」

教授は、テーブルの上に並ぶチョコ寿司を指した。

「何かおっしゃった?」

そう言いながらケイちゃんは、「はい、倫子先生にはローズティーよ」とティーカップを置いてくれた。お酒が苦手な倫子に、ケイちゃんはときどき嬉しいサービスをしてくれる。バラの香りがするお茶は少し苦みがあり、チョコ寿司にもよく合った。

「芙美江さんには、最期までこんな笑顔でいてもらいたかった……」

終末期医療の難しさに改めて思いをめぐらす。たとえば、いくら患者がエンディングノートのようなものを書いていても、家族がその気持ちを尊重しなければうまくいかない。

「あら、動画もあるの?」

タブレット端末をのぞき込んでいたケイちゃんが「再生」ボタンに指を触れた。

《……妙ちゃん、今日は本当にありがとう。もう思い残すことないわ。あとは、ご先祖様のお世話——お墓やお父様のお位牌も、あなたに頼むわね》

画面の中で「お食い締め」が終わり、芙美江が礼を述べていた。

ケイちゃんが急に怖い顔になり、再び指を動かした。

《……あなたに頼むわね》

ケイちゃんが「これって！」とテーブルを叩いた。グラスのお酒がゆらゆらと揺れる。

「これ、祭祀承継者の指定よ！　被相続人は長女を指定していたわ！」

ケイちゃんの声が男になっていた。いったい何ごとが起きたのか。

「どういうこと？」

「民法八九七条は、『被相続人の指定に従って祖先の祭祀を主宰すべき者があるときは、その者が承継する』と定めてる。しかもこれ、遺言状によらず口頭の指定で有効なのよ」

「で、それが何なんすか？」

「この家族の場合、金の仏像や仏具は長男じゃなくて、この妙ちゃんと呼ばれた人が引き継ぐ権利があるってこと。ちゃんと彼女に知らせてやってよ！」

「つまりあの黄金、本当は妙子さんのものなんすね！」

コースケも身を乗り出し、もう一度その動画を再生した。

「それにしてもケイちゃんは、どうしてそんな法律を知っているんですか？」

「水戸君は知らなかったっけ。ケイちゃんは元司法浪人生なんだよ」

大河内教授が芋焼酎をグビリと飲んだ。

「あら、まだ現役受験生のつもりよ」

ケイちゃんが口をとがらせた。

「料理の勉強もしてくれよ」

苦笑いする教授に、ケイちゃんが「ひどーい」と拳を振り上げる。

むさし訪問クリニックの暑気払いは一向に終りそうになかった。


突き抜けるような青空に誘われ、久しぶりに新横浜駅から歩いていた。父が入所している施設までは十五分ほどの距離だ。

住宅街を通ると、庭先に咲くバラやアジサイ、トケイソウなどが目に入った。赤紫色の小さな実がたくさんなったブルーベリーの木は、あまりにも可愛らしくてジェラシーを感じるほどだ。次はあの木を買おうと決意する。

ガーデニア新横浜の玄関ホールには七夕飾りがあった。目に入った短冊には子供の字で「おばあちゃんが歩けるようになりますように」と書かれていた。

汗ばんだ体をクールダウンさせつつ父の部屋へ向かう。場所は一階の奥だ。

職員や入所者の顔ぶれは少しずつ変化しているが、廊下の窓から見える風景はほとんど変わらない。ただ、クチナシは随分生長した。八年前は花壇の片隅にある小さな木だったのに、今は人の背丈以上にもなって、白い花をたくさん咲かせている。

父は一度もクチナシの香りを楽しんだことがなかった。

脳梗塞を繰り返した父は病院を退院した後、ここで生き続けている。胃瘻を使って――。

手術の前に迷った記憶はない。父が倒れた当時の医療では、食べられなければ胃瘻を造設するのが当然の選択だった。いまでも胃瘻を選ばない医師は少数派だろう。

あれから何年も経過し、父が言葉や反応を失っていき、それが回復しないということもわかった。だが、これまでに胃瘻を中止する決断をすることはできなかった。技術的には簡単だが、精神的にできない。それこそ純一郎が言ったように、人を「餓死させる」行為のように感じられた。

結果的に、意識のない父に延々と胃瘻を続ける――それが、いまの状況だった。

「アロマセラピー、やってみて」

倫子が言うと、母は意外そうな顔をした。

「効くって信じてないくせに」

そう言いながらも母は、嬉しそうに道具箱を取り出した。蓋を開けると目薬くらいの茶色い小瓶が何本か、それに小さな容器やリップクリームが入っている。

「精油をね、ちょっと買い足したのよ。これはゼラニウム」

母は小瓶のキャップを開け、思いきりよく瓶を逆さまにした。内蓋があり、そこからゆっくりと中の液体が出てくる仕掛けになっている。

数秒後、ようやく一滴が母のてのひらに落ちた。母は真剣そのもので、まるで神聖な儀式に臨むかのようだった。

「大量の花から、ちょっとしか取れないんだって」

もう一滴落ちるまで、母は同じ姿勢で待った。精油を二滴たらして両手をこすりあわせる。自分の鼻に近づけたあと、その手で父の顔を覆った。いい香りが漂ってきた。

「精油じゃなくてもいいのよ」

母はメンソール・クリームを取り出し、容器ごと父の鼻に近づけた。すると父は、目の下をピクリと震わせた。

「ほら、見た？　ミントは脳を刺激する作用があるの。毎日やってるのよ」

クリームの芳香成分が鼻の粘膜を刺激して、単なる反射が起きただけだろう。だが倫子は何も言わずにうなずいた。

「コーヒーは、どうかしら」

母はポットの湯でコーヒーをいれた。湯気のたつマグカップをゆっくりと父の鼻先に近づける。今度は何の反応もなかった。

「お父さん、あんなにコーヒーが好きだったのに、忘れちゃったのかしら。そうだ、豆が悪いのかもしれないわね……」

母は次々と会話を続ける。

実家でひとり暮らしをしている母の生活がしのばれた。洗い物を済ませた手にクリームを塗り、誰もいないテーブルに座ってコーヒーを飲む。その都度、考えるのは父のことばかりなのだろう。母は、いまも父と暮らしている——。

「お母さん、クチナシの香りも試してみようよ。私、摘んでくるから」

倫子はひとり、部屋を出た。

父は間違いなく母を支えている、と思った。何もできなくなっているのに、生きているというだけで。

外は、夏の風が吹いていた。花壇の縁石がにじんで見える。母にこんな顔は見せられないと思いながら、白い花を摘む。

ブレス４　ケシャンビョウ

新宿医大病院のある新宿駅から中央線に乗り、西へ向かう。十六分でむさし訪問クリニックがある三鷹駅に着き、続いて十七分乗ると立川駅に着く。

立川駅北口を出て徒歩十分、昭和記念公園に隣接するホテルに倫子は来ていた。「心房細動の薬物療法」について、医師向けの研究会が行われていたからだ。

こうした研究会は製薬会社がスポンサーとなり、新薬の宣伝も兼ねて各地で頻繁に開催される。大学病院にいた頃とは違って他医の視線にさらされる機会が激減した倫子は、診察が我流にならないように、なるべく足を運ぶことにしていた。

会場でパワーポイントに見入っているときだった。

「もしかして、水戸ちゃん？」

薄暗い場内ですぐ後ろの席から声をかけられ、ぎょっとした。

振り返ると、医学部の同期生、糸瀬《いとせ》英人《ひでひと》がいた。倫子と目が合うと彼はにやりと笑い、小さく手を振った。

毎年行われる同期会で、最後に顔を見たのが三、四年前だったか。このところ倫子は足が遠のいているが、同窓会誌を見ると、糸瀬は毎年参加しているようだった。

以前とは見違えるほど肉付きが増し、顔は脂ぎっていた。ただ、顎を引きながら神経質そうに目礼するしぐさは昔と同じだ。

学部時代の倫子と糸瀬は、不思議なくらい興味の対象が似ていた。選択科目や実習の登録が重なることも少なくなかった。「プラナリアの飼育実習」というマイナーな科目で、受講者が糸瀬と倫子だけだったこともある。

あれから随分と月日が経った。倫子は大学を去って訪問診療に携わる一方、糸瀬はリハビリテーション科の専門医として、いまも大学の付属病院に勤務しているはずだ。医師としての方向性はまったく違っている。それなのに数ある医療研究会の中からまたしても同じ集まりを選ぶとは、奇妙な巡り合わせだった。

研究会が終り、情報交換会という名の立食パーティーで寿司をつまんでいると、糸瀬は両手にワイングラスを持って倫子のそばにやって来た。

「はい」

赤ワインのグラスを押し付けられて戸惑っていると、糸瀬は名刺を取り出した。

「ぱっとしないセミナーだったけど、水戸ちゃんに会えたから来てよかったよ。いまどこにいるんだっけ？」

名刺の肩書きには「新宿医科大学付属高尾《たかお》病院　リハビリテーション科・医長」とある。自分と同じ年齢で医長なのか——同期の中では、まずまず出世しているポジションだ。

大学卒業後に脳神経外科に入局した糸瀬は、自由な時間がほしくてリハビリテーション科へ転科したと聞いていた。本人を前にして確認はできないが、理由は他にもあると噂されている。医局内部で女性問題を抱えたらしい。二回離婚しているというのも、そのあたりに原因があるのだろう。学生時代から女の子をとっかえひっかえして遊んでいたから、驚くほどのことではなかったが。

糸瀬は倫子の名刺を受け取ると、「まだ、名字は変わっていないんだね」と言い、「在宅やってんだあ」と眉を上げた。

「ちょうど良かった！　実はちょっと変わった患者を診てるんだけど、在宅に持っていきたいんだ。水戸ちゃん、担当してくれない？」

「患者、どこに住んでるの？」

「高尾だけど」

厚生労働省の通達で、保険診療による訪問診療は、診療所の半径十六キロ以内に住む患者を対象とするように定められている。患者急変時の対応を担保するなどの理由だ。

高尾は八王子《はちおうじ》市の西部でクリニックから約三十キロ離れていた。クリニックの壁に貼られた地図が倫子の頭に浮かぶ。

「エリア外ね。悪いけど、ウチは無理だと思うよ」

「その規定には例外があるでしょ。『患者の求める診療に専門的に対応できる保険医療機関が存在しない場合』は、距離の制限がなくなるって」

糸瀬の方が一枚上手だった。倫子は手の中で名刺の角をつぶしながら尋ねた。

「どんな患者なの？」

「名前は、高尾《たかお》花子《はなこ》、年齢は推定で十歳」

糸瀬はすました顔で答えた。だが、倫子にはピンときた。

「えっ？　身元不明者？」

路上生活者など身元のわからない患者が病院に運ばれて来た場合、その患者が保護された地名などを名字にして仮の名前がつけられる。たとえば日本橋太郎、渋谷花子、池袋一郎というように。

日本一の繁華街に近い新宿医大病院は、訳ありの救急患者が多かった。倫子も研修医として救命救急センターを回っていた頃、同様の患者を受け持ったことがある。彼には新宿四十六郎という名が与えられていた。

　この経験から、「高尾花子　推定十歳」は高尾で保護された女児ではないかと直感したのだ。

「まあね」

　糸瀬はきまり悪そうな表情でうなずく。

「十歳なら名前や住所くらい言えるでしょ？　知能に問題あるの？　記憶喪失？」

　糸瀬はとたんに面倒くささそうな表情になった。

「あのさ、びびんなくていいよ。里親がいい人だから大丈夫だって」

　身元不明の児童には里親がいるのか。

「別にびびってないけど？　変に隠すからよ」

「別に隠してないよ。病状とは関係ないから、あとで言おうと思っただけで」

「あのね、それが隠してるってこと」

　いつの間にか学生時代の口調に戻っていた。ああ、こんな言い合いをしたことがあったなと、倫子はぼんやりと思い出した。もともと仲がよかった訳ではない。どこか倫子を小馬鹿にするような糸瀬の話し方は相変わらずだった。

「ええと、そっちのボスは総合診療科の大河内教授だっけ？」

　糸瀬は、問題の患者を教授ルートで強引に回そうと考えているようだ。

「そうよ。で、その子、どんな状態なの？」

行きがかり上、尋ねざるを得なかった。糸瀬の誘導にはまったようで不快になる。

「ウチに運ばれてきたときは、歩行困難と言語障害があった。僕が主治医になってリハビリさせたら、順調に回復、二週間で日常生活には問題がなくなった——ってところ」

糸瀬は自慢そうに鼻をこすった。

「言語障害の方は？」

「保護されたときにひとことだけ口にしたって聞いたけど、病院ではまったくしゃべらない。耳鼻科にファイバースコープで診てもらったら、声帯はきれいだった」

「ふうん。何てしゃべったの？」

「そこまでは聞いてないけど」

「まさか言語障害で在宅に持っていく訳じゃないんでしょ？」

「もちろん。リハビリのときに随分と息切れするから、全身状態をチェックしたんだよ。そしたら軽い心臓疾患が見つかってね。循環器内《じゅんない》科にコンサルトしたら、心筋症らしい」

心筋症は心臓の機能が徐々に低下する疾患で、難病指定になっている。定期的に循環器内科に通院するのが一般的だ。

「こっちも循内につなぎたかったけど、患者がひどい病院嫌いで無理なんだ。日常生活で息切れは出ていないし、ひとまず在宅で診てもらえるといいんだけどなあ」

糸瀬は赤ワインを揺らしながら、にじり寄ってきた。

要するに、心疾患と言語障害のある十歳の身元不明患者が、通院を拒否するので困っていた。適当な在宅医を探していたところ、たまたま倫子が現れた――ということのようだ。

糸瀬は学生時代から、手のかかりそうな案件をすぐ誰かに丸投げする傾向があった。実験データのまとめ作業から、サークルの活動計画書作りに至るまで。「糸瀬のキラーパス」と、女子会でも話題になったことがある。

「その子、とにかくめっちゃ可愛いんだよ。たまにはミステリアスな患者もいいんじゃない？」

倫子に仕事を押し付けている自覚など、まるでないようだ。糸瀬はどこか得意げで、以前にはなかった余裕さえ漂わせていた。


翌週、むさし訪問クリニックに「高尾花子」の紹介状がファックスされてきた。

紹介状は直接手渡しでやり取りされるのが基本だ。そうでない場合、主な送受方法はファックスだ。個人情報の漏洩《ろうえい》を防ぐため、メールでの送信は避けられる。

クリニックに紹介状が届くルートは二つあった。

ひとつは一般ルート。近隣の市中病院から送られて来るケースだ。この場合、倫子は紹介状を受け取ったあとに病院の担当医と電話で話し合いを行い、受け入れの可否を決定する。

もうひとつは大河内教授の仲介による教授ルートだ。こちらのケースがくせ者だった。本来、患者を引き受けるかどうかは、クリニックの担当医である倫子が判断していいことになっている。だが教授がクリニックへファックスを送って来た場合、その時点ですでに患者の引き受けが決まっている。

この日のファックスも送信元は新宿医大病院の総合診療科、つまり教授ルートだった。紹介状の記載者は糸瀬英人となっている。欄外に「訪問よろしく」と、大河内教授の走り書きがあった。

糸瀬は女の子だけでなく、教授に取り入るのもうまいようだ。倫子は半ば感心しながら、届いたばかりのファックスに目を通した。

《高尾花子、推定年齢十歳。歩行障害、心筋症、言語障害疑い。

二月九日深夜、高尾登山電鉄ケーブルカー・清滝《きよたき》駅前の「もみじ広場」に倒れているところを保護されました。

脱水および廃用症候群によると思われる下肢筋力低下により第一病日は歩行不能でしたが、リハビリテーションにより第七病日には歩行可能となり、現在は日常生活にほぼ問題はありません》

廃用症候群とは、体を長期間使わないために起きるいろいろな障害をさす。たとえば人はベッドに二週間寝ていただけで立てなくなる。関節の不動により筋力低下や拘縮が起きるのだ。ただ、運動の再開で症状は改善しうる。

《心筋症はいまのところ症状が軽いので経過観察でよいと思われますが、将来的には新宿医大病院の循環器内科にコンサルトいただければ幸いです。

言語障害については耳鼻科的に精査しましたが、声帯等に器質的障害を認めませんでした。記憶障害もしくは精神的疾患の可能性も否定できず、精神科受診が望ましいと思われましたが、患者の拒否にて受診には至っておりません。

患者および里親（近隣在住の一時保護受託者です）は在宅医療を強く希望しており、貴院にてご高診のほど、よろしくお願いいたします。尚、現在も患者当人の氏名等は不明ですが、里親は患者発見者で協力的な六十代の夫婦です》

深夜の高尾山麓で発見され、精神疾患の可能性もある身元不明の女児——詳しく知れば知るほど、どこか雲をつかむような話だった。


三月上旬の金曜日、クリニックから車で一時間ほどかけて高尾に着いた。クリニックの往診車は京王線の高尾山口駅そばの駐車場に停める。

車のドアを開けると、冷気がさっと車に入り込んできた。

「寒っ」

気温は、三鷹よりも五度くらい低そうだ。

改めてコースケの姿を見た。長袖のフリースにスニーカー、背中にはバックパックと、なぜかハイキングの出で立ちだ。深呼吸を繰り返すコースケの傍らで、倫子はマフラーを首に巻きつける。

平日の午前十時過ぎだが、駐車場の付近には驚くほど人が多かった。

「高尾山って、人気あるのね」

倫子が言うと、コースケは「いまごろ何言ってんすか。ミシュランの三つ星っすよ」と笑った。

高尾山口駅からケーブルカーの駅を目指し、表参道を歩く。のどかな雰囲気の土産物店や飲食店が立ち並ぶ道を進むと、数分で目の前が大きく開けた。

もみじ広場だ。患者が倒れていたという場所だった。

ケーブルカーとリフトの駅が見える。

「山頂は、標高五九九メートルあるらしいっす」

コースケはガイドブック片手に、坂道を平気な顔で登っていく。

目指す土産物店「小松屋《こまつや》」は広場のはずれにあった。店主の小松敦夫《あつお》と妻の千夏《ちか》が花子の一時保護受託者——里親だ。

店先には、まんじゅうや漬物、菓子類などが並べられていた。

「はい、いらっしゃい！」

初老の男性が登山客たちに声をかけている。

「あのう、むさし訪問クリニックです」

コースケが名乗ると、男性は嬉しそうに頭を何度も下げた。

「どうも、ども、どもっ、小松です！」

小松敦夫だ。店の奥へ向かって「おーい」と呼ぶ。すぐにセーターを重ね着した女性が出てきた。

「家内です」

「まあ遠い所へ、すみませんねえ。さあ、こちらへどうぞ」

店の裏手へ案内される。住居部分がつながっていた。

「ちょっとここに座ってお待ちくださいねえ」

昔ながらの茶の間だ。夫人の千夏が座卓の周りに座布団を並べた。

壁には天狗の面が飾られている。ぬめり感のある黒い木で作られ、鼻はやや上向きにカーブしながら伸びていた。

「高尾山には天狗が住んでいるんす」

コースケが小声でガイドブックの説明を読み上げる。人々に悪事を働く天狗ではなく、「招福万来」をもたらすという。

「パワーありそうね」

面を見ながら、ささやき返した。

窓から庭が見える。ツバキが赤い花をたくさん咲かせていた。

小松夫人が茶を持って部屋に来た。

「花ちゃーん！」

茶菓子を卓上に置いた千夏が声を上げる。返事はない。だが廊下に続くドアが、そろりと開いた。

敦夫に手を引かれて現れたのは、おかっぱ頭をした色白の女の子だった。どこか寂しげな表情は素朴で、昔話にでも出てきそうな雰囲気だ。

倫子は笑いかけた。

「こんにちは、花子ちゃん」

少女の長いまつげが揺れた。黒目がちの瞳は涙にうるんでいるかのように光っている。ふっくらした唇が割れるように開いた。

倫子の胸にある種の郷愁と感動が押し寄せる。少女にはスミレ草を思わせる可憐《かれん》さがあった。糸瀬の言っていた「めっちゃ可愛い」というのは、まさにその通りだ。

「ホントに可愛いね」

倫子はコースケを振り返る。コースケは頬を染め、花子を見つめたまま口を半開きにしていた。

「一か月前、夜中の二時くらいだったかな。広場で倒れていたんです」

敦夫は窓の一方、もみじ広場のある側を指し、花子を発見した時の話を始めた。

二月の上旬、小松夫妻は深夜の物音が気になって戸外に出たという。

「あたりを見ると、石碑の前で誰かが柵にもたれかかるように横んなっていたんです。最初はナイトハイカーか酔っ払いかと思ったけれど、子供だったから驚きましてね」

千夏も思い出すような目をした。

「冷たくて、死んでるみたいでした。声をかけたら空を見上げるようにして、『オーロラ』って言ったんです」

「オーロラですか？　空にできる幻想的な……」

「そう。夢でも見たんだろうなあ。高尾山でオーロラなんて見える訳ないし」

敦夫が「なあ」と言って花子を見ると、彼女は目を伏せた。

「ほかに何か言いませんでした？」

敦夫は首を振った。

「何も。で、とりあえず腹が空いてるだろうって、店にあったまんじゅうをやったんです」

まんじゅう三個を次々に食べたあと、花子は笑顔になったのだという。

「笑うところを見たら、か、体が震えたんですよ」

敦夫は照れを隠すように、少し大きな声になった。

「ホントに可愛いよねえ」

千夏も顔をほころばせ、黙って座る花子の背中をなでた。

「あんとき、すぐに警察に通報すれば良かったかもしれないですけどね……」

迷子になったのか、家出してきたのか、などと少女に尋ねた。だが、何を聞いても答えず、首を横に振るだけだったという。

小松夫妻はひとまず彼女を家に泊めた。翌朝、敦夫が商店会の会長とも相談した上で、高尾署に少女を保護したことを届け出た。

「その日はおまわりさんがたくさん来て、てんやわんやでしたよ。ねえ、あんた」

児童相談所と市役所の職員も合流し、夫妻の立会いのもと、事情聴取と面接が繰り返し行われた。

続いて二人は警察に同行を要請され、少女とともにパトカーで新宿医大の付属高尾病院へ行ったという。糸瀬の勤務先だ。

夫妻に協力が求められた理由は、少女の極端な人見知りだった。少女は警察官や児相職員に怯え、小松夫妻の手を強く握ったまま、一歩も動こうとしなかったのだ。

敦夫と千夏が交替で病院に通い詰め、ときには泊まり込んで少女の診察やリハビリ、院内生活の世話をした。そのかいあってか、歩行障害は約二週間で回復した。この間、市役所で就籍手続きも進められ、「高尾花子」という仮の名前が付けられたのだった。

「子供のいる生活ってどんなもんかってずっと思っていたけど、まさか突然、こんなふうに叶うとはなあ」

敦夫は千夏をチラリと見て目を細めた。

迷子や家出、あるいは親に置き去りにされた棄児《きじ》の可能性がある児童について法律は、児童相談所が一時保護するよう定めている。ただ、その子供の置かれた状況や必要に応じ、病院や里親に保護を委託することも認めている。小松夫妻には子供がおらず、以前から里親登録を済ませていたという偶然も幸いした。

つまり敦夫と千夏にとっては、思いがけず子供を預かる生活が始まった、というわけだ。

「不謹慎かもしれないけどね、もし、本当の親が見つからなければ、ずっとウチにいてもいいなと思うんですよ」

敦夫の言葉に、千夏は何度もうなずく。

倫子はいつもの手順で診察を開始した。

貧血の有無を確かめるため、花子の眼瞼結膜を見る。色調は正常範囲で貧血は認められない。眼球結膜に黄疸はなく、口腔内も異常はなかった。首に触れると甲状腺が少しふっくらしている。ただ、高尾病院の血液検査で甲状腺ホルモン値に異常は認められておらず、問題ないと思われた。

聴診器を当てる。呼吸音はきれいだ。心臓に雑音は聴こえず、不整脈もない。腸の蠕動音も健康的に聴こえる。腹を触診する際、花子は一瞬、身を固くした。「大丈夫よー」と笑いかけながら臍《へそ》の周囲から順番に押す。腹はやわらかく、異常はなかった。足の浮腫も認められない。皮膚はやや乾燥していたが、正常範囲と思われた。

ポータブル型の超音波検査装置《エコー》を出した。太いサインペンほどの探触子を胸に当てると、くすぐったいのか花子は少し身をよじった。

「はい、ごめんね。痛くないからねー」

第三肋骨と第四肋骨の間、第三肋間と呼ばれる部分から超音波を当て、心臓をモニターに映し出す。ポケットサイズの液晶画面では限られた画像しか見られないが、少なくとも心筋の動きが悪いようには見えない。さらに弁の逆流もなさそうだ。心臓の機能としていますぐ問題となる所見はなかった。

洋服を着せ直した。

「じゃ、今度は歩き方を見せてね。立てる？」

声をかけても、花子はにっこりと微笑むだけだった。見かねた敦夫が「ほれ、立ちなって」と肩を軽く叩いた。だが花子はちょっと眉を寄せただけだった。

「いち、に！　いち、に！」

突然コースケが立ち上がり、号令をかけながら両手を大きく振って見せた。すると、花子はコースケを見習うように立って手を振った。

「片足立ちはどうかな？」

倫子を振り返ったものの、花子はきょとんとしている。

「花子ちゃん、こうだよ！」

コースケは右足を上げて見せた。花子もコースケの動きに応じる。コースケが少しバランスを崩すと、同じように体を揺らした。

コースケが苦笑いする。

「俺より、安定してるっす！」

倫子も思わず笑ってしまった。

「次は歩いてみてくれる？」

コースケが座卓の周囲をゆっくり歩く。花子も続いた。まるで二人で行進しているようだった。コースケが腕を上げると花子も上げる。コースケが握力計を握ると、花子も同じようにグリップを持って力を込めた。筋力やバランス保持力は正常だ。

小松夫妻によると、日常生活でも花子は問題ないという。家や店で夫妻とともに庭の草取りをしたり、山菜採りを手伝ったりする日もあるらしい。

診察上、心疾患に伴う重大な症状は認められない。性格は穏やかで、精神的な問題があるようにも思われなかった。

唯一の問題は、人見知りが著しいことだ。花子は小学校にも通えていない。何度学校に連れて行っても千夏や敦夫の手を離さず、教室にとどまることさえできなかった。特別支援学校への通学を視野に、児童相談所と話し合いをしていると敦夫は言った。

倫子が奇妙な光景を目撃したのは、診察を終えたときだった。

千夏は、店で客の応対に追われていた。倫子がカルテを記載している間、花子は敦夫の陰に隠れるように座っていた。

ふと、花子の不自然な動きが目に入った。敦夫の右腕に胸を押し付けるようにからみつき、手を伸ばして敦夫の股間をまさぐるように見えたのだ。花子の細い右腕が、別人格を持ったように敦夫の下腹部でなまめかしく動いた。敦夫は「やめろ」と押し殺した声でささやくと、花子から素早く離れた。

コースケは花子に背を向ける形で診察道具の片付けをしていて、気づかない。その後、敦夫と花子は何ごともなかったかのように店先で倫子たちを見送った。

クリニックへの帰路、車内でコースケは鼻歌を歌っている。

「ほんに、たっかおは〜、よ〜いと〜こ〜ろ〜」

小松屋で聞こえていた曲だ。コースケの鼻歌を聞きながら、倫子も同じように軽やかな心持ちになっているのに気づく。

花子はとにかく「元気」だった。古賀芙美江のような老人とは比べ物にならないほどエネルギーに満ちている。天野保のような身体機能の不安定さは抱えておらず、知守綾子のように余命を宣告されたわけでもない。

いつも向き合っている患者たちと比べれば、命という点でとても安定していた。

「あとは発話の問題ね」

「そうすね。トラウマでもあるんすか？」

「心の傷ね……」

都心へ向かう車の群れがゆっくりと進む。多摩川《たまがわ》を渡り国立《くにたち》市へ入った頃には、昼どきを過ぎていた。

その夜、春風に誘われてマンションのベランダに出た。陽の当たる方角に向けたベランダのキンカンは、新しい季節を迎えたのに葉が少なかった。色も黄色を帯び、元気がない。樹液を吸うカイガラムシはすべて取り除いたのに、駆除するのが手遅れだったのか。

それにしても、昼間の花子の手の動きは何だったのだろう。

あまりにも予想外のことで、事態を理解できずにいた。見間違いかもしれない。あるいは一瞬のことであり、敦夫にじゃれついた弾みだったのか。

ガーデンセンターで買った柑橘系肥料をキンカンの根元に撒《ま》いた。

高尾に通い始めて二か月が経過した。

高尾山は木々の色が深みを増していた。緑に覆われた参道の登り口は、通りがかるたびに心が惹《ひ》きつけられる。

五月の行楽シーズンに入ったせいか、一帯は家族連れや老若のグループでにぎわっていた。

「お願いしまーす」

小松屋の店先で、登山客のグループが花子に地図を差し出した。花子はボールペンで何か所かに印をつけている。

「あ、先生。花子はすごいんですよ。野花がきれいに咲いている場所をよく知っていて。だからお客さんの地図に印を付けてあげるサービスを始めたんです」

千夏は顔をほころばせた。周囲を一緒に歩くうちに花子の能力に気づいたという。

小松屋には《野花のスポット、お教えします》という手書きのポスターが貼られていた。文末には「by　花ちゃん」と、赤い字で添え書きされている。

「花ちゃんの天気予報も当たるんだよ」

敦夫もまた嬉しそうに話した。花子が傘を店先に出した日は、朝は晴れていても午後には雨になるという。

花子の胸元には、名前に続けて「話せません」と書かれたプレートが揺れている。花子の言葉によらない意思疎通能力、つまり非言語的コミュニケーション能力は目を見張る進歩があった。精神的にも安定し、小松夫妻のいない場所でも短時間なら過ごせるようになった。だが相変わらず会話はできない。

「まあ、いいやね」

花子がしゃべらないことについて、敦夫は決まってそう言った。穏やかな小松夫妻の手伝いをして過ごすのは、花子にとってちょうどいいリハビリ環境になっていると思えた。

花子は、食べ物の好き嫌いも多かった。

「それがね、ちょっと変なんですよ。すき焼きとかお寿司とか、なんて言うか、ごちそうが苦手みたいで……」

千夏はくすくすと笑いながら花子の頭をなでた。

「食物アレルギーは関係ないっすかね？」

首をひねりながらコースケは、花子の苦手な料理を手帳にメモした。

帰り際に店のレジ脇を通るとき、いろいろな草が活けられている花瓶の存在に気がついた。

花子が飾ったのだという。

「わあ、珍しい草ですね！」

見慣れぬ種類ばかりだ。華やかさはないが、緑の濃淡がとても魅力的だった。

「私たちも知らないような変わった草をみつけてくるんですよ」

千夏が「おもしろい子よね」と言って笑う。花子は花瓶から草をひと茎抜き取り、倫子に差し出した。ラムネのような不思議な香りがする。

「くれるの？　ありがとう！」

花子は盛んにうなずいた。倫子はその小さな植物を、そっと手帳にはさんだ。


「あ、サボってる！」

ケイズ・キッチンのドアを開けると、珍しくケイちゃんがカウンターに座り、壁のテレビに見入っていた。夕方のニュース番組が映っている。

「教授の意地悪！　サボってなんかないわよ。こう見えてもお客様相手の仕事だから、世の中を知るのも大事なの」

ケイちゃんが口をとがらせた。

「ゴールデンウィーク中も嫌な事件がありましたね」

亀ちゃんがテレビを見て、顔をしかめる。

「とりあえず、ビールでいいかしら？」

四人がうなずくと、ケイちゃんはキッチンへ消えた。

「ねえ、高尾花子の調子はどう？　なんでもいいから、もっと聞かせてよ」

先月の木曜会で花子の写真を示して以来、教授は少女のことをしきりに気にしていた。

「花ちゃんは、なんか普通じゃないっすよ」

コースケが周囲に客がいないのを確かめつつ、声をひそめて言う。

患者に関する話が食事中にまで及ぶことはあまりない。患者のプライバシーに関わることだから、他の客の耳に入れる訳にはいかなかった。この日は夕方の六時と時間が早いせいか、客はまだ倫子たちだけだ。

「たとえば、どんなところが？」

教授が、興味深そうな表情で促す。

「敦夫さんが神棚の前で柏手を打ったら、花子はビクッとなってめちゃくちゃおびえたことがあったっす」

「ふうん。他には？」

「あとは、すき焼きと寿司が嫌いっす」

コースケが手帳を見ながら続ける。

「そういえば、店の前で登山客グループがラジオ体操していたときも、花子もその輪に入ったんすが、まったく動きについていけなかったんすよね。あれもどうしてかな……」

「運動機能が完全に戻った訳ではないのでしょうか」

倫子の言葉に大河内教授は首をひねり、腕組みをした。

「なるほど……。非言語的コミュニケーションは可能な一方、発語は問題あり。トラウマが疑われる特異行動の存在、運動機能にも障害の懸念、か」

「問題が多岐にわたっていて、よく理解できません」

花子をどのように治療していけばいいのか、特に会話の問題については先の見通しが立っていないのが正直なところだった。

「うん……いや、待てよ」

教授は、天井を見上げて頬を膨らませた。

「何でしょう？」

「いや。わからない――」

もう一度口の中で「わからない」とつぶやいた後、大河内教授はグラスに手を伸ばした。

「そうだ！　ドント・ノウだ」

ひとりで晴れやかな表情になった教授は、グラスのビールを勢いよく飲んだ。

「次の訪問日、僕も行こうかな。亀ちゃん、僕のスケジュールも組んでおいてよ」

大河内教授は「花ちゃん、花ちゃん、可愛い花ちゃん」と変な節をつけながら、亀ちゃんのグラスにビールを注いだ。

「ちょっとお、ロリコンみたいよ！」

ケイちゃんが教授を軽くにらむ。

「ところで教授、そもそもなぜ花子の訪診《ほうしん》を？　エリアからして異例の受け入れですが」

糸瀬のどんな言葉に反応し、教授が引き受ける気になったのか気になっていた。

大河内教授は急に黙り込んだ。

そばで話を聞いていたケイちゃんが「若菜《わかな》ちゃんでしょ？」と口にする。

教授は二杯目のビールを空け、「トイレ」と言って席を立った。

「何のこと？」

倫子は教授の背中を目で追いながら、ケイちゃんに尋ねた。

「亀ちゃんやコースケは知ってるんだから、しゃべってもいいわよね」

ケイちゃんはそんな言い訳に続けて話し始めた。今から約二十年前、大河内教授が消化器内科医として活躍していた頃の話だった。

「私は新宿のバーで働く普通のバーテンダーだったんだけどね」

ケイちゃんは少し恥ずかしそうな顔をした。

「先生はお店の常連だったの——いまみたいに」

当時の大河内医師は先進治療に意欲的で、「新宿医大《じゅくい》の鬼」という異名をとどろかせていた。他医に見放された患者を進んで引き受け、あらゆる手段で病気に立ち向かった。徹底的な治療こそ医師の取るべき道だと周囲に言い、また、その通りに行動したという。

大河内夫妻にはその頃、小学校に上がったばかりの娘がいた。名前は若菜といった。

「かわいそうに若菜ちゃん、病気が見つかったのよ……」

急性リンパ性白血病と診断され、新宿医大病院の血液内科に入院したという。厳しい検査や治療が行われた。だが、病状は思わしくなかった。

「お家に帰りたい」と泣き続ける七歳の娘の声を、父親は聞き入れなかった。

大河内夫人は「最後に一度でいいから抱かせてほしい」と、娘を無菌室のガラス窓越しに見ながら懇願した。しかし、夫が妻の言葉に耳を傾けることはなかった。彼自身は病院に泊まり込み、連日連夜、ガラス窓の向こうにいる小さな娘を励まし続けた。

間もなく若菜は亡くなった。ほどなくして妻は夫の元を去った。彼が四十二歳のときだった。

「『なぜ若菜を家に帰してやらなかったのか』『自分だけが英雄気取りだった』って、ずいぶん泣いてらしたわ」

ケイちゃんは下を向き、「きっと花子ちゃんのことは、つぐないね」とつぶやいた。

教授が席に戻って来た。「おかわり」と言って、ケイちゃんに空のグラスを渡す。

店内にドアベルの音が響いた。サラリーマン風のにぎやかな男女五人だった。それを合図にしたように、ケイちゃんがはしゃいだ声を出す。

「ねえ、おビールもいいけど、久しぶりにキリキリを飲んでみない？」

「お、いいな」

大河内教授がほっとした顔になる。

「じゃあ四つ頼む」

ケイちゃんがカウンターの奥で黒い液体を小さなグラスに注ぎ、運んできた。

「アイスコーヒー、ですか？」

においを嗅ぐとコーヒーのようだが、少し違う。

「いいから飲め、飲め」

にやにや笑う教授に促されるまま、倫子は少し口をつけた。

「あ、苦い！」

見た目はアイスコーヒーだが、舌がしびれる。

「霧島にキリマンジャロの豆を一週間、漬け込んだの。新宿のお店時代に開発したのよ」

「ええっ！　やめて〜。私、アルコールは本当にダメなんです。ねえ亀ちゃん、助けて！」

キリキリのグラスを亀ちゃんに渡し、あわてて水を飲む。

「ミルク割りもいけるっすよ！」

コースケのグラスは、いつの間にかコーヒー牛乳の色になっていた。

「じゃ、デザートね」

接客を終えたケイちゃんは戻ってくると、テーブルに人数分の小皿を置いた。薄茶色の泡の塊が、一口サイズのパンケーキに載っている。スプーンでつつくと、よく練った水飴のようだった。

「う、ん？」

甘い香りと独特の風味が広がる。かみしめると、やわらかい豆らしき物が入っていた。

「このトッピング、何かしら？」

「もしかして……あのねばねばの？」

亀ちゃんが眉を寄せる。

「はちみつ納豆よ！」

ケイちゃんが嬉しそうに種明かしをした。

高尾山を訪れる行楽客の数は、週を追うごとに増加してきた。ケーブルカーの駅には長蛇の列ができ、広場は人でごった返している。年間の登山客は約二百五十万人で世界一だという。渋谷や新宿駅前の方がまだ歩きやすそうだ。

大河内教授の都合もあり、この日は少し遅い時間に小松家を訪問した。

午後六時、すでに店は閉まっている。奥の台所では千夏が夕食の支度中だった。通された茶の間のテーブルには大皿料理が湯気を立てて並んでいる。手作りのギョーザに野菜炒め、ニラ玉などなど。

この量からすると、倫子たちにも振る舞う考えのようだ。傍らでコースケが「うまそっ」と小さな歓声を上げる。

「すみません。いま、花子を呼びますね。花ちゃーん、先生よ！」

千夏がエプロンで手を拭きながら、倉庫兼作業部屋のドアを開けた。

敦夫と花子は段ボールや板紙に埋もれ、まんじゅうの箱の組み立て作業をしている。

花子が顔を上げた。倫子と目が合い、にっこりと微笑む。敦夫も「ああ、もうこんな時間か」と言って作業の手を止めた。

訪問診療の初日に花子の奇妙な行為を目撃して以来、狭い部屋に二人がいるというだけで胸騒ぎがしたものだ。だがその後、そういった行為はまったく目にしなかった。

「花ちゃん、今日は終りにしよう」

花子は素直にうなずいた。台所では千夏が何枚もの小皿や箸を用意している。花子が、敦夫よりも一足先に茶の間に入って来た。

そのとき信じられないことが起きた。

花子が突如、卓上に並ぶ野菜炒めの皿を窓の外へ放り投げたのだ。鋭い音が響く。外を見ると、庭の敷石の上に割れた皿と料理が飛び散っていた。

「何をするの！　花ちゃん！」

千夏が叫び声を上げた。ところが花子はさらに険しい顔つきで、今度はニラ玉を手に取った。その皿も躊躇《ちゅうちょ》なく外に投げ捨てる。

「どうしたんだ！」

遅れて入って来た敦夫が花子の腕を取った。花子は激しく抵抗した。獣のように荒い息をして敦夫の腕を振り払う。新たにギョーザの皿をつかむと、またしても窓の外へ放り出した。髪を振り乱した花子の目は落ち着きなく動き続け、なぜかいまにも泣き出しそうに見えた。

これは錯乱状態なのか――。精神疾患の徴候を見逃していたのだろうか。

コースケは、腰が抜けたようにしゃがみ込んでいた。すがる思いで大河内教授を見ると、冷静な表情で花子の行動を追っている。

花子はなおもテーブルに残った皿を手にした。

「食い物を粗末にするな！　食いたくなければ食わなくていい！」

声を荒らげた敦夫は、大きく目を開いて花子をにらんだ。花子の顔はこれまでに見たことがないほど恐怖で引きつっている。

口をくしゃっとゆがめた花子は身をひるがえし、庭へ飛び出した。

「花ちゃん！　待って！」

千夏が動揺した声で叫び、追いかけようとする。しかし足元がふらつき、立つこともままならない様子だった。顔がひどく青白い。

代わってコースケが花子のあとを追う。敦夫と倫子、そして教授も続いた。

花子は裏木戸からもみじ広場へ駆け抜け、坂を上って行く。あたりは薄暗さを増していた。少女の姿は行楽客にまぎれ、夕闇に沈み込むように見えなくなった。

「花ちゃーん！　どこお？」

「戻ってこい！　花子！」

倫子たちは、手分けして付近を歩き回った。

三十分ほど経過し、倫子はコースケと合流した。

「あっちへ走って行ったと言う人が……」

コースケは、ケーブルカー駅の手前にある沢沿いの道をペンライトで照らしながら進んだ。暗闇の中に、赤い帽子をかぶった石仏群が浮かび上がる。一体、二体、三体……。

突然、倫子の携帯電話が鳴った。倫子は思わず悲鳴を上げる。着信表示を見ると、小松敦夫となっていた。

「花子ちゃん、見つかったのかしら」

そうつぶやきながら、倫子は通話ボタンを押す。

「もしもし水戸です。花子ちゃ……」

敦夫の切迫した声が、倫子の楽観を押し戻すように返ってきた。

「先生！　家内が大変なんです！」

ただごとではない様子だ。

「千夏さんが？　すぐに戻ります！」

先ほどの茶の間では、敦夫が険しい顔で千夏の体を揺すっていた。

「おい、千夏！　千夏！」

千夏は意識がなかった。呼吸も浅い。一刻も早く高度医療施設へ搬送する必要がある。倫子はすぐに救急車を呼んだ。

千夏の急変は花子の捜索を始めて数分後のことだったという。敦夫が懐中電灯を取りに戻ると、家にいた千夏は体を丸くして苦しんでいた。しばらくすると激しく嘔吐し、いくぶん落ち着きを取り戻した。敦夫は「吐いて楽になった」と思い込み、再び花子を捜しに外へ出た。だがやはり気になって家に帰ったところ、千夏が意識を失っているのを見つけたという。

翌日の午後、倫子とコースケは高尾署に出頭を求められた。敦夫も一緒だ。千夏は一命を取りとめたものの、意識は戻っていない。

「小松千夏さんは、致死性の中毒被害にあったものと思われます。非常に危ないところでした」

倫子たちを迎えた刑事課の主任は、ゴマ塩頭に手をやりながら淡々と言った。隣で若い刑事がメモを取っている。

検査の結果、千夏の吐瀉物《としゃぶつ》にシュウ酸カルシウムとリコリンという有毒成分が認められた。前者は深刻な消化器障害と呼吸困難を引き起こす劇物指定の有毒成分、後者は非常に強い催吐作用を持つアルカロイド。ともに春の草花として親しまれている可憐な球根植物――スイセンに含まれる毒だった。

この時期、花の落ちたスイセンをニラと間違える食中毒事故が少なくないという。

「ユリ科のニラとヒガンバナ科のスイセンは、花や根の形はまったく違うのに、葉は非常によく似ていますからね。一番の違いはにおいですけれど、場所によってはニラとスイセンが混ざって生えているケースもあるんですよ」

スイセンの毒は致死量わずか十グラムで、かつては毒矢にも使われたという。

千夏は、山で採取したスイセンをニラと間違えたのだ。

花子が庭に投げ捨てた料理——ギョーザとニラ玉、野菜炒めを調べると、案の定、スイセンの葉を大量に含んでいたことがわかった。

「家内はいつも盛んに味見をしながら調理をするタチでした。腹が膨れるからやめとけって言っても聞かんのです。昨日は、『水戸先生たちにも食べていただくから』と朝から張り切っていましたので、恐らくいつもより多めに味見をして……」

うつむいた敦夫は両手を握り締めた。シミだらけの拳に血管の浮き出るのが見えた。千夏の意識が戻るかどうかは五分五分で、予断は許さないと搬送先の病院で言われたという。

若い刑事が口を開いた。

「その後、現場を逃走した高尾花子から接触はありませんね？」

「現場を逃走？　刑事さん、それどういう意味ですか」

問い返す敦夫に、刑事の鋭い目が向けられた。

「我々は、花子が故意に毒を混入させたという線も捨てきれないと考えています」

「バカなっ。花子は料理を捨ててたんだ！」

敦夫が吐き捨てるように言った。刑事は敦夫の言葉を無視した。

「水戸先生は花子が台所に入るところ、あるいは調理前の食材に手を触れるところは見ていませんか？」

これではまるで尋問だった。

「花子が毒を入れる意味がわかんないっすよ！」

若い刑事は威圧的に肩を張ってコースケに向き直った。ゴマ塩頭の刑事が手で制す。

「動機はあるんです。小松さんはご存じのはずだ」

「はあっ？」

敦夫が声を上げた。年配の刑事は小さな目で倫子たちをゆっくりと眺め回した。

「小松さん、奥さんは悩んでいたようですな。『花子に妙な手癖がある』と」

「手癖って、なんすか？」

「捜査中の事柄をすべてお話しする訳には……」

倫子は、はっとした。あれだ。間違いない。花子が敦夫の股間をまさぐっていたように見えたのは、やはり気のせいではなかったのだ。

敦夫の顔は、耳まで赤くなっていた。

「そんなこと、千夏が知ってるはずはない！」

「奥さんが近所の方に相談していたことが、こちらの聞き込みで判明しましてね」

「そんな話、やめてくれっ」

敦夫は首を左右に振った。

「俺は、止めさせようとしたんだ！」

「ええ、奥さんもわかっていたみたいですよ。花子はそんなことでしか感謝を示せないかわいそうな子供なんだって。でも、もしかしたら奥さんはこの件で花子を強く叱ったことがあったかもしれませんね？　どうですか、小松さん？」

「我々の仮説が正しければ、叱責された花子は奥さんに恨みを抱いた。その結果……」

若い刑事が得意げな顔で引き継いだ。

「バカなこと言うなっ！」

敦夫が立ち上がった。その拍子にパイプ椅子が倒れ、部屋中に金属音が響き渡る。

「まあまあ、興奮しないでください。何も確定したわけじゃない。とにかく花子が戻ったら必ず警察にご連絡ください」

敦夫の顔に視線をねじ込むように、ゴマ塩頭の刑事が念を押した。

帰りの車の中で、敦夫は悔しさをにじませた声で倫子とコースケに語った。

「先生、花子は警察の取り調べに耐えられるような子じゃないんです。あの子は、学校も病院も怖くて逃げ出したくらいなんだから。花子が犯人なんて、そんなこと……」

時刻は午後六時を回っていた。昨日、花子が行方をくらました時間だ。

参道入り口でクリニックの車を降り、敦夫はほの暗い道をとぼとぼとした足取りで歩き出した。遠くで木々が揺れ、ざわざわとした音が聞こえる。そのたびに敦夫は物音がする方を振り返った。

「千夏さん、早く意識が戻るといいっすね！」

「敦夫さんもお大事にしてくださいね！」

背後から敦夫に声をかける。だが返事はなかった。

「そこっ、もう一回見せて！」

大河内教授の指示に従い、コースケがタブレット端末の動画を少し巻き戻した。

手元にあるのは、花子の歩く姿を写した動画だ。運動機能を評価するために撮影したものだった。手の振りや上半身がズームアップされ、次に顔が大写しになる。

木曜会以外で教授がクリニックに来るのは珍しかった。教授はホワイトボードの前に立ち、フェルトペンを手に取った。

「花子について、わかっていることを整理してみよう」

大河内教授はフェルトペンの音を立てながら、ホワイトボードに単語を並べた。

《HT　10歳？　女　①運動障害　②言語障害　③奇異な行為　④心筋症》

花子のイニシャル、年齢に続けて、確認されているような症状を列挙した。以前から、何度となく検討を重ねている問題点だ。

「これを見て、水戸君が思うところは？」

「異常所見が広い範囲に及んでいます。一元的には説明しづらいと思われますが……」

一般的に患者が多彩な症状を見せる場合、多くの病気が同時発生したと考えるより、ひとつの病気から起きる複数の症状が現れていると考える方が自然だ。

たとえば虫垂炎では、発熱、食欲低下、嘔吐、腹痛などが生じる。それぞれを別の病気による症状と考えず、虫垂炎という根本原因を突き止めるのが重要だ。

つまり一元的に説明するとは、さまざまな症状の背景にあるひとつの疾患を特定することだ。

「確かに広範囲だね。だけど気にならない？」

教授の真意を読み取ろうとした。大河内教授がこんなふうに熱意を持って立証しようとしているときは、何かがあるはずだ。

「なぜ花子は言葉を話さない？　なぜラジオ体操の動きについていけない？　なぜ特異な偏食を抱えている？」

大河内教授は、立て続けに問いを発した。

「どうかな、コースケ君？」

「……わかりません」

コースケの答えに、教授がにやりと笑った。

「そう。わからない、つまりドント・ノウなんだ」

「は？」

ケイズ・キッチンで先日、教授が同じ言葉を口にしていたのを思い出した。

「わからなかったんだよ、花子には。彼女はまず言葉がわからなかった。ラジオ体操の動きがわからなかった。生魚や生卵といった食材のおいしさを知らなかった。病院や学校という環境や、そこでの過ごし方についても、わからなかった」

「ひょっとして、花子は日本人ではない、ということですか？」

まさかと思いながら、倫子が推論を口にした。

「そういえば、外国では生ものをめったに食べないって聞いたっす」

「そういうことだ」

教授は、大きくうなずいた。

「仮説は、検査データからも補強できる。この数値を見てごらん」

教授が示したのは、花子の血液検査のデータだった。

「高尾病院の糸瀬君から昨日届いたファックスだ。特殊な項目の検査だったから、結果が出るのに時間がかかったらしい。で、ここ」

教授が指し示したのは、ヨウ素とセレンだった。いずれも基準値を下回っていた。

「ヨウ素の欠乏は甲状腺の腫れを招き、セレン欠乏は心筋症につながる危険性がある」

「あっ、花子の首！」

コースケが先ほどの動画を再生し直す。カメラのレンズを通った光の加減もあるのだろうか。花子の首の腫れがはっきりと映し出されていた。

「そうだね、コースケ君。日本人は海藻をよく食べるからヨウ素不足は珍しい。けれどアジアの内陸部などでは少なくない」

「教授、勉強不足ですんません。セレンってなんすか？」

「セレンも必須元素のひとつで、土地や水に含有量が少ない地域では、心筋症の患者が多く確認されている。特に心筋症患者が多かった中国黒竜江省《こくりゅうこうしょう》にある克山《ケシャン》県の地名を取って、『克山病《ケシャンビョウ》』と風土病のように呼ばれているんだ」

「ケシャンビョウ……」

倫子とコースケが同時に言う。教授はカバンから、英語の文献を取り出した。

「花子が保護されたときに確認された運動障害も、長期の拘禁が原因だったかもしれない。だとすると、こうしたリポートも参考になるね」

文献は国際機関が共同で発行したものだった。国連薬物犯罪事務所《UNODC》や国際刑事警察機構《ICPO》といった見慣れない機関名が並ぶ。文書のタイトルは、「中国大陸からの不法入国と密航ビジネス・国際人身売買の実態」と読めた。


宵の口、ケイズ・キッチンはいつものようにのんびりした空気がただよっていた。

グラスの水を飲んでいたコースケが、突然立ち上がってテレビを指さした。

「何、何？」

「どうしたの？」

「これって、まさか花ちゃんの……」

料理の話で盛り上がっていた亀ちゃんと倫子は、壁に据えられた液晶画面に目を向けた。民放のニュース番組が流れている。

中東やアジアなど世界各地で横行する密航ビジネスについての報道だった。こうした業者の多くは、貧しい親から子供を買い、売春や強制労働の担い手として海外に「供給」する人身売買にも手を染めている。狭い船やコンテナに子供を押し込め、あるいは大型のスーツケースに入れて国境を渡るのが共通の手口だ。取引の価格は一人数千円から十数万円だという。

「ひどいわよねえ。世界中でこんな話がぞろぞろ」

ケイちゃんが顔をしかめる。

コースケが言うように、花子と同じ状況だ。教授の見せてくれた文献を思い出した。

「狭い船に長期間閉じ込められていたら、歩けなくなる子供がいてもおかしくないっすよね」

テレビの画面は、中国内陸部の寒村と見られる映像から東京に切り替わった。

「――こうした中、新宿・歌舞伎町《かぶきちょう》にあるハーブショップが中国に本拠のある人身売買組織のアジトである疑いが強まり、今日、警視庁の捜索を受けました――」

あやしげな店内や付近のマンションから、大勢の若い女たちを連れ出す警察官の姿が映し出された。普段の店内の様子も「資料映像」のテロップ付きで流される。薄暗い照明の下、さまざまな形をしたハーブのパッケージが並べられ、壁には見たことのない形をした植物のイラストが描かれたポスターが飾られていた。

ポスターの中央を占めるハーブに目が吸い寄せられた。胸騒ぎを覚えつつ手帳をめくる。花子がプレゼントしてくれた草に似ていたが、よく見ると葉脈の形が微妙に違っていた。

三日後、警察から驚くべき連絡があった。花子が山梨県の大月《おおつき》市で発見され、新宿署で保護されたというのだ。

呼び出しに応じ、倫子は小松敦夫とともに新宿署へ出頭した。広い会議室のような部屋に通される。数人の男たちがいた。高尾署で会ったゴマ塩頭の刑事もいる。倫子と敦夫は、おしゃれな赤いネクタイを締めた男に椅子をすすめられた。歌舞伎町のハーブショップ摘発で指揮を執った刑事だと紹介された。

「報道でご存じだとは思いますが、我々が検挙した組織はハーブショップを隠れみのにして、人身売買に手を出す中国マフィアでした」

赤ネクタイの刑事の説明によると、問題の組織は主として中国の農村部に住む女性を日本に送り込むビジネスを展開していたという。受け入れ先は、激増する中国人観光客を相手に売春を斡旋する新宿の風俗店だ。

「――そして今回、あなた方が高尾花子と呼んでいた少女も、そのひとりだと判明しました」

花子は、黒竜江省の山岳地帯出身で、多くの女たちとともに船で日本に渡った。もともと体力が落ちていたところへ約三週間にわたってコンテナに押し込められ、到着したときには自力で立てなくなっていた。息切れや動悸も激しく、客を取ることもできない状況だったという。やはり花子の運動障害は長期の拘禁状態による廃用症候群だったのだ。

「歌舞伎町では使い物にならないと判断された、彼女は捨てられたのです」

花子の「始末」を命じられた組織の下役は、当てのないまま花子を連れて京王線の下り電車に乗った。そうして真夜中に終点の高尾山口駅で降り、花子を山麓に捨て置いたと証言したという。

「その男は少女と同郷の出身でした。手をかけなかったのは、情にほだされたのでしょう。それでも真冬の深夜でしたから、へたをすると命の危険もあった」

高尾署のゴマ塩刑事は「ひどいもんだ」と、ため息をついた。

下役の自供を受けて新宿署は、花子の発見と失踪に関する情報を高尾署から得るとともに、犯罪被害に巻き込まれるおそれのある「特異行方不明者」として警察庁に照会を行った。その結果、該当する少女が大月市内の空き家で四日前に保護されていたことがわかったという。

「少女を置き去りにするとき男が命じたのは、不可説中文――『絶対に中国語を話してはならない』でした。中国人とわかったら身元がバレて組織に累が及ぶ。そうなったら故郷《くに》の親族を殺すと花子は脅されたようです」

「でも確か花子は、ひと言だけ言葉を発したと聞きましたが……」

倫子が尋ねると赤ネクタイの刑事は手帳を開き、「『オーロラ』ですね？」と応じた。

「そうそう、それです！」

敦夫が懐かしそうな表情をした。

「中国語で『腹が減った』という意味の『餓了』という表現があります。その発音が『オーロー』あるいは『ォウーラ』と聞こえるようです」

封印された母国語を、花子は空腹のあまり、思わず口にしてしまったのだろう。

「顔立ちは、まあ日本人と同じ。営業用に髪も整えられ、着ている服もすべて日本製でした。これで外国語を話さなければ、当然日本人だろうと……。まあ、我々は見事に欺《だま》されました」

ゴマ塩頭の刑事が総括した。

倫子も同じだった。カタコトの日本語を口にしたら、すぐに外国人だと疑ったはずだ。だがまったく言葉を発しない花子を見て、何らかの身体あるいは精神的な疾患によるものだと思い込んでいた。

そのとき敦夫が口を開いた。

「よかった……。花ちゃんは、本当はしゃべることができるんですね、刑事さん？」

赤ネクタイの刑事は、虚を衝かれたような顔をした。だがそれも一瞬だった。

「今後の処遇ですが、手続きが完了次第、中国へ送還する運びです。そこでお二人には少女の医療や生活に関する情報についてお聞きしたいと思いまして。もっとも、帰国後にきちんと医師の診療を受けられる保証はありませんが……」

敦夫が強い調子で言った。

「刑事さん！　自分を売った親の元へ花子を戻すっていうんですか！」

赤ネクタイの刑事は気の毒そうな顔をした。敦夫が首に下げたタオルで何度も顔をこすっている。

「彼女は親や故郷をうらんでないでしょう。だからこそ声を出さずに頑張ったんです」

刑事にメモが差し入れられた。

「……準備ができたようです」

部屋のドアが開けられた。

女性警官に付き添われて入室して来たのは、花子だった。

灰色のTシャツに紺色のジャージを身につけており、いつもの雰囲気の花子ではない。だが、敦夫と目を合わせた瞬間、あのこぼれるような微笑みを浮かべた。

「花子……」

敦夫がそう言って駆け寄ろうとするのを、刑事が押し止《とど》めた。

女性警官が花子に声をかける。日本語ではなかった。花子はやや緊張した面持ちでうなずくと、なんと話し始めた。流暢《りゅうちょう》な中国語だ。

花子の言葉を女性警官が通訳する。

「私の名前は温雪梅《ウエンシュエメイ》、十二歳です。いままで黙っていてごめんなさい……」

雪梅と名乗った花子は、落ち着いたアルトの声で語った。

昨年十二月、故郷の村にやって来た男に引き合わされ、その日のうちにトラックに乗せられた。港近くの招待所に約一か月留め置かれ、ごく簡単な日本語とともに、男性客を喜ばせる「手技」を教え込まれた。船倉に押し込められた約三十人の女性たちの中で、自分が最年少だった。日本に到着しても足腰が立たず、殺されると覚悟した……。

敦夫はタオルを口に当てたまま、目を見開いている。

「私は高尾山で、とても幸せでした。みんな優しかった。物が売れなくてもぶたれない。たくさん食べても叱られない」

あの花子が、自由に言葉を発している――信じられない光景だった。

「苦手な食べ物もありました。生の魚とか、生の卵とか……。食べたことがなかったので、最初はすごく嫌でした。でも、だんだん食べられるようになりました」

改めて理解した。寿司や刺身、溶き卵を使うすき焼きなどを花子が食べなかった理由は、大河内教授の言った「ドント・ノウ」だったのだと。

花子が敦夫に対して取った例の行為も、反射的なものだったのだろう。

倫子たちが訪問した日、花子は見知らぬ人間と接して怖かったに違いない。言葉のわからない病院や学校を恐れたのと同じように。やっと手に入れた小松家での生活を守るため、混乱した中で取ってしまった行動だったのだ。

「親切にしてくれてありがとう」

花子が深く頭を下げた。

「でも毒の草のことは、もっと早く気がつけばよかった——」

花子は目から涙をあふれさせた。

「ママのことを刑事さんに聞きました。あの日、テーブルを見て、私はとても驚きました。料理に使われていたのは、『韮菜《ジオウツァイ》』じゃない。強い毒のある葉です。形が似ているので、よく間違えます。誰かが食べる前に捨てなければならないと思いました。パパ、本当にごめんなさい」

敦夫は顔をしわくちゃにし、首を大きく横に振った。

花子は小松夫妻のことを、自分の国の言葉で「爸爸《パパ》」「媽媽《ママ》」と呼んだ。それは中国語がわからなくてもよく聞き取れた。

敦夫が口に押し当てたタオルから、「よかった、よかった」というつぶやきと嗚咽が漏れる。

突然、けたたましい電子音が鳴った。敦夫が腰ポケットから携帯電話を取り出し、おぼつかない手つきで操作する。

「もしもし……」

一瞬の間があった。

「……ありがとうございました！　本当に、ありがとうございました！」

電話を耳に当てたまま、敦夫は何度も何度も頭を下げた。

「ち、千夏がいま、目を覚ましたと……」

敦夫は言葉を継げずに泣き崩れた。通訳の声を聞いた花子は、制止を振り切って敦夫の首に抱きついた。

花子が盛んに何かを言っているが、通訳はその声を拾おうとしない。けれども、それが最高の喜びの言葉であることは理解できた。

時間を確認した赤ネクタイの刑事が、女性警官と花子に退室を促した。

花子の表情がにわかに曇る。彼女は、敦夫の顔を見上げるようにして別れの言葉を述べた。

「高尾山のパパとママ、ありがとうございました。私は、本当に幸せでした。どうかいつまでもお元気でいてください」

花子の目から大粒の涙がこぼれ落ちた。敦夫が唇を震わせながら花子の手を取った。

「こっちこそ、ありがとう。花子も元気でな。花子、ありがとう。花子……」

あとは言葉にならなかった。


クリニックの机の上で倫子の携帯電話が振動音を立てた。隣の席に突っ伏していたコースケが、迷惑そうに首を動かす。

母からだった。父の具合が悪く、施設から病院へ搬送されたという。

いつもより早めに仕事を片付け、父の入院した根岸《ねぎし》病院へ向かった。

根岸病院はガーデニア新横浜にほど近い、施設の提携病院だ。父への点滴指示などはこの病院から出されている。過去に肺炎や痙攣《けいれん》を起こしたときにも、ここに入院した。

病室に入ると、母はすでに来ていた。

父は酸素マスクを付けている。酸素の流量は五リットル。やや重症だ。いびきのような呼吸に痰がからみ、苦しそうな顔つきだった。手を握る。体がひどく熱い。抗生物質がうまく効けばいいが、そうでなければ命に関わる状態だ。

ナースステーションでその原因を知らされた倫子は、打ちのめされた思いがした。一昨日《おととい》、母は父の口にオレンジジュースを数滴垂らしたというのだ。ジュースそのものと、その刺激で出た唾液が気管に流れ込み、誤嚥性肺炎になった。

「においだけじゃあ、刺激が足りないと思ったのよ。味覚も刺激したらいいんじゃないかと思って。ほんのちょっとだったのよ。ほら、お父さん、食いしん坊だったじゃない。何でもおいしいって食べていたし……」

母は言い訳を繰り返した。

「口に食べ物を入れるのは危ないって、あんなに言ったのに」

なじるように言うと、母はキッとした顔を倫子に向けた。

「何でもあきらめたら、お父さんがかわいそうじゃない！　においとか音とか、そういうのしか楽しみがないのに」

父が何かを楽しんでいると、倫子も思いたかった。だが冷静に見ると、そうは考えられない。

うめくような呼吸音が聞こえる。

「こんなに苦しんでる。これはかわいそうじゃないの？」

母は父の腕に抱きついた。

「ごめんなさい。本当にごめんなさい。お父さんに喜んでほしかったの」

母は父の胸を愛おしそうにさすりながら泣いた。これほどまでに弱々しい姿の母を見たことがなかった。母も苦しいのだ。これ以上、責めることなどできない。

やがて、母は首を垂らしたまま何度もため息をつき、椅子に座った。倫子は父の額に載せたタオルを取り、氷水で絞り直す。水のしたたり落ちる音が病室に響いた。


糸瀬からメールが来た。クリニックの往診車を降り、駐車場から次の患者宅へ向かって歩いているところだった。

件名に「高尾花子の件」とある。最後に花子と会った日から三か月が経っていた。

横断歩道の信号が赤になったので、立ち止まってメールを開封する。

《水戸ちゃん、元気？　今度、リハ学会で高尾花子について発表させてもらうことになったので、念のためご報告。演題は『小児の廃用性症候群の一例』》

糸瀬らしい。抜かりなく学会発表の準備もしていたのだな、と思う。糸瀬の得意げな表情がよみがえった。

《P.S.　小松夫妻が、花子の養親になろうとして、手続きを進めています！　今、二人で中国語を猛勉強しているらしい。高尾山の商店会が中心になって、世界の恵まれない子供たちを支援するボランティア団体を立ち上げる動きもあるとか。では、また。糸瀬》

「養親？」

花子はまた、小松夫妻と一緒に暮らせるのだろうか？

メールではもどかしく、糸瀬に電話する。その通りだった。

情報の礼を言って電話を切る直前、彼が一段声を落として言った。

「……で、そのボランティア団体だけど、名前は『高尾山オーロラの会』だって。高尾山でオーロラなんて、おっかしいと思うけどね」

糸瀬はいかにも解せないという声で言い、笑った。

「倫子先生、何してるんすかあ？」

いつの間にか横断歩道の向こう側に渡っていたコースケが叫んだ。緑色の信号が点滅している。

「ごめーん。花子ちゃんの朗報！」

倫子は走りながら、コースケに向かって携帯電話を振った。

「なんすかあ？」

高尾山には、福を招く天狗伝説があるとコースケが言ったのを思い出した。

「天狗のご利益かも！」

首を傾げるコースケに倫子は駆け寄った。

ブレス5　ロングターム・サバイバー

強い風が笛を束ねたような共鳴音を立てている。十月に入ったばかりのことだ。むさし訪問クリニックの窓から見える空がみるみる暗くなった。

午前八時半、デスクで朝食代わりの大福を食べていると、亀ちゃんから新しい患者の紹介状を手渡された。見覚えのある名前が書かれている。

「この権堂勲《ごんどういさお》って、まさか新宿医大の名誉教授？」

「その、まさかです。たったいま、大学から送信されて来ました」

倫子はあわてて手の粉を払い、紹介状をデスクの中央に置いた。紹介者の欄には、太いペンで「大河内仁」とサインされている。

権堂勲、七十二歳。新宿医大病院に十日前に入院し、膵臓《すいぞう》癌と診断された。膵臓の尾部という発見されにくい場所にできた癌だ。余命は三か月。患者本人にも告知されている。それを知った上で数日中に退院し、自宅療養に入るという。

「う、そ……」

倫子は手で口を覆った。二重の意味でショックだった。

自分のよく知る医師が末期癌であったという事実に加え、雲の上の存在である名誉教授を自分が担当するという事態に、だ。

権堂名誉教授は外科学の元教授で、消化器癌の権威として知られていた。わずかでも治る可能性があれば、最後までその光明に賭けて手術に挑む情熱的な姿は、何度もメディアに取り上げられた。評判を聞きつけて全国から消化器癌の患者が押し寄せてきたものだ。

倫子は新宿医大を卒業し、そのまま母校の大学病院で研修をスタートさせた。当時、権堂勲は病院長の地位にあった。

病院長は新宿医大病院に勤務する医師約五百人のトップ。研修医ごときが口もきけないはるかに遠い存在だった。

倫子は権堂病院長の前で大失敗したことがある。二年間の前期研修を修了するにあたり、他の国立大学病院へ移ろうと考えていたときのことだ。

あろうことか、移籍に必要な推薦状をもらうための院長面談に遅れてしまった。例によって外来診察に時間を取られたためだ。

「君のおかげで五分無駄にしたよ」

息を切らした倫子が院長室に着いたとき、権堂院長は製薬会社の医薬情報担当者《MR》たちに囲まれ、部屋を出ていくところだった。

「外で修業する余裕はまだなさそうだな。背伸びせずに残りたまえ。ここは患者も多いし、いい指導医もたくさんいるじゃないか」

倫子は恐縮して立ちすくみ、ひとことも発せなかった。もう一度アポイントメントを入れる勇気は出ず、結局、大学に残って総合診療科に入局したのだ。あれから十年以上が経過した――。

紹介状の末尾には、「在宅希望にて、よろしく」とだけ書き添えられていた。

「そんな簡単に書かれても……ちょっと待ってよ」

そうつぶやきながら、新宿医大病院の総合診療科に電話を入れる。大河内教授は外来診察をしているはずだ。だが診察室の看護師に電話がつながったものの、教授はなかなか出ない。

しばらく経って電話口に出た大河内教授の声は、不機嫌そのものだった。

「外来中だから、手短に」

「ご診察中に申し訳ありません。いま、権堂先生の紹介状を受け取りまして……」

とたんに大河内教授は愛想のいい声に変わった。

「ああ、そうだった。悪いけどよろしく頼むよ。外科の教授連中に頼まれちゃってさあ。また連絡が行くと思うけど、確か、あさって退院だって」

気持ち悪いほど優しい声だ。ますます異常事態だった。

「どうしてこんなに早く退院なさるんでしょう？　しかも、在宅医は私でいいんですか？」

「消化器外科も必死になって引き止めたらしいけど、権堂《あいっら》先生は完全に治療拒否だから」

権堂名誉教授は大学病院での治療を拒んでいるという。抗癌剤治療どころか、治療方針の相談を持ちかけた担当医に対して、「何もしない」と言い切ったらしい。

「完全な治療拒否——本当ですか？　緩和療法もなさらないと？」

膵臓癌の治療は進行したステージⅣであっても手術が検討される。手術が困難と判断される場合は化学療法、つまり抗癌剤が選択される。化学療法に耐えられる体力がない場合には、治癒をめざした積極的な治療ではなく、症状の緩和を中心とした治療が行われる。権堂名誉教授の場合、たとえ手術や化学療法はしないにしても、脱水症状の改善や痛みの除去といった緩和治療をしないのはなぜなのだろう。

「信じられないだろうけど、ま、そういうことだ。なんとか水分補給の点滴治療くらいは同意を取り付けて、ゆっくり軟着陸する感じがいいんじゃないかな。とにかく水戸君に任せるから。何かあったら、いつでも連絡してよ」

電話を切ったとき、倫子のてのひらは汗でぐっしょり濡れていた。

「大変な方なんですか？」

亀ちゃんが心配そうな顔で倫子を見た。世間で「スーパードクター」として有名な名誉教授の主治医になる——そんなことを口にする気にはなれない。倫子は黙ってうなずいた。

「いくら名誉教授ったって、同じ人間じゃないっすか」

コースケが軽い調子で言った。その通りだが、そうではない。コースケにはわからないのだ。権堂名誉教授は患者にとってだけでなく、多くの医師にとっても最後の砦《とりで》であり、救いの神だった。治療法が尽きたとき、権堂名誉教授に頼めば必ず治療への光が見えると言われたほどだ。

亀ちゃんが権堂名誉教授のプロフィールをネット検索し、読み上げた。

「……我が国における消化器癌手術を含む治療の第一人者で、癌に対する積極的な治療を主唱する『あきらめないガン治療』(金色堂出版)、『癌治療、手遅れなんて言わせない!』(同)等、多数の著作でも名を馳せる……」

パソコンの画面を見たまま、亀ちゃんが首を傾げる。

「『あきらめないガン治療』の著者が、自分は治療をあきらめちゃうんですね。これって一体どういうことでしょう?」

亀ちゃんの疑問はもっともだ。膵臓を含めた消化器癌のスペシャリストであるだけに、治療法がないとわかった時点ですべての治療が虚しく思え、緩和治療までも拒否するに至ったのだろうか。

大河内教授に言われたのは、「点滴をしながらゆっくり死を迎えさせよ」ということだけだ。かじりかけの大福はそれ以上食べる気がせず、冷蔵庫にしまった。吹きすさぶ風の音がますます強く聞こえる。


台風の近づく十月七日に、権堂名誉教授の訪問初日を迎えた。

荻窪駅南口から車で数分、善福寺川《ぜんぷくじがわ》が大きくカーブする住宅街に教授の家はあった。

倫子の背よりはるかに高い門の脇に、赤松の老木が枝を伸ばしている。その根本には白いシュウメイギクが花を咲かせていた。

倫子は指先を服でぬぐい、インターフォンを押す。しばらくすると、銀髪の上品な女性が現れた。権堂夫人だ。地味で目立たない印象だが、ワンマンの名誉教授をずっと支え続けた賢夫人だという噂を聞いたことがあった。

「お世話になります」

夫人はそれだけを言うと、静かに頭を下げた。玄関に入ると、香を焚《た》いたような上品な香りが漂ってきた。

通された奥座敷は、十六畳はあろうかと思う広い部屋だった。障子が閉じられた薄暗い部屋の中央には漆黒の大きな文机があり、本や書類が積み上げられていた。筆記具やルーペ、卓上カレンダー、置時計、旅行先の写真なども整然と置かれており、病室というよりは書斎のようだった。文机の傍らに名誉教授の床が敷かれていた。

神聖な場所に入り込むようで、倫子は敷居の前で足が止まった。

夫人に目で促され、ゆっくりと布団に近づく。自分のような未熟な医師が現れて、名誉教授は不愉快になるのではないかと不安だった。

枕元でひざまずく。目の前にいるのが権堂勲だという事実が信じられない。

名誉教授は目をつぶっていた。あまりにも安らかな表情で、声をかけるのがためらわれた。

大きな音が響いた。コースケがカルテのファイルを落としたのだ。

かつて強大な権威を誇った主《あるじ》が目を開けた。頬がこけ、驚くほどやせている。だが相変わらず鋭い視線は、まさにあの権堂院長だった。この刺すような目の下で研修医生活をスタートしたのだった。当時のさまざまな失敗が思い起こされる。

初診の患者が、どの診療科を受診すればいいかを見極める通称「振り分け外来」を担当したときもそうだった。医師になって初めて外来で患者と向き合って以来、倫子は常に「遅い」と言われ続けていた。時間のかかった「振り分け」で他の患者を待たせてしまい、病棟の看護師に迷惑をかけ、自分はいつも昼食をとれなかった。病院長のアポイントメントを逃した一件も、そうした日常の延長線上にあった。過去の記憶が再び頭をよぎり、顔が熱くなる。

枕元で物音を立ててしまった無作法をすぐに詫びるべきなのに、言葉が出ない。どう名乗り、どう挨拶すべきものか――。緊張感は研修医時代のままだった。

「も、申し訳ありません！　権堂先生」

倫子は、やっとの思いで口を開いた。

「水戸倫子君か」

はっとした。名前を覚えられていたから、ではない。その声がセロファンを震わせるように細く、高くなっていたからだ。皆が恐れていたダミ声は、影もなかった。

長くはない――。余命三か月というは本当なのだと実感した。

「権堂先生、お加減はいかがでしょう？」

切ない気持ちを抑えて尋ねる。

「ああ……」

名誉教授は、目をコースケに向けた。

「彼は看護師の武田康介です」

倫子はあわてて紹介した。コースケも、いつもよりかしこまって茶髪頭を下げる。

「よろしく、あの、お願いしまっす」

「男のナースか――。時代だな」

権堂名誉教授は、視線を倫子に戻す。

「まさか自分が……」

言葉を途中で切り、目を閉じた。

言いたいことは、よくわかった。医師は、自分が専門とする病気になりやすいと言われる。偶然に決まっていると言う者もいるが、実際その通りになるケースも少なくない。

「膵臓とはな……」

膵臓は、インスリンというホルモンを分泌する機能のほかに、消化酵素――炭水化物を分解するアミラーゼや、蛋白質を分解するトリプシン、脂肪を分解するリパーゼなど――を消化管に分泌する機能がある。後者の機能から、膵臓は消化器系の臓器ともいう。

つまり新宿医大の消化器外科で、消化器癌の権威として名を馳せた権堂勲が消化器癌を発症した。まさかの念は本人や家族だけでなく、周囲の誰もが抱くところだった。

「ご無理をされたのでは……」

権堂名誉教授は誰の目から見ても多忙を極めていた。癌の発生するメカニズムはさまざまで、まだ十分には解明されていない。有害物質や放射線の影響、ウイルス感染や生来の遺伝子異常などだけでなく、ストレスによる免疫力の低下も原因になり得る。

権堂名誉教授が突如、大きく目を開いた。

「君の所なら、うまく死なせてくれるって聞いてな」

「はいっ？」

倫子は驚いて聞き返した。死なせるとは、どういう意味か。

「水戸君……」

名誉教授が乾いた声を出す。

「は、なんでしょう？」

倫子の声も、それ以上にかすれる。

「治療は要らん。死ぬために戻った。こっちから連絡するまで来るな」

死ぬために――一年半前、綾子に言われたのと同じ言葉だった。

「いえ、定期的に訪問させていただく決まりがありまして……」

名誉教授の視線が鋭さを増した。訪問診療の決まりごとなど受け入れるつもりはない、と言っているかのようだ。

「自分の病状はよくわかってる。手遅れだ。どの治療も何の意味もない。それなのに高村《たかむら》も誰も彼も、輸血だ点滴だとうるさくてかなわんかった」

高村とは、消化器外科で准教授に抜擢された、倫子より七期上の医師だ。新宿医大病院では彼が権堂名誉教授の担当医だった。

名誉教授の肌は張りがなく、目も落ちくぼんでいる。病院から送られた血液検査のデータを見直す。尿素窒素が五七、クレアチニンが二と高く、脱水状態と考えられた。

「権堂先生、何しろこの値です。せめて維持輸液だけでもなさってはいかがでしょう？」

水分補給の点滴をしなければ、数日内に脱水による血圧低下、およびそれに続く急死もありうる。点滴は、大河内教授に指示された治療でもあった。

「意味のない延命治療だ」

権堂名誉教授は即座に断じた。

「でも先生、このままでは急変も……」

言い終る前に、鋭い怒声が跳ね返ってきた。

「くどいっ！　食べられなくなった動物は死ぬんだ」

名誉教授の視線が突き刺さる。かつての威光がよみがえり、倫子は体が震えた。

退院時の看護記録には食欲低下が著しく、水差しの水を数口しかとれないとある。現状のまま点滴もしなければ脱水が進行し、意識障害となり、やがては命を保てないほど血圧が下がるだろう。余命三か月どころか、三日も持たないと思われた。

「もういい。帰ってくれ。あとは死ぬときに来てくれればいい」

「先生……」

最後の砦、救いの神とも言われた権堂名誉教授は、倫子ら大学の医師にとって大きな目標であり、お手本だった。

ところが、自分自身の治療では「何もするな」と言う。いくら末期癌とはいえ、ここで黙って身を引き、急変させてしまっていいのか。大河内教授にも「ゆっくり軟着陸」と指示されている。じりじりとした焦りと恐怖が倫子の喉にせり上がった。

「おい、志乃《しの》！」

「はい」

名を呼ばれた夫人が枕元に歩み寄って、正座した。夫人の白い指が名誉教授の右手に重ねられる。骨と皮になった名誉教授の手に、わずかに赤みがさしたように見えた。

「お見送りを」

夫人が立ち上がる。ふすまが開けられ、倫子たちは室外へ送り出された。廊下では中年の男性が待機していた。夫人が笑顔で男を迎え、座敷に招き入れた。

倫子はせめて権堂夫人と、もう少し踏み込んだ話をしたかった。名誉教授のあまりにも急で過激な決断について、真意を確かめたかったのだ。

ふすまの外で夫人が出てくるのを待つ。室内の会話が漏れ聞こえた。

「先生、ご無沙汰しておりました」

「久しぶりだな、木之内《きのうち》君」

「異動のご挨拶で参りました。ところで先生……」

随分と親しい間柄のようだ。

「いや、私はもう……」

「先生、これまでの偉業を埋もれさせるのはもったいないですよ。僕たちに生きるための杖を残してくださいよ」

「だが……」

権堂夫人はなかなか出てこない。倫子は奥座敷に向かって頭を下げ、辞去するしかなかった。

往診車のルームミラーにぶら下げられた天狗のお守りが、小刻みに揺れている。買ったときには思いもしなかったが、どことなく権堂名誉教授に似ている。

「このままでいいのか……」

名誉教授は倫子の提案を「意味のない延命治療だ」と言った。本当に何もしなくてもいいのだろうか。最後に夫人と過ごす時間を少しでも延ばすのは意味がないというのか。

母が父と過ごしている日々を思う。いまは意思の疎通もできない。それでも父が生きている時間に意味はあると感じる。意味がないはずがない。

その夜もケイズ・キッチンは、いつもと変わらない雰囲気だった。鳥のさえずりが聞こえそうな壁の絵、暗がりで葉を広げる観葉植物、太陽のようなオレンジ色のテーブル、客のざわめき。いつも心を癒す空間だった。

なのに今日は気持ちがほぐれてこない。

「倫子先生、疲れてるの？」

ケイちゃんが倫子の顔をしげしげと眺めた。

「え？　あ、そうかな」

ワンテンポ遅れて返事する。

「コースケも亀ちゃんも、今日はちょっと変よお〜」

ケイちゃんは眉をひそめたが、すぐに「そうだ」とつぶやきながらキッチンに消えた。

しばらくすると不思議なにおいが漂ってきた。

「これで元気出して。ウメトコ・チャーハンよ」

ケイちゃんが大きな皿に盛られた料理をテーブルに置いた。見たところシンプルなチャーハンだった。

ひとくち食べたコースケが叫んだ。

「えっ、これ何すか？」

「梅・トコロテン・チャーハンよ」

ケイちゃんはにやりと笑う。

恐る恐る口に入れてみた。米粒と米粒の間には、とろりとした感触がある。刻んだトコロテンが熱で溶け出し、煮込んだ肉のような食感を出していた。テングサの香りは梅肉にカバーされてわからない。絶妙なおいしさだ。

「すっごい組み合わせ！」

亀ちゃんが小さく叫ぶ。

ケイちゃんはさらに、ココナッツオイルで揚げた鶏の唐揚げや、粗つぶしのポテトサラダ、濃厚なゴボウスープを特別定食だと言って運んできた。

「疲れてるときのリフレッシュ・メニューよ、倫子先生」

ドアベルが鳴った。亀ちゃんがにこやかな顔で頭を下げる。大河内教授だった。

「よっ、いたいた」

教授はネクタイをはずしながら、倫子の隣に座った。ケイちゃんがビールとだだ茶豆を出す。

「ねえねえ、ゴン先生どうだった？」

大学内の内輪でだけ使っていた権堂名誉教授の呼び名だ。大河内教授は名誉教授の様子が知りたくて、わざわざやって来たようだ。

「申し訳ありません！」

倫子は席を立って頭を下げた。

「うん？」

大河内教授は、ビールをひとくち飲んで口元をぬぐった。

「権堂先生には点滴も受け入れてもらえませんでした。このままでは早晩、急変すると思います」

言ったとたん、自分の無力を痛感する。

教授は眉間に皺を寄せ、無言で豆を一粒、二粒と口に入れる。

「そうか、寂しくなるな」

「え……？」

名誉教授がすぐに亡くなるのを受け入れているような返事だ。

「先生、いいんでしょうか。なぜ権堂先生は点滴までも拒否されるんでしょう。脱水状態さえ改善すれば、あと一か月は生きられるかもしれないのに……」

倫子はもどかしい思いで尋ねた。

「知っているからだよ、治らないって」

大河内教授は、事もなげに言った。

膵臓癌の五年生存率は五パーセント、癌のなかでも最下位だ。腹部の最深部にあって異常が見つかりにくい膵臓は「暗黒の臓器」と呼ばれる。ことに膵臓癌は早期に症状が出にくく、発見された時点ですでにステージⅣの末期というケースが全体の約八割を占める。多くの患者は余命が数か月しかない。手術が可能な段階で見つかる患者は約二割に過ぎず、切除手術を受けた患者の七割が癌を再発する。

「患者の命を守るのが医師だって、権堂先生はそうおっしゃっていたのに。ご自身は治療を受けない、だなんて……」

「本人がいいって言うんだから、仕方ないよ」

教授は淡々としていた。

「ねえ水戸君、教えてあげようか。消化器外科の大混乱ぶりを」

権堂名誉教授が治療をかたくなに拒否した事実は、病院中の医師に驚きをもって受け止められた。とりわけ名誉教授の「本籍地」である消化器外科は衝撃を受けた。

権堂先生は錯乱状態に陥っている——そこまで言う医局員もいた。ところが退院当日、名誉教授のあまりにも穏やかな顔に、誰もが拍子抜けした。あっけにとられた医局員の前を、権堂名誉教授は「諸君、ごきげんよう」と言って通り過ぎ、家へ戻ったのだという。

「誰もゴン先生の死に責任を取りたくなかったから、混乱したのも無理はない。でも、そういう問題じゃないって、最後はあいつらにも伝わったはずだよ」

教授はビールを飲み干すと、真面目な顔になった。

「治療を受けないで死ぬのは、いけないことかな？」

ケイちゃんが教授のグラスにビールを注ぎ入れる。

「水戸君、医師は二種類いる。わかるか？」

また大河内教授の謎めいた問いかけが始まった。

「治療できる医師と、治療できない医師、でしょうか」

「違う」

教授は即座に断じた。

「死ぬ患者に関心のある医師と、そうでない医師だよ」

教授は泡立つグラスに手を伸ばした。

「医師にとって、死ぬ患者は負けだ。だから嫌なもんだよ。君も死ぬ患者は嫌いか？」

「え？」

何と答えたらいいのだろう。

「よく考えてごらん。人は必ず死ぬ。いまの僕らには、負けを負けと思わない医師が必要なんだ」

はっとする言葉だった。

「死ぬ患者も、愛してあげてよ」

腕組みをした大河内教授は、くしゃりとした笑顔になって倫子を見た。

「死ぬ人をね、愛してあげようよ。治すことしか考えない医師は、治らないと知った瞬間、その患者に関心を失う。だけど患者を放り出す訳にもいかないから、ずるずると中途半端に治療を続けて、結局、病院のベッドで苦しめるばかりになる。これって、患者にとっても家族にとっても、本当に不幸なことだよね」

そういう不幸な状態を予測したから、権堂名誉教授は自宅へ戻ったというのか。

寝たきりの父親の黄色い点滴バッグが頭をよぎった。胸の奥にある何かがざわつき始める。

その正体を探ろうとするが、言葉にならない。

「死ぬ患者を、最後まで愛し続ける――水戸君には、そんな医療をしてもらいたい」

「最後まで愛し続ける医療……」

倫子は、教授の言葉をゆっくり頭の中で繰り返した。

「何もするな、と言う患者には？」

大河内教授は、にっこりと微笑んだ。

「わかりましたって、答えてあげなさい」

「わかりました、ですか」

「うん。患者の意見を尊重することは、患者を幸せにするプロセスでとても大切だからね」

今夜はコースケも亀ちゃんも言葉少なだった。

しばらくして教授はチャーハンのにおいをくんくんと嗅ぎ、「これ、大丈夫？」と尋ねる。

ケイちゃんが、すねた表情になった。

そういえば、大学病院で毎日飲んでいた梅肉入りミネラルウォーターを久しく飲んでいない。ここに来てからは、ケイちゃんの料理に救われているのだろう。

残っていた料理を口に運ぶ。梅の酸味が利いたウメトコ・チャーハンは、冷めてもおいしかった。


翌朝、権堂夫人からクリニックに電話が入った。

「主人が、水戸先生にお越しいただきたいと申しております」

急変を予感させる症状が現れたのか？　倫子は胸が苦しくなるのを感じた。

午後一番の訪問を約束して電話を切ったものの、落ち着かない。昨日は、死ぬまで来るなと言われた。呼び出しの意味を考えると、気が気ではなかった。

「早めに行ってはどうですか？　患者さんが来たら、先生に電話しますから」

亀ちゃんの状況把握能力はいつも本当にすごい。

「助かる！　そうするわ」

コースケも俊敏に反応し、「車、取って来まーす」と飛び出して行った。

権堂邸に向かう車中では、膝が震えて仕方がなかった。

赤松の枝を見上げ、インターフォンを押す。これが最後になるかもしれないと覚悟しながら。

夫人に案内された奥座敷は、この日もほの暗かった。倫子は一礼して正座する。

「水戸です。ただいま参りました」

布団に横たわった権堂名誉教授は、思ったよりも顔色が良かった。

「点滴をしてくれ。それと、痛み止めも頼む」

「はい？」

耳を疑った。昨日の会話は思い出すまでもない。名誉教授は「何もするな」と、一切の治療を拒否すると言ったのだった。

「だから点滴と痛み止めだ」

「は、はいっ！」

倫子はコースケに目配せする。

「点滴セットっすね」

コースケは直ちに立ち上がり、部屋を出ていく。

名誉教授は目だけを動かし、強い眼差しで倫子を捉えた。

「家で死ぬために戻ってきたのは、変わらん」

「はい」

「ただ、死ぬ前にやりたいことができた」

それだけを宣言するように言うと、静かに目をつぶった。

倫子は名誉教授の左腕に点滴の針を刺した。黄色い液体が名誉教授の体に流れ込んでいく。

これで「権堂勲を三日で死なせた医者」と呼ばれずに済む——そう安堵すると同時に、そんなことを考えてしまった自分を恥じる。

庭から小鳥のさえずりが聞こえてきた。倫子はカルテを書き終え、大きく息をつく。

玄関へ向かいながら、倫子は夫人に尋ねた。

「奥様、権堂先生に何かあったのでしょうか？」

夫人は「さあ、私に詳しく話す人ではありませんので」と目を伏せた。

「……ただ昨日の夕方、お客様がお帰りになったあとから、主人はひとりで考えごとをしている様子でした」

権堂夫人は、記憶をたぐり寄せるようにゆっくりと続けた。

「今朝は久しぶりに気分が良さそうな顔をしていました。二人でしばらく庭を見ていると、主人が『あとほんの少しだけ生きてみる』と言い出しまして……。命じられるまま、先生にお電話した次第です」

名誉教授の心境に、何か変化が起きたことは間違いなかった。

翌日から、毎朝九時半に権堂邸を訪問した。血圧や脈拍などのバイタルサインをチェックし、点滴を施行する。脱水状態が改善されるのと同時に食欲が戻ってきた。

鎮痛薬の投与を開始し、疼痛《とうつう》コントロールも軌道に乗る。モルヒネを組み合わせたのが功を奏したようだ。痛みのために歩くのもままならなかった名誉教授の活動性が、著しく改善した。

「よかったですね」

点滴を開始して七日目、倫子は診療を終えてしみじみと言った。喜びを夫人と共有できると思った。だが夫人からは、思ったような笑顔が返ってこない。

「それが……」

権堂夫人は困惑の表情を浮かべた。

「動き過ぎといいますか、このところ主人は毎日ひとりで外出するので心配なんです。行き先も教えてくれず、一日中」

「余計なことは言わんでいい！」

背後から声が飛んできた。振り返ると、名誉教授は机に向かって何か書き物をしている。

倫子はそっと夫人に会釈して権堂邸を辞した。


「……十六、十七、十八、十九……」

ベランダのキンカンに白い小さな花が咲いた。つぼみも入れると全部で二十八もある。これだけ実がなってくれれば十分だ。有機肥料の力はすごい。葉の色も良くなった。

もう少し栄養を追加しようと、いつもの柑橘系肥料の袋を開ける。白や茶色、オレンジ色の砕片を手ですくい、根を傷めないように幹から離してサラサラとまいた。

それにしても、権堂名誉教授はどこに出かけているのだろう。

人は誰しも、死ぬ前に見ておきたい場所があると聞いたことがある。では自分なら、どこに？

大学病院時代によく通った新宿のイタリアン・レストランの看板には、確か「ナポリを見て死ね」と書き添えられていた。

ナポリ？　そう自問して、まるで現実感がないことに気づく。

まだ若かった両親と共に過ごした横浜の実家が思い浮かぶ。古くて小さい、散らかった場所だ。あかぬけない商店街、狭くるしい公園、面倒な歩道橋——ナポリとは正反対の場所に違いない。なのに、どれもひどく懐かしい。

父はどうだろう。もう、自分がどこにいるかわからないかもしれない。それでも行きたい場所があるのなら連れて行ってあげたい。


倫子とコースケはクリニックの往診車に乗り、カーナビの指示で第一京浜を南へ下っていた。後部座席には権堂名誉教授が乗っている。

二日前、権堂名誉教授が「君たちに頼みがある」と言い出したのだ。再び治療の中止だろうかと緊張した。だが、それは意外な要望だった。

「出かけるのを手助けしてもらいたい」

数日前から少し足元がふらつくようになったという。何かがあったとき、救急車で病院へ搬送されたりしないように付き添ってもらいたいというのだ。

訪問診療のスケジュールに余裕のある水曜日の午後だった。

「権堂先生、小さい車で申し訳ありません。どちらへ参りましょう？」

名誉教授が車に乗り込むのを介助し終えて尋ねる。行き先はまだ知らされていなかった。

名誉教授は古めかしい大きなバッグから分厚いノートを取り出した。ページを繰り、中ほどにはさんでいた黄色い罫紙を広げる。

「まっすぐ大井《おおい》へ行ってくれ。品川《しながわ》区勝島《かつしま》二－一－二、大井競馬場だ」

行き先を記したリストがあるようだ。名誉教授は目的地を告げると目を閉じた。

「なんでまた競馬場っすか？」

倫子は「しっ」と人さし指を立てる。無遠慮に尋ねるのはプライバシーに踏み込むようで、はばかられた。コースケは「いけね」と肩をすくめる。

人生の最後に競馬をしたいというのか。倫子はそっと後部座席を盗み見た。名誉教授の体は車の振動で左右に揺れている。その様子からは何も読み取れなかった。

沿道に植えられたイチョウの木が単調なリズムで脇を通り過ぎる。日中の気温は平年を下回る日が続いていたが、陽のあたる車内は暖かい。倫子も眠気を覚えるほどだ。

大きな駐車場で車を降りる。競馬といえば日曜日の昼にあると思い込んでいたが、ここでは平日の午後から八時過ぎまで「トゥインクルレース」という名の競馬が開催されていた。

入場料を払ってゲートをくぐる。電飾のトンネルが続き、まるで遊園地のようだ。コースケが人混みを気にしながら権堂名誉教授に寄り添う。名誉教授は思った以上にしっかりした足取りだった。

名誉教授は屋外のスタンド席に腰をかけた。目の前に初めて見る本馬場が広がる。

客席のざわめきが静まったと思った直後、大きな歓声が上がる。レースが始まった。

「行け！　行け！」

正面の大型ビジョンには走る馬が映し出されている。だが、肉眼ではどこを走っているのか、遠くてよく見えない。と思っていると、目の前に馬の集団が迫ってきた。大きな生身の生き物が重なりつつ、ものすごいスピードで駆け抜ける。

「四番、来い！」

「頼むぞ、頼む！」

スタンドの各所から怒号に近い声が飛んできた。

大型ビジョンに数字が表示された。無事にレースが終ったと知り、体から力が抜ける。

気づくと、名誉教授がいつの間にかいなくなっていた。

「ねえ、コースケ。権堂先生がいない」

後方の座席では大勢の客が次々に立ち上がり、見通しもきかなかった。

「トイレっすかね」

コースケとスタンドの中を見て回ったが、名誉教授はいない。フードコーナーにも見当たらなかった。人混みに疲れ、屋外へ出る。お祭りの出店よりも一回り小さいボックスがいくつも並んでいた。

「予想屋っす」

箱の中は一段高くなっており、立つと周囲を見下ろせる構造だ。オレンジ色のベストを着た男性が中からダミ声を張り上げていた。彼らはレース前に勝ち馬を予想し、お金を払った人だけに番号を書いた紙片を渡す。多くの客が集まるボックスもあれば、数人しか来ないボックスもあった。

やがて一帯から人が去り、閑散としてきた。

「そろそろ次のレースが始まるので、予想屋は休憩タイムっす」

「あれ？　あの人！」

一番奥にあるボックスの前に残っている客は、なんと権堂名誉教授だった。ハンチングをかぶった浅黒い顔の予想屋と話をしている。小柄でやせた老人だったが、しゃがれ声が遠くからでも聞こえた。

「なんだか楽しそうね」

予想屋と名誉教授は、はしゃいでいるように見えた。

「勝ち馬を当てて躁《そう》状態なんじゃないっすか?」

思ってもみない名誉教授の姿だった。

「好きなことをするって、いいっすね」

「競馬好きなんて知らなかった。意外ね」

倫子とコースケは、二人の邪魔にならないように、その場からそっと立ち去った。

しばらく経って権堂名誉教授がスタンドに戻ってきた。倫子の斜め前の席に座って下を向く。

「競馬新聞すかね?」

「ノートみたい」

名誉教授は膝の上にノートを広げ、何かを書き込んでいた。先ほどの黄色い罫紙のリストもある。蛍光ペンのラインが引かれた行が目に入った。

《MK　72　品川区勝島二-一-二、大井競馬……》

倫子は、その記述が人物のイニシャルと年齢であると直感した。場所ではなく、人が目的だったのか——。

名誉教授はペンを胸ポケットに納めると、満足そうに倫子たちを振り返った。それを合図に二人は立ち上がる。

「今日はありがとう。で、このことは口外無用だ」

名誉教授はゆっくりと駐車場に向かって歩きながら、そう言った。


その週の土曜日は、朝から権堂邸に往診車をつける。夫人に支えられながら出てきた名誉教授は、やや足元がおぼつかなかった。自覚があるのか、杖を使っている。

「今日は、二か所頼む。まずは、巣鴨《すがも》地蔵通り商店街……とげぬき地蔵だ」

後部座席から権堂名誉教授が指示を出した。

「えーと、巣鴨っすね」

コースケがカーナビに目的地を入力する。

とげぬき地蔵という名前は倫子も知っていたが、行ったことがなかった。だが、御札だけは見たことがある。

医師になって四年目くらいの頃だ。慣れない胃カメラを操作し、必死でモニター画面を見ていると、突然、胃粘膜のかわりに地蔵尊の絵が大写しになったのだ。胃壁に張り付いた謎の物体に水を吹きかけて移動させると、下から潰瘍が現れた。

検査のあとで患者に尋ねたところ、その物体はとげぬき地蔵の御札だとわかった。電車の切符よりひと回りも大きい御札をどうやって飲み込んだのか不思議だった。患者に尋ねると、御札の紙はやわらかく、小さく丸めると飲み込めるのだという。それにしても「万病に効く」と評判の御札とはいえ、普通は口に入れる気になるものではない。よほど苦しかったのかと気の毒に思ったものだ。

「権堂先生のパワースポットすかね？」

コースケが、倫子にだけ聞こえる声でささやく。

白山《はくさん》通りを行くと巣鴨地蔵通りへの分岐が見えた。通りは通行止めになっている。商店街の中ほどに、とげぬき地蔵で有名な髙岩寺《こうがんじ》があるという。

「ここでいい。一時間くらいしたら戻る」

通りの入り口で車を降りた名誉教授は、「ひとりでいい」と言い、ゆっくりと歩き出した。前回のこともあり、見失わないように後を追う。名誉教授は寺の前を素通りし、その並びにある佃煮屋に入った。

斜め向かいの陶器店の店先から名誉教授の様子をうかがっていると、車を置いてきたコースケが合流した。

「あの北野屋《きたのや》っていう佃煮の店にいるから、ここでちょっと見ててね」

見張り役をコースケに託すと、倫子は髙岩寺で短いお参りをし、駆け足で戻った。

再び陶器店から首を伸ばし、北野屋の方を見る。水色のエプロンと三角巾をつけた初老の女性が権堂名誉教授の前で話をしていた。北野屋の女将か。女性はとても困惑したような表情だった。

「大丈夫かしら？」

コースケも「どうしたんすかね」と首をひねった。

店先に並ぶ湯飲み茶碗を、上の空で手に取る。北野屋の女将は泣いているように見えた。

「その湯飲み、いいでしょう？」

突然、陶器店の主人に話しかけられた。

「え、ええ」

倫子は手にした器を改めて見る。やや口径の広い、ふっくらした手触りの湯飲みだった。

「……色も素敵ですね」

くすんだ緑色のぽってりとした釉薬《ゆうやく》が、どこか懐かしい。ほとんど無意識に手に取ったのに、特別なあたたかみを感じた。

ふと見ると、北野屋に名誉教授の姿はなかった。コースケもいない。あわてて外へ出た。直後に携帯電話が鳴る。

「名誉教授がパン屋に入りました。白山通りに向かって歩いて右側っす」

コースケの教えてくれた通り、権堂名誉教授はガラス張りのパン屋の飲食スペースに座っていた。テーブルの上にノートを広げ、ペンを走らせている。

コースケは名誉教授の向かい側に座り、ガラス越しにこちらへ向かってOKサインを出した。

「お待たせしてすみません」

倫子の到着に気づくと、名誉教授は微笑みを浮かべてノートを閉じた。

「じゃ、次の場所に行こう。これ、うまいんだ。コースケ君も食べなさい」

渡されたのはあんパンの袋だった。

地蔵通り商店街での滞在時間はわずかだったが、権堂名誉教授は少し疲れた様子だった。出発前に体調をもう一度チェックしておいた方が良さそうだ。後部座席に座る名誉教授の隣に倫子も乗り込む。

「先生、ちょっと失礼します」

名誉教授の右腕を取った。脈は落ち着いている。問題なさそうだ。

左手には例のリストがあった。親指で押さえた箇所にはラインが引かれている。

《マリリン　57　日野《ひの》市程久保《ほどくぼ》七-一-一、多摩動物公園》

見てはいけないものを見てしまったかと胸がざわつく。当の権堂名誉教授は気にする様子もなく、平然とした表情でコースケに告げた。

「次は、日野だ。多摩動物公園――日野市程久保七‐一‐一へやってくれ」

「了解っす」

首都高速に入る。ピンク色に塗られたいつもの往診車が時速百キロを超すスピードを出した。振動が普段より大きくなり、少し恐い。

首都高の新宿線を抜ける際、新宿医大と大学病院を間近に見るスポットがあった。

「そろそろ新宿医大っす」

コースケが大声でガイドする。だが権堂名誉教授は目を閉じたままだった。

中央自動車道を降りてしばらく進み、万願寺《まんがんじ》駅前を左折する。車の流れが遅くなった。

週末の午後、家族連れを乗せた多くの車が動物園を目指していた。正門の前で、名誉教授が杖だけを手にして車を降りる。倫子も続いた。コースケとは園内で合流する予定だ。

権堂名誉教授はゲート近くのカフェを示し、「二時間後にここで」と言うと、杖をつきながら園内の巡回バス乗り場へ行ってしまった。

この広い動物園の中で、名誉教授を見失うわけにはいかない。

「権堂先生、今回はお供させてください」

倫子はあわてて名誉教授の背中に声をかける。後方からは、コースケが猛スピードで走ってきた。

シマウマの彩色をほどこしたシャトルバスは、運転手の説明を聞きながら園内を巡る。ソデグロヅル舎前を出発し、インドサイ舎前で停車した。何人かの乗客が乗り降りするが、権堂名誉教授は身動きもせずに窓外へ目を向けている。

さらにヒマラヤタールやムフロンといった、聞き慣れない動物の展示舎を通り過ぎた。オランウータン舎前のアナウンスがあったとき、名誉教授は他の客とともに立ち上がった。

「降りるぞ、水戸君」

「はいっ、コースケお願い！」

「ラジャッ」

コースケは素早くバスを降り、ステップの下方で権堂名誉教授をサポートした。名誉教授の足取りは徐々に不安定さを増しており、いつ転ぶかと気が抜けなくなっていた。

オランウータン舎の前には、小学生の集団がいた。

「じゃあみんな、ついてきて！　オスのオランウータンを見に行くわよ！」

子供たちの前で、女性ガイドが肩がけの拡声器を使って解説をしている。快活な身振りによく通る声だった。若々しい雰囲気だが、よく見ると五十代後半くらいか。

名誉教授は、またもや嬉しさを隠しきれない様子で女性を見つめた。

胸元には「ボランティアガイド　斎藤《さいとう》」と書かれたネームプレートが揺れている。彼女がマリリンなのではないか——と倫子は想像した。下の名前はわからないが、マリコやマリかもしれない。

小学生たちはオランウータン舎へぞろぞろと入る。権堂名誉教授もその集団について行った。

「あれれ、行っちゃった」

「まるで、孫とおじいちゃんっすね」

突然、小学生の歓声が上がった。高い場所にいたオランウータンのオスが立ち上がり、ゆっくりとハシゴを降りてきたのだ。全身の赤毛は長く縮れて垂れ下がり、長く生きてきた証《あかし》のようだ。穏やかに周囲を睥睨《へいげい》する姿は、まさに森の神様と呼ばれるにふさわしい姿だった。そのときだ。ガイドの視線が権堂名誉教授の前で止まった。

突然、解説が中断された。だが、オランウータンがハンモックで寝そべる姿に夢中の小学生は、まったく気にする様子はない。ガイドの女性が名誉教授の方に向かって歩いて行く。マイクを離し、顔には泣き笑いの表情を浮かべて。

女性は権堂名誉教授の前で立ち止まった。二人は自然に抱き合うように身を寄せ合う。名誉教授は女性の背中を何度も愛おしそうになでた。彼女は甘えるように何度もうなずく。

その間、二、三分程度だった。

やがて女性は再びマイクを取ると、オランウータンの手の模型を取り出し、解説を再開した。

権堂名誉教授は獣舎を出た。外にあるオランウータン舎の鉄柵の前に立ち、麻袋をかぶって遊ぶオランウータンの赤ちゃんを黙って眺めている。

「水戸君」

「は、はい」

またも口止めだろうか。それとも彼女との関係を打ち明けてくれるのか。

「コースケ君」

「はい」

コースケも、緊張しながら次の言葉を待っている様子だ。

「そろそろ帰ろう。疲れた」

コースケが吹き出す。ちょうど後続のシャトルバスがオランウータン舎前のバス停にすべり込んで来た。それにしても、自分から「疲れた」と口にするような名誉教授ではなかった。いよいよ体力の限界が近づきつつあるのかもしれない。

翌週の木曜会で、倫子は権堂名誉教授の病状を報告した。

これまでの経過を振り返る。退院直後は治療の完全拒否もあり、脱水状態が進行していた。だがその後、点滴とモルヒネによる鎮痛治療の結果、活動性が大きく改善して外出できるまでになった。ただ、ここ数日は急速に衰えが進み、厳しい状況を迎えつつある。

「水戸君、報告がないじゃないか！」

大河内教授は、細い目をさらに細めた。

「はい？」

「ゴン先生と、どこに出かけたの？」

「なぜ、それを……」

倫子は、時間外に患者の外出に付き添ったことを言い出せないでいた。「これは口外無用だ」と、名誉教授に釘を刺されていたからだ。

「スパイがいるからね、新宿医大には」

教授はニタリと笑った。

「引退したとはいえ、元病院長で消化器外科のトップだよ。週末、医局の連中がせっかく見舞いに訪ねたのに、本人は不在。夫人に聞けば、訪問クリニックが回したピンクの車に乗ってどこかへ出かけたと。そうなりゃ、僕に苦情の電話が入るに決まってるでしょ」

「す、すみません」

ここは謝るしかない。倫子は顔が熱くなるのがわかった。

「まあ、いいから。で、どこに行ってたの？」

「大井競馬場と、とげぬき地蔵商店街、それに多摩動物公園です」

大河内教授は少々びっくりした様子で腕組みをした。

「ゴンちゃんは、そんなとこへ何しに行ったんだろ」

「理由はおっしゃいませんでした」

特にマリリンとの密会については名誉教授のプライバシーに関わりそうで、何と報告していいか判断がつかない。

「コースケ君は何か見た？」

「えっと、馬券は買わなかったっす。あとは、あんパンを買ったり、子供たちとオランウータンのエサやりを見たり……。あ、権堂先生は特別な人たちに会いに行ったのかもしれません」

「特別な人って？」

「マリリンさんっす！」

コースケが言ってしまった。大河内教授の目が急に生き生きとなった。

「マリリンさんのほかに、予想屋さん、佃煮屋さんも。訪問先のリストに住所とイニシャルが入っていて……」

コースケは胸ポケットから携帯電話を取り出し、液晶画面を操作し始めた。

「行き先のリストを写メっといたんす」

倫子ものぞき込む。画像は名誉教授がノートにはさんでいた黄色い罫紙だった。

「びっくり！　いつの間に撮ったの？」

「動物園の前で、先に権堂先生と水戸先生を降ろしたときっすよ。後部座席にノートがそのまま置いてあったんで、次に備えて目的地への所要時間やルートを調べておこうと思ったんす」

画像を見ると全部で二十か所ほどの住所のうち、約十件に蛍光ペンでマークがつけられている。倫子とコースケが権堂名誉教授とともに車で向かった三件は、その中に含まれていた。

《MK　72　品川区勝島二‐一‐二、大井競馬場》

《EK　68　豊島区巣鴨三‐九九、北野屋》

《マリリン　57　日野市程久保七‐一‐一、多摩動物公園》

しばらくの間、頬をふくらませて見入っていた教授は画面から目を上げて微笑んだ。

「……次、ゴン先生の家に行くのはいつ？」

「明日です」

「わかった。じゃあ僕も一緒に行くよ」

大河内教授は何かに気づいた様子だった。

翌日の午後、倫子たちは大河内教授と権堂邸へ向かった。車が善福寺川に沿って蛇行を始めると、大河内教授は「そうそう、この道。ゴン先生の家へ行く道だ」と懐かしそうな声を出す。紅葉のせいか、窓からの風景は急に秋が深まったように感じられた。

夫人の案内で奥座敷に入る。名誉教授は、静かに横になっていた。

「おお、大河内君も来たか」

名誉教授は機嫌がよかった。

いつものように血圧測定を始める。二人の大先輩の視線が注がれる中、聴診器を当てる手が少しだけ震えた。

倫子が診察を終えたタイミングで大河内教授が口を開いた。

「権堂先生、お手伝いを僕にもやらせてください」

「いきなり、何だ？」

名誉教授が怪訝そうな顔で大河内教授を見る。

「違っていたらお許しください。先生は、過去にご自身で手術された患者たちを訪ね歩いておられますよね？」

「なぜ、それを？」

権堂名誉教授はわずかに眉を上げた。

「水戸君だな……」

大河内教授は小さく咳払いした。

「いえ、僕のカンです。先生のお作りになったリストを見ました」

「ああ、これか」

名誉教授はゆっくりと体を起こし、机の上から例のノートを引き寄せた。

「権堂先生のリストに記載されていたのは、ＭＫ、ＥＫ、マリリン……。これが住所録のようなスタイルで書かれていれば、氏名のイニシャルやニックネームだと誤解されても仕方ありません」

大河内教授は説明を続けた。

「ＭＫはMagen-krebs（マーゲン・クレブス）の略語で胃癌、ＥＫはEsophagus-krebs（エソファガス・クレブス）で食道癌、それに悪性リンパ腫のMalignant Lymphoma（マリグナント・リンフォーマ）を縮めてマリリン。すべて先生が手術を手がけられた悪性腫瘍の名称だったので、ピンときました」

倫子は「あっ」と口を押さえた。

「病院の外だったせいでしょう。さすがにウチの優秀な二人も気がつきませんでした」

医療現場で用いられる専門用語や略語は、英語とドイツ語のチャンポンが多い。これに日本語特有の省略形や合成語も加わり、隠語のおもちゃ箱とも言える様相を呈している。統合失調症を意味する「シゾ」は、ドイツ語のSchizophrenieを日本語読みした上での省略形だし、「アポる」と言えば、英語の脳卒中Apoplexyに日本語の動詞「する」を合体させた「脳卒中を起こす」ことだ。

権堂名誉教授は苦笑いを浮かべていた。

「……別に君たちに隠そうとしていた訳じゃあない。リストの残りをよく見なさい。膀胱癌のBTや多発性骨髄腫のMMも混じっているが、あとは直腸癌のRK、大腸癌のDK、膵臓癌のPK――と、世の中はKさんばかりになる。二人とも注意力が足りんな」

「巣鴨の佃煮屋さんは『北野屋』で『K』だから、てっきりイニシャルかと思いました」

「多摩動物公園の『マリリン』も、そんな雰囲気があったっす」

権堂名誉教授は、ノートのページをめくった。

「自分が死ぬ前に、どうしても予後を確認しておきたい患者たちがいたからね。とうの昔に手術して私の手を離れた患者のことなど、これまで考えたこともなかったのだが……」

大河内教授が真剣な顔つきになった。

「その患者たちとは五年以上の長期生存者《ロングターム・サバイバー》ですか？」

権堂名誉教授は首を左右に振る。

「いまどき、五年で『長期』と言えるかね？　私がフォローアップの対象としたいのは、癌の切除後、二十年超にわたって健康に暮らしているスーパー長期生存者たちだよ」

スーパー長期生存者――。倫子もそんな用語が使われている論文を読んだ記憶があった。治療後五年以上の癌サバイバーは現在、ひと昔前の倍、全国で三百万人を超える。「癌＝死ぬ病気」では決してない。癌治療に関わる日本中の専門医たちが、患者のさらなる未来を保証するために研究と技術の向上に努めて来た成果だ。そして、自らの死に直面しつつある権堂名誉教授もそのひとりなのだ。

「今回、退院してすぐのことだ。昔の患者が訪ねて来てくれてね。彼の胃癌を切ったのは二十三年前だった。彼のような患者たちがどんな人生を送っているのか、自分の人生の最後にどうしても確かめたくなったんだ」

大河内教授は腹の前で手をそろえ、頭を下げた。

「権堂先生の尽きることのない情熱に、僕は心から敬服します。ただ、元患者と会うために先生がお出かけになるのは、そろそろ危険と思われます。ほかにも会いたい元患者がいるのでしたら、僕たちがお連れしますが……」

「大河内君、『元患者』じゃない。いまも、私の患者たちだ——彼らがどう思っていようと」

権堂名誉教授は大河内教授の顔を刺すように見つめた。

「君の配慮には感謝する。だがね、もうすべて済んだ。あとは向こうがまとめてくれる」

名誉教授は再び体を横たえた。薄暗い座敷で主が目を閉じる。診療終了の合図だった。

その日を境に、権堂名誉教授の病状は急速に不安定になった。微熱が続き、モルヒネの量を増やしてもなかなか腹部の痛みを抑えきれない。足元のふらつきも著しく、立ち上がることすらおぼつかなくなった。先週までの外出が嘘だったように感じられる。

胸部の聴診をしようとすると、名誉教授は「もう、いいんだ」と倫子の手を押し戻した。

倫子は黙って寝間着のボタンを留め、布団をかけ直した。

名誉教授は静かな表情で上半身を布団の上に起こした。

「外を見せてくれ」

夫人が障子を開けた。手入れの行き届いた和風の庭が目の前に広がった。広い窓からは、晩秋の澄んだ陽射しが降り注いでくる。

「立派な柿だろう」

庭の右奥に大きな柿の木があり、いくつもの実を付けていた。

「はい、先生」

倫子はうなずいた。

「うまいんだ。持って帰りなさい」

名誉教授は、穏やかに笑っていた。

翌日、権堂名誉教授は再び、点滴を含む一切の治療を拒否すると宣言した。

「……わかりました」

声がため息のようにかすれてしまう。ただ、「患者のすべてを、死をも受け入れろ」と言った大河内教授の教えに身を委ねよう――と胸の内では決意を固めていた。

名誉教授が少し疑うような表情を浮かべる。倫子の真意を探ろうとしているようだった。

「わかりました。お考えに従います」

もう一度はっきりと倫子は繰り返した。

名誉教授の口元がゆるんだ。これまで倫子に向けられた中で、最もやわらいだ表情だった。

「あと、どのくらいだ？」

答えに詰まった。正直に伝えてもいいのだろうか。

「どうした？」

名誉教授は二回、強くまばたきをした。学生や研修医を励ますときのしぐさだった。ここで「時間」を正しく伝えるのは、医師の最後の役割だ——そう促されたように感じた。

「三日、です」

一瞬、空気の流れが止まった。

「いい読みだ」

名誉教授は満足そうにうなずいた。

ほめられても喜べるはずがない。倫子は黙って頭を下げた。

「君に、すべて任せるよ」

そう言うと、名誉教授は目を閉じた。医師になって十一年余。これまで何人もの命を預かってきた。だが死を託された重みを今日ほど息苦しく感じたことはなかった。

顔を上げると、夫人と視線が合った。穏やかな顔に涙が次々と伝い落ちる。

「主人の望むようにさせてやってください」

弱々しいけれど、毅然とした口調だった。

《十月二十五日、自然死の方針となる。患者・権堂勲と妻・権堂志乃、看護師・武田康介、医師・水戸倫子との間で、数次にわたる確認を行った》

カルテに、そう記載する。

もう一度、権堂名誉教授を振り返った。寝食を忘れて患者の命を救い続けた精悍《せいかん》な外科医は、静かな寝息を立てて眠っていた。

翌日の午後、まる一日降り続いた雨が上がり、権堂邸からは大きな虹が見えた。

名誉教授は明るい光の中でまどろんでいた。夫人によると、朝から眠ったような状態が続いているという。

「権堂先生、水戸です」

瞼がほんの少し開いたかと思うと、すぐに閉じられてしまった。返事はない。

耳元に顔を近づけ、大きな声で問う。

「先生、苦しくはないでしょうか」

かすかな答えが返ってきた。

「……いい塩梅《あんばい》だ」

コースケが血圧計を見つめている。顔をしかめ、小声で倫子に報告した。

「上は七〇、下は測定できません」

その数値は「もうすぐ死ぬ」と言っているのと同じだ。倫子は人さし指を自分の唇に当てる。名誉教授の耳に入れるのは、しのびなかった。

不整脈が頻繁に出始めていた。死に直結する心室細動が来るかもしれない。

意識は、少しずつ低下し始めていた。いつ急変するかわからない。目の前で偉大な医師の心臓が止まると思うと、全身がぞくりとした。

このまま亡くなるのを見守るだけで、本当にいいのだろうか。再び恐怖にも似た感情が喉の奥からせり上がってきた。

師の意思に反した延命治療をするのは、師への冒瀆《ぼうとく》だ。いや、それでも——。倫子の心の中で、せめぎ合いが次第に大きくなる。

権堂名誉教授が声を発しようとした直後、呼吸が乱れた。

「これ、で……」

言葉がとぎれる。

「先生？」

名誉教授の口元に耳を近づけ、倫子は待った。

自分の呼吸音で声が消されないように息を止める。ほんのわずかな唇の動きも見逃さないように全神経を集中した。

「これ……で、いい」

名誉教授の息が荒く、聞き取りづらい。

「もう一度、もう一度お願いします！」

「君は、まちが……ってない」

かすかな声だった。だが、倫子には何よりも力強い言葉だった。

翌日、権堂名誉教授の呼吸は極度に弱くなった。血圧は上が六八。命を保てるぎりぎりの状態だ。尿は半日以上も出ていない。足の裏は酸素欠乏によるチアノーゼが現れ、暗い紫色になっている。いつ亡くなってもおかしくない状態だった。

座敷の障子は大きく開けられていた。ふだんとは異なり、鮮やかな色の実を付けた柿の木を眺める位置に枕が置かれている。だが名誉教授の視点はどこにも定まっていない。

倫子とコースケは名誉教授を一時間ほど見守った。ずっとそばにいたかったが、次の約束の時間が迫っていた。訪問診療の無情を感じるのはこんなときだ。

「奥様、ちょっとよろしいでしょうか」

コースケを残し、夫人を促して廊下へ出た。険しい表情の夫人に、権堂名誉教授の死が目前に迫っている事実を重ねて告げた。

「……覚悟はできています」

夫人はそう言って視線を足元に落とした。

連絡があったのはその日の夜、十一時半過ぎだった。権堂邸に到着したとき、名誉教授の心臓はすでに止まっていた。夫人に手をしっかりと握られながら。

名誉教授の右手と、夫人のほのかに赤味を帯びた指――。死の床で二人の様子を目にした瞬間、初回の訪問時に見た同じ光景を思い出した。

死亡診断書を書いている間に、コースケが名誉教授の体を清拭し、白装束に着替えさせた。

「大学病院からこの家に戻って以来、主人はとても穏やかになりました。あんなにいい顔は、ここ何年も見ることはありませんでした。本当にありがとうございました」

夫人は落ち着いた声で話した。芯の強い女性だと思った。

未明に権堂邸を辞去する前に、倫子はもう一度名誉教授に頭を下げる。

「看取らせていただき、ありがとうございました」

動き始めた往診車から老松を振り返る。月明かりに照らされ、神々しく輝いて見えた。

「権堂名誉教授を偲《しの》んで、黙禱《もくとう》を」

大河内教授がいつになく改まった声を出す。告別式の三日後、ケイズ・キッチンに集まった倫子たちは、静かに目を閉じた。

献杯の後、ケイちゃんがキッチンから週刊誌を持ってきた。

「これ、読んだわよ」

目の前に置かれたのは、今日発売の『週刊ゴールド』最新号だった。表紙には、「スーパードクター最後の仕事」という見出しが躍っている。

記事は、権堂名誉教授の業績から始まり、最終的に在宅で死を迎えることを決意した経緯を紹介していた。そして、名誉教授が癌サバイバーたちを訪ね歩いた活動についても詳しく記していた。

《――末期癌に侵された権堂氏はしかし、自身がオペを担当した癌患者の「その後」を自分で確かめることに、残された命を燃やした。それは、癌の手術後二十年以上にわたって健康な生活を送っている「スーパー長期生存者」を確認し、元執刀医として世間に報告しようというプロジェクトだった。

その何人かを誌面で紹介しよう。胃癌で胃を全摘し、さらに腸に胃の役割を担わせる手術を二十二年前に受けたA氏（七二）は再発もなく、現在は都内の公営レース場で元気に働いている。

食道癌の自営業B氏（六八）は食道の切除手術を受けた。声を失ったが、仕事には復帰できた。だが昨年、術後二十年を目前にして肝癌で死亡。権堂氏は久しぶりに再会したB氏夫人から、「あのときの手術で、癌は完全に切除できていたのか？」と詰め寄られたという。

患者との再会は、医学の進歩を実感する機会でもある。胃に悪性リンパ腫が発見された主婦Cさん（五七）は二十一年前、手術を受けた。現在、ほとんどの悪性リンパ腫は手術せずに治療されるが、当時は外科処置に踏み切るケースが少なくなかった。幸いCさんに再発は認められず、現在は動物園でのボランティア活動に生きがいを見出している。さらにD、Eの両氏は——》

「A氏というのは大井競馬場の予想屋で、B氏夫人はとげぬき地蔵の佃煮屋の女将さん、Cさんはオランウータン舎のガイドっす」

コースケが亀ちゃんに補足説明をする。

《——こうした活動の一方で権堂氏は、自らの病については決して多くを語らなかった。ただ本誌のインタビューに対して権堂氏は、「医療にはおのずと限界があるが、多くの医師は闘いをやめることを敗北と勘違いしている。ところが、闘うだけではいずれ立ち行かなくなる瞬間が来る。そのときに求められるのは別の医療だ。死までの残された時間、ゆったりと寄り添うような治療がいかに大切かを私は身をもって知った」と答えている。

権堂氏はまた自身のベストセラー『あきらめないガン治療』(小社刊)は、ある段階を超えてからは間違いだと言わざるを得ないと、その病床で語った。

癌との闘いを知り抜き、その限界をも熟知していた権堂氏。多くの患者にとっては戦友であり師と呼べる存在だった。筆者はそう確信している——なぜなら私も二十三年前、権堂氏の手術で命を救われた癌サバイバーのひとりであるからだ》

記事の署名欄には、「本誌編集長・木之内真《まこと》」とある。

「木之内って名前、どこかで……」

記事から目を上げて、倫子がコースケに問いかけた。

「訪問診療の初日、入れ違いに権堂先生に会った人っすよ！　あの人、権堂先生の元患者で、しかも週刊誌の編集長だったんすね」

二人の間で、どのような会話が交わされたかはわからない。ただ、「生きるための杖を残してください」という言葉が聞こえたことは覚えている。その結果、権堂名誉教授はかつての患者たちを訪ね歩くことを思いつき、点滴や疼痛治療を受け入れたのか。あるいは、この計画そのものが木之内のアイディアだったのかもしれない。

「それとほら、覚えてない？　大河内先生が手伝いを申し出たら、権堂先生は『あとは向こうがまとめてくれる』って……」

「この記事のことだったんすね」

コースケは納得した顔でうなずく。

「ところでさ、僕が一番気に入ったのはここだよ」

記事を読み終えた大河内教授が口元をゆるめた。教授は記事に掲載された写真の下に並ぶ小さな活字を指さす。

「……ええと、写真説明の部分ですね」

《新宿医大病院から杉並区の自宅に戻り、「安らかに死なせてくれる在宅診療医に命を託した」と語る権堂勲氏》

「えっ？　安らかに死なせてくれる、ですか？」

「最高のほめ言葉だよ。だからゴン先生は君を選んだんだ」

教授は嬉しそうだった。

「どういうことですか？」

「新宿医大病院の医師の中から、むさし訪問クリニックの二代目の常勤医を選任する際、権堂先生は君を推薦したんだよ」

初耳だった。

「そんな、まさか……権堂先生が私のことをご存じだったはずありません」

腕利きと積極派の医師がひしめく新宿医大病院にあって、名誉教授が自分の存在を認識していたとは思えなかった。

「ゴン先生がどうして君を知っていたか、聞きたい？」

「は、はい……」

いい噂など立ちようがない。少し恐かった。

「君は外来で、いつも時間をオーバーしていただろ？」

他の医師たちの間で「水戸の仕事は遅い」という悪評が立っていたことは、もう思い出したくない。倫子は恥ずかしさで体が熱くなった。

「だが君が担当した患者は、常にクレームが少なかった。つまり、患者の満足度が高かったんだ」

「…………」

「外来時間が終った後も、君は廊下や待合室で患者とよく話をしていたよね。昼めしも食べず、当直時間帯に食い込んでも。それをゴン先生は見ていたらしいよ」

「まさか……気づきませんでした」

「君には患者の意思に沿う柔軟性がある。終末期にふさわしいのは、セオリー通りの医療ではない。水戸倫子ならそれができるって権堂先生が見込んだんだ。僕も同意見だ」

大河内教授は二杯目のビールを半分飲んだ。今日はピッチが速い。

そのときコースケが「自分も同意見っす！」と叫んだ。

「俺、最初は不良ドクターが来たと思ったんすよ」

「ふ、不良ドクター？」

コースケに言われるとは思わなかった。

「どんなふうに？」

大河内教授が興味深そうに水を向ける。

「たとえばっすね、癌患者にタバコを吸うのを許したんすよ。食べたくなかったら無理に食べなくていい、リハビリもしたくなければしなくていいって。いままでそんなことを言う先生に会ったことなかったから、この先生、大丈夫かなあって……」

大河内教授は声を上げて笑った。

「さすが水戸君！　やっぱりゴン先生や僕の期待通りだ」

喜んでいいのだろうか。倫子は戸惑いながら大河内教授の顔を見つめる。ケイちゃんがしみじみとした調子で言った。

「私、わかる。人はささやかな望みが大切なのよ。だって、この世からいなくなる直前よ。やりたいことやって食べたいもの食べて、思いっきりわがまましたいじゃない」

「ケイちゃんらしいな」

教授がにやりとする。

「水戸君、自信を持ちなさい。ゴン先生のお墨付きをもらったんだ。彼の御前で、君は理想の看取りを立派に実践したんだよ」

大河内教授は「もう一度、看取りドクターの合格祝いに乾杯しよう」と、コースケや亀ちゃんのグラスにビールを注いだ。倫子の湯飲み茶碗にグラスが合わされ、にぶい音を立てる。

ベランダに出ると、キンカンの幼実がほとんど落ちていた。今度はうまくいくと思っていたのでショックは大きかった。

土を少し掘ってみる。細かい根がたくさん出てきた。ガーデンショップの店員に鉢を大きくしなければいけないと言われ、新しい鉢も肥料入りの土も買ってあった。ただ、実のなっている時期は避けようと思い、植え替えは延び延びになっていた。

大きな鉢に小石を敷き、土と肥料を少し入れる。次に幹を古い鉢から引き抜こうとしたが、固着していてうまくいかない。棒で鉢を叩いて何とか抜き取り、根に付いた古い土を少し捨てて新しい土を入れる。

作業を終えて、水をたっぷりかけた。キンカンの木が急に生き生きと変化して見える。葉の一枚一枚が喜んでいるようで、いくら見ても見飽きない。もっと早く植え替えをすればよかった。

鉢の横にぼんやりと座りながら、権堂名誉教授との日々を思い出す。これまで大学病院で見てきた忙しい死とは違い、ゆっくりと荷物を下ろしていくような終末期だった。

救うことだけを考える医療には限界がある。今は看取りの医療がとても大切な事に思える。父とは、もう二度と一緒にキンカンの実を食べる日は来ないのだ。ならば父のために何ができるのか。もう一歩前に進まなくてはならないのだと思った。

部屋に戻る。ベランダからの風にあおられ、テーブルの上でレジ袋がカサカサと音を立てた。袋の中にはあの日、巣鴨で買った品が入っている。湯飲み茶碗は母のため、とげぬき地蔵の御札は父のために。

吹きつける風の音がさらに強くなった。今年四回目の台風上陸が近いという。

ブレス６　サイレント・ブレス

にぎやかなイルミネーションが三鷹駅前を飾り立てた。

年末を迎えるこの時期、むさし訪問クリニックは忙しくなる。遠方に暮らす親族が患者宅を訪れる機会が増えるからだ。日頃のコミュニケーションが取れていない家族への病状説明は、どうしても時間がかかる。

父が高熱を出したのは、そんなときだった。

この半年、毎月のように父は入退院を繰り返している。今回も誤嚥性肺炎を起こし、入居する施設から近くの根岸病院へ搬送された。

病院の廊下から見える景色は、いつもと変わらない。根岸病院へ運ばれたのは都合何度目だろう。毎回、誤嚥性肺炎による緊急入院、抗生剤治療、そして施設への帰還が繰り返されてきた。今回もまた同じサイクルで回り始めている。肺炎は治っても、父の意識は戻らない。

病室を訪ねる前に、倫子はナースステーションへ立ち寄った。

「ああ水戸さん、ちょうどよかった」

居合わせた主治医が、詰め所に入るようにと声をかけてきた。

病院名と同じ「根岸」という名のネームプレートをつけている。看護師に「副院長」と呼ばれていたから、院長の息子だろうか。

レントゲン写真をシャーカステンに掛けると、根岸医師は「お呼び止めしてすみません」と頭を下げた。

「ご覧の通りです。ここが白くて、典型的な誤嚥性肺炎ですね」

根岸医師はレントゲン写真の向かって左下、つまり肺の右下にできた影を指した。

気管から左右に分かれる気管支は、左よりも右の方が垂直に近く、唾液などは右の肺に流れ込みやすい。そのため誤嚥性肺炎は、右肺で起きる可能性が高かった。

「病状はまずまず落ち着いてきました。なので、こちらでの入院はあと二、三日にして、施設にお戻りいただければ……」

病状説明に続き、退院を促す内容だった。

事情はよく理解できた。大学病院でも患者の入院期間を一日でも短くするようにと、主治医には常にプレッシャーがかけられる。「本当に医療を必要とする人のためにベッドを確保する」という国の方針があり、診療報酬上、長期入院は病院の収入が減る仕組みになっているのだ。

とどこおりなく患者を退院させるためには、早くから家族へ退院を迫る必要がある。

「わかりました。退院の日取りは、母と相談いたします」

「急かしたくはないのですが……」

根岸医師は申し訳なさそうに言い添えた。

「いいえ、もう父はターミナルな状況です。家族として死を受け入れなければならない段階かと思っているんです」

根岸医師の表情が変化した。倫子の言葉に何かを感じたようだった。

「とおっしゃいますと？」

「父とは意思の疎通もとれないのに、こうして治療を繰り返していいのかどうか……」

少しの間、沈黙が流れた。

「僕も、いまが治療の限界だと思います。それに……」

根岸医師はレントゲン写真に手をやりながら言った。

「患者さんには反応がないけれど、本人は音や香りを楽しんでいるかもしれないと想像することはできます。でも僕は同時に、本当は苦しいだけではないのか、とも想像してしまうのです。ただ、それを確認する方法はなく、楽にする治療もない……」

「そうですね。それがやはり限界ということですね」

倫子は同じ言葉を返した。

根本的な意味で回復しない肉親を抱えた医師と、そんな回復しない患者を受け入れた医師。立場は逆だった。だが、ともに口にしたのは、人生の終末を迎えた患者にかかわる医師同士の悲哀であり、共感の言葉だった。

「お父様はご自身の終末期について、どのようなお考えだったんでしょう？」

「二回目の脳梗塞を起こしてからは寝たきりで、会話もできなくなりました。その状態になる前は、父と終末期医療の話などまったくしませんでしたので、気持ちをつかめないまま時が過ぎてしまいました」

倫子は「お恥ずかしいことですが」と付け加えた。

根岸医師は窓の外に目をやった。奥に続く病棟の白壁には、枯れかけたツタの葉が揺れている。

「こんな小さな病院ですがね、評判は割といいんです。もし私に万一のことがあったら、ここで手厚く看護してもらえると思います。ただ実際、死ぬときにここにいたいかどうかと問われると、まだわからないというのが正直なところです」

「ここではないとしたら、ご自宅でしょうか？」

「ええ。病院の方が家族に迷惑がかからないし、質の高いケアが受けられるのはわかっているのに。何なんでしょうね、この気持ちは」

すずしげな眉を寄せ、根岸医師は困ったように笑った。

医療者として、そして終末期を自身のこととして思い悩む真摯《しんし》な姿が見えた気がした。

「……私、自宅で父を看取ろうと思います」

自然にそんな言葉が口をついて出た。

「ご自宅で最期を——それもいい考えだと思います。お母様はご納得を？」

「まだです。もう二、三日、黙っておいていただけませんか」

「わかりました」

事情は理解できるというように根岸医師がうなずいた。

「何度も入院させていただき、ありがとうございました」

これが最後の入院だと思いながら挨拶する。

「お役に立ててよかったです」

シャーカステンのスイッチが切られる。父の肺を映し出していたレントゲン写真が暗くなった。

「僕にも認知症の母がいますので、よくわかります」

根岸医師は、濃淡の消えたレントゲン写真を見つめたままつぶやいた。

「この病院に入院しています。寝たきりで、まともに話もできませんが、『帰る、帰る』とだけは言うんですよ」

倫子へ視線を戻した主治医は、わずかに口元をゆがませて微笑んだ。

父の病室へ入る。湿度の高い空気が粘りつくように感じられた。母は、ベッドの脇に座り、父の足をさすっている。

「どう?」

「ゼロゼロしてるのよ」

確かに小さな痰がらみの音が混じっている。母は父の胸に耳を当てた。

「看護師さん呼んで、吸引してもらいたい」

「顔色もいいし、まだ早いよ。もうちょっと痰が上がってからの方がいいから」

倫子は母を制した。痰というのは膿のようなものだ。肺に落ち込んだ菌を排除するために集まった白血球細胞と菌の死骸が痰となる。繊毛運動によって痰は移動させられ、細い気管支から太い気管へ、最終的には喉元にたどり着く。頻回な吸引操作では気管を傷つけるばかりで、かえって痰を増やす原因にもなる。吸引できる喉元まで痰が運ばれてくるのを待つしかない。

だが一分も経たないうちに、また母は言い出した。

「ねえ、痰、吸った方がいいんじゃない？」

「呼吸も安定しているから、まだ必要ないよ」

母は納得できない表情だった。

「倫子も、できるんでしょ？」

母は倫子に吸引しろと言い出した。

「できるけど、病院では職員以外やれないよ」

「どうして？」

「現場が混乱するでしょ。出血でもしたら誰の責任か、とか……」

「出血しないようにやればいいじゃない」

「そういうものじゃないのよ。どうしても必要なときは、規則違反でも私がやるから」

「でも、こんなにゼロゼロしてるじゃない！」

倫子の制止にもかかわらず、母はナースコールを押した。

「いかがされましたー？」

ベッド脇のスピーカーから看護師の声がした。

「あの、痰の吸引を……」

「先ほど引いたばかりですが？」

看護師の言う通りだった。ベッド脇に下げられた看護記録によると、十分前に処置をしてもらっている。

「で、でも、苦しそうだから……」

少し間を置いて返事がきた。

「わかりました。少々お待ちください」

若い看護師が来た。

「すみません、母があわてちゃって……」

「一応、やってみますね」

看護師は少し首を傾げながらシリコン・チューブを手に取った。

チューブが鼻に入れられ、父の顔は苦痛にゆがんだ。

医学部の実習で、チューブを自分の鼻に入れたことがある。鼻腔の奥に焼け付くような痛みが走った。海で溺れたときのようなあの嫌な感覚は、いまも強く記憶に残っている。

案の定、空振りだった。何も吸引されてこない。チューブが入るよりもっと先の、細い気管支で痰がからんでいるのだ。わずかに引けたのは血液の混じったピンク色の液体だけ。粘膜が傷ついたかもしれない。もう少し痰が上がってくるのを待つしかなかった。

「まだ引けませんね。もう少し経ったら、また来ますね」

母は納得しきれない様子だった。二人だけになると、「あの人、うまくない人だわ」と倫子にささやいた。

父が自分の力で咳払いすらできず、痰が出せなくなっている病状を、母は認めることができない。父はもう命の限界に来ていると、どう説明すればいいのか。

母は椅子に座り、所在なく千羽鶴を折り始めた。倫子も色紙の束から一枚を引き抜き、黙って手を動かす。

父を自宅で看取る話をどのように切り出そうか。倫子は言葉を見つけられずにいた。

再び断続的に粘稠《ねんちょう》な痰がからむ音が、少しずつ少しずつ大きくなった。


父を見舞った翌日、新宿医大病院へ行った。クリニック往診車のリース更新を申請するためだ。経理課で手続きを終え、総合診療科の教授室へ寄る。大河内教授に家庭の事情を報告しておこうと思った。

教授室の窓の下からは、救急車のサイレンが聞こえてくる。医局のドアが開閉される音や、廊下を足早に通り過ぎる靴音が交錯する。

忙しい大学病院の風景だ。懐かしいが、戻りたいとは不思議に思わなかった。

「……そんな状況なものですから、父を自宅に連れて帰って、看取ろうと思うんです」

倫子がそう言うと、大河内教授は表情を硬くした。

「お父さんは、おいくつになったの？」

「七十八歳です」

「まだ若いね。親だとなかなか冷静になれないものだけど、大丈夫？　覚悟はできたの？」

「はい。むしろいままで覚悟を決められず、父に申し訳なかったと思うようになりました。コミュニケーションが完全に失われて三年です。父の体へ相当な負担をかけて、無理に命をつないでいます。医師としてというより、娘として、このままではいけないと感じました」

「そうか。で、お母さんは納得してるの？」

「実は、まだ退院のことも話せていないのですが」

教授は、「そこが大変だな」とつぶやいた。

「点滴はどのくらい？」

「一日に一五〇〇ミリリットルです」

「そうか。むくみは？」

「あります。実家に戻ったら維持輸液五〇〇ミリリットルにして、母が父の現実を受け入れるのを待とうと思います」

維持輸液は五〇〇ミリリットルで一〇〇キロカロリー弱なので、点滴は水分補給程度の意味しかない。

「すると一か月か、せいぜい二か月程度かな」

「……はい。母の覚悟がついたら、点滴の中止に持っていこうと思います」

「そうなれば、三日から一週間だな」

父を看取る段取りを教授と話しながら、不思議な気持ちがした。いつもの患者の話ではない、これは父の看取りなのだ。父が死ぬという現実を前にして、淡々と教授とやり取りをすることになるとは思わなかった。以前の倫子ならできなかったはずだ。

「実家は横浜で少し遠いですけれど、業務に支障をきたさないよう努めます」

突然、教授の表情がくもった。

「仕事を続ける気か？」

「はい。ヘルパーを雇って……」

「何を考えているんだ、水戸君！」

大河内教授にしては厳しい口調だった。

「介護をしながら仕事もなんて、そんないい加減な気持ちでやってもらっちゃ困るよ」

「申し訳ありません。ですが、患者さんたちにはご迷惑をかけないよう……」

「そうじゃあない。お父さんと最後の時間になる訳でしょ？」

「は、はい」

「きちんと休みをとりなさい。これは業務命令だから」

教授はそう言うと、休暇届の用紙を秘書に持ってこさせた。

「ほら、ここに名前を書いて。印鑑はある？」

思いがけない展開に戸惑った。

「お父さんとの時間を大切にしなさい」

「でも、訪問診療の予定が……」

「ドクターは手当てすればいい。君がいなくてもクリニックはちゃんと回るから、安心しなさい。いざとなったら僕が行ってもいいんだから」

傍らで秘書が「先生、あまり安請け合いをされても……」と渋い顔をした。

「いいんだ。とにかく水戸君は、仕事だと思って介護休暇をとること。もし看護師が必要なら、亀ちゃんに言っておくといい」

医師の確保には大変な手間がかかるはずだ。にもかかわらず大河内教授は倫子が診療を休むことをその場で認めてくれた。言われるままにサインをする。

「二度とないことだから、ね」

「申し訳ありま……」

頭を下げる。鼻の奥がつんとした。

夕方、クリニックの仕事を早めに切り上げた。まず母に退院の話をしなければならない。

根岸病院に到着したときは、すでに面会時間を過ぎていた。受付で時間外の訪問をわびると、退院準備という名目で融通をきかせてくれた。

父の病室は相変わらず重い湿り気を帯びている。窓辺に吊るされた千羽鶴は、だらりと羽を落としていた。

父の呼吸音に痰の音が混じった。だが母は吸引してほしいとは言わない。昨日のことがあったせいだろう。しきりに父の胸のあたりをさすっている。

しばらくして母は額のタオルを取り、両手で包み込むようにして父の体温を確かめた。

「熱、下がったみたい」

母は安堵の表情を浮かべ、洗面器の氷水にタオルを浸した。したたり落ちる水の音が、病室にやけに大きく響く。絞ったタオルを父の額に載せ、ベッド脇の椅子に座った。小さな色紙を一枚取ると、母はまた鶴を折り始めた。これまで母が作った千羽鶴は、少なくとも五セットはある。

父の酸素マスクから漏れる空気の音と痰がらみの音を耳にしながら、時を過ごす。看護師の足音や金属ワゴンの走る音が、ときおり鋭く聞こえてきた。それらに混じり、紙を折る音が母の意思を示すように響く。

「失礼しまーす。吸引しますね」

沈黙を破り、看護師が病室に入って来た。

鋭いバキューム音とともに、ドロリとした流体が切れ切れに吸い込まれる。父はうめき声を上げ、眉間に深い縦皺を刻んだ。のたうち回るように背中と顎を何度も上下させる。

思わず目を背けた。普段の医療現場では冷静に対処できても、父の吸引だけは平静でいられない。父の苦しみを思うと、まるで自分の鼻に管を入れられているようで、息が詰まる思いだ。しかも回数を重ねるごとに、耐えられない気持ちは強くなる。

ようやく処置が終了した。父は元の無表情に戻る。ほっとするが、つかの間の静けさかと思えば心から安らげる訳もない。

同じことが一、二時間ごとに繰り返される。その都度、父は顔をゆがめ、うめき、もだえ苦しむ。言葉も表情もなくした父が反応を見せるのは、極度の苦しみを感じたときだけなのだ。その事実は、何ともやりきれない。

病室に再び静けさが戻った。いましかない。倫子は今度こそ、母に話す決心をした。

「ねえお母さん」

「うん？」

「お父さんと、家に帰ろうか？」

「え、家に？」

「お父さんは、もう十分に頑張ってくれたよ。最期は家で三人一緒に過ごして、お父さんを送ってあげたいと思うんだけど？」

倫子の提案に驚いたのか、母は絶句した。

父が発病してからのことが頭をよぎる。

現在七十八歳の父は、六十九歳のときに一回目の脳梗塞を起こした。倫子が医師になって三年目の冬だった。朝、父が起きてこないので見に行くと、ベッドからうまく降りられず床にずり落ちるような格好でもがいていた。右の脳梗塞だった。左の手足が動かなくなった。だが、会話や字を書くことは可能で、杖を使って歩くこともできた。

七十二歳で二回目の発作を起こした。今度は左の脳梗塞で、手足が左右とも不自由になった。麻痺は四肢にとどまらず、声がほとんど出なくなり、飲み込むこともできなくなった。

飲み込む能力を失ったため、口の中のものが誤って気管に入る。それによって起きる誤嚥性肺炎を予防する目的で胃瘻が造られた。

以後、さらに何度か小さな脳梗塞に見舞われる。そのたびに障害が積み重なった。ついには意思の疎通が取れなくなり、目を開けている時間も短くなった。

胃瘻を使って直接、胃に栄養剤を流せば、誤嚥を防げるはずだった。ところが人の体は理論通りには動いてくれない。父は一年ほど前から誤嚥性肺炎を繰り返すようになった。胃に流動食が入ると、消化器系全体の反射が起き、自然に分泌される唾液でも誤嚥を起こす。胃の内容物が逆流することもあった。

もはや胃瘻は限界と判断され、半年前に中止して点滴だけの治療となった。だが唾液が完全に出なくなることはない。しばしば誤嚥性肺炎は起き、そのたびに施設から病院へ搬送された。

父は、ここ数か月で顔つきが変わるほどやせた。いまは目を合わせることすらできない。痰を出す能力もほとんど失った。

「ねえ、お母さん。私、お父さんをこのままにしていていいのか、ずっと悩んでた」

いったん母に話し始めると、言いたかったことが次々と出て止まらなくなった。

「いままでは、とにかく命をつなぐ治療を続けることしか考えていなかった。大学病院にいればお父さんを生かす方法が見つかるとも思ってた」

母は折りかけていた鶴を脇に置いた。

「いつか奇跡を起こせるかもしれないと思ってた。でもね、そんなことは起きない。お父さんをこれ以上苦しませたくない。お父さんが好きだった場所で、私が看取りたい」

言い終えた後、しばらく時間が止まったように感じた。

「倫子……」

照明の加減だろうか、母の顔がひどく老けて見える。

「倫子の言う通りかもしれない。お母さんも、いまのお父さんは幸せじゃないって思ってた」

母に拒絶される事態を案じていたので、少し拍子抜けした。母も現実を受け止めてきているのか。

日没前の空には、オレンジ色の雲が広がっていた。

「水戸先生！ お聞きしました。お父様が大変なんですね」

翌朝、むさし訪問クリニックのドアを開けるなり亀ちゃんが駆け寄ってきた。介護休暇の件は、まだコースケや亀ちゃんに話していなかった。教授から連絡が入ったのだろう。

亀ちゃんの手元には、すでに新しいドクターのシフト表があった。

新宿医大病院の総合診療科に所属する医師のほかに、消化器外科の若手医師もパートやオンコール要員として何人か入っている。所属長の承認欄には、亡くなった権堂名誉教授の直弟子、高村准教授の大きな印が押されていた。

「あれ？　この糸瀬って、糸瀬英人のこと？」

午後の訪問診療を担当するメインの医師として、糸瀬の名前が書きこまれていた。付属高尾病院での勤務のかたわら、週三でシフトに入っている。

「リハ科の医長で忙しいのに、大丈夫なのかしら」

「え、ええ……」

亀ちゃんが、ちょっと言いよどんだ。

「高尾《たかお》病院の看護師《だち》に聞いたんすけど、トラブル起こして医長をはずれたそうっす」

コースケが「糸瀬先生って人、モテるんですね」と笑った。

「また……なの？」

糸瀬の女性問題は、知っているだけで三回目だ。

だが、とにかくありがたかった。今回の人繰りに関し、大河内教授が各方面へなりふり構わず声をかけてくれたのは、このシフト表から一目瞭然だった。

そんなことをぼんやりと考えていると、コースケが心配そうな顔で言った。

「水戸先生、在宅はキレイごとじゃないっすよ」

「うん？　そうよね……」

毎日の訪問診療で、それは身にしみていた。

「どうしていまさら、在宅なんすか？」

なぜ自宅で看取るのか。倫子にも、はっきりとはわからない。

ただ、いまのままの状態が父の望む姿だとはどうしても思えなかった。

さらに言えば、父や母だけのためでもない。自らの死を考えたとき、父のようにはなりたくないと思うのだ。きちんと父を看取らなければ、自分が納得できない。

「ちゃんと父とお別れしたい――それだけ」

倫子は、自分の思いを確かめるようにつぶやいた。

「ちゃんと、お別れっすか……」

コースケはしばらく宙を見ていたが、「退院日には、手伝いに行きますから」と言って歌を口ずさみ始めた。

「ほんに、おウチは～、よ～いと～こ～ろ～」

シフトで勤務に入る医師たちが混乱しないように、カルテを整理する。患者三十二人分の申し送りを書き上げたときは、終電ぎりぎりだった。

三鷹駅前は人通りが少なく、静かだ。いつものあか抜けないイルミネーションを見上げる。

駅と反対側の道から眺めると、光の集合体はシンプルな色合いが際立ち、思いがけないほど美しかった。なぜ、これまで気づかなかったのだろう。

仕事納めのこの日を最後に、倫子は休暇に入った。

十二月三十日が父の退院日だった。

この三日間は世間の慌ただしさとリンクするように、介護車の手配や根岸病院の退院手続き、長く世話になったガーデニア新横浜の解約や引越し、倫子自身の身の回りの品を実家に送るといった諸々の作業に追われていた。

午前十時、予約した介護タクシーのドライバーが根岸病院の病室まで迎えに来てくれた。父を搬送用のストレッチャーに移し、病室から玄関に向かう。

「もう少しの辛抱だからね」

父に声をかけた。

ストレッチャーを振動させないように、できるだけゆっくりと運ぶ。車に乗せた後、「少し遠回りでもいいですから揺れない道を選んでください」とドライバーに頼んだ。

タクシーがガーデニア新横浜の前を通る。倫子は振り返って、父の部屋の窓が車の後方へ流れてゆくのを追った。母もしみじみとした表情で眺めている。

ガーデニア新横浜で、父は八年の日々を過ごした。長かったとも思うが、あっという間だったようにも感じる。この間、倫子は大学病院の医局員から在宅医となった。父の姿が、以前とは違って見えるようになっていった。

――お父さん、一緒に家へ帰ろうね。

倫子は父に、声にならない声をかける。

横浜の日吉にある実家は、こぢんまりとした庭のある二階建てだ。倫子が小学校に上がる前に建てられ、今では古びた一軒家のひとつにしか見えない。

だが、特別な家だった。柱には何本もの傷があり、そこに倫子の年齢が刻まれている。木目の多いテーブルと椅子は父の手作りで、『三びきのくま』の絵本で見たのとそっくりだ。階段の下にある納戸の天井部分には、大げさな発泡スチロールのカバーがある。秘密基地ごっこをする倫子が頭を打たないように父が貼り付けたのだ。庭のキンカンの木のそばに水鉢があり、中には小さなガラス製のカエルが何匹も入っている。

家の前でコースケが待ち構えていた。

「こんにちは！　いつもお世話になってます武田康介っす。お車での長旅、お疲れ様っす」

コースケは、母だけでなく父にも最敬礼の挨拶をしてくれた。

一階の居間にあるベッドへ父を移す。根岸病院の地域医療部から、点滴や酸素ボンベなどが届けられていた。息をつく間もなくコースケは室内のセッティングを開始する。

「ここに点滴を吊るしてください。安全ベルトはこっちのフックに」

点滴バッグを掛け、ラインをつないで左腕の血管へ点滴を開始した。

「排便後は、このシャワーボトルで洗浄してください。拭いただけでは、肌の皺の間の汚れがきれいになりませんので」

父の血圧や脈拍、体温、酸素濃度などは特に問題がなかった。しかし体の表面をチェックしたとき、コースケが「あちゃー」と大きな声を上げる。お尻の中央、仙骨のある部分に小さな床ずれを発見したからだ。

「褥瘡、できちゃってますね」

「ほんとだ」

一センチほど、皮がむけたようになっていた。

「背中もちょっと赤いっすね。これも放っておくと、褥瘡になっちゃいますから」

コースケは電子レンジで温めたおしぼりを父の背中に当てたあと、しばらくの間、やさしくマッサージをしてくれた。

「簡単な応急処置っす。こうやって血流を良くするだけで、皮むけまでいかずに済むので」

コースケは大きな紙袋から三角形のクッションを取り出した。

「持ってきてよかったっす」

体位交換のためのクッションで、通称、三角枕だ。これで体の傾きを変え、体重が一か所に集中するのを防ぐ。コースケは父の背の左側に三角枕を入れ、体を少し右に向かせた。

「寝間着の皺も危険っすから、こうやって毎回きちんと伸ばしてから寝かせてあげてください」

急ごしらえの療養室だったが、コースケのおかげで古い住宅の一室がそれなりに機能的な病室になった。

「さすがコースケ！　ありがとう！」

毎日一緒に仕事をしていたのに、その技術に改めて感心させられる。ベッド脇に立ったコースケは、目を開けぬ父に頭を下げた。

「では水戸慎一《しんいち》さん、お大事に。奥様、失礼いたします。先生、ではまた。よいお年を！」

どこかぎこちない挨拶をすると、コースケは足早に帰っていった。

家族三人だけになる。家の中は急に静かになった。

父はずっと目を閉じたままだ。母も、病院からの移動で疲れたように見える。考えてみれば来年で七十歳だ。

突然、鐘の音が居間に鳴り響いた。正午になったと柱時計が告げている。

実家の音だった。

クラシックな大型の柱時計は、唯一残った祖父の形見だ。祖父が開き、父の継いだ薬局の店舗に掛けられていた。ガラスには「和漢薬薬種商　水戸安兵衛《やすべえ》商店」の文字が入っている。大きな金色の振り子や美しい彫刻が魅力的で、両親も捨てられなかったのだろう。

点滴が順調に落ちているかどうかを確かめた。父の手がやや黒ずんでいるのが気になる。においを嗅いでみると、やはり汗臭い。

倫子は洗面器に湯を入れ、父の手を洗った。硬くなった指を伸ばすようにしながら、ゆっくりと手でこする。垢がぼろぼろと出た。指の間からも、手首からも。

タオルで水気を拭き取り終えたとき、今度はすさまじい臭気が漂ってきた。おむつを確かめると、泥状の便が大量に出ていた。

父はこれまでも便秘と下痢を繰り返していたから、特別なことではない。黄色の便汁は背中にまで回り込み、おむつでは吸収しきれていなかった。

「家に帰ってお父さん、ほっとしたのかもね」

母と二人がかりで着せたばかりの寝間着を脱がせ、下着も取った。父の全身を何本ものタオルで拭く。ピンクシートと呼ばれる吸収シートを広げ、コースケの用意してくれたシャワーボトルに湯を入れて股間を洗い、新しいおむつを当てた。シーツを抜き取り、新しいものに交換する。見るまに大量の洗濯物が出た。

いつからか父は目を開けていた。瞳は天井を向いている。だが、どこを見ているのかわからない。見えているのかどうかすら判然としない。

　窓から光が差し込み、ふわふわとした白い髪の周囲が輝いて見えた。

　父の髪は、いつ真っ白になったのだろう？　元気だった頃はどんな髪型だったのか。倫子は若い頃の父を忘れかけている自分に驚いた。

「お母さん、お父さんの写真ある？」

　母は「アルバムはこっち」と言いながら、居間の押し入れを開けた。母が取り出した段ボール箱には、父の字で「永久保存」と書かれている。

　一番上に古いアルバムが入っていた。フェルト生地を張った厚みのあるエンジ色の表紙は、倫子にも見覚えがあった。

　埃っぽい表紙を開く。かすかにカビのにおいがした。

　最初のページに赤ん坊の倫子がタライで沐浴する写真が出てきた。なぜか全身が光で包まれたように輝いて写っている。倫子はこの写真が昔から好きだった。

　体が入りそうなくらい大きなカゴにキウイフルーツを一個だけ入れて持つ倫子の写真もあった。ポニーに乗った写真、海辺に立つ写真、やがてそれが遠足や運動会のように友だちと写る写真ばかりになっていく。

　肝心の、父の写真はほとんどなかった。

二冊目を取り出す。三十年以上前に行ったハワイ旅行の写真があった。母が着ているピンクのムームーはホテルのショップで買ったものだ。この花柄の生地は当時、夢のように綺麗に見えた。倫子は母の着ているムームーに包まれて顔だけを出している。

三冊目には、父と浴衣姿でおさまった写真があった。

これを撮った直前の出来事をよく覚えている。小学校に入る前の夏だ。確か、鶴見川《つるみ》の支流にかかる小さな橋の上だった。

父と母の手にぶら下がった倫子が足を振り上げたら、下駄が勢いよく飛んでしまったのだ。下駄は川に落ち、ゆっくりと流された。父が素早く川辺に降りた。手を伸ばせば簡単に拾えそうに見えた。だが深緑色にオレンジ色の鼻緒がついた小さな履き物は、浮いては沈み、なかなか父の手に届かなかった。父はかなり遠くまで追いかけ、橋から見えなくなった。その間、倫子は片足を母の足に乗せてひたすら待った。やがて父が満面の笑みで戻ってきた。濡れた下駄を振り回しながら。

写真は、この直後に母が撮影した一枚だ。嬉しそうな顔でフレームにおさまった父と娘のツーショット。父の髪は、まるで冗談のように黒くふさふさとしていた。

そういえばこのときの父の年齢は、いまの倫子とさほど変わらない。

アルバムの透明フィルムをはがし、台紙から写真をはがし取る。父の枕元に飾りたいと思った。

「あれ？」

倫子は、写真の裏面に鉛筆で何かが記されているのに気づいた。

《下駄の鼻緒ゆるかった↓すげ直しの依頼は、角屋履物店。即対応・無料》

父の字だ。倫子は少し吹き出した。

「お父さんらしい」

何ごとにも几帳面だった父の性格がしのばれた。

過ぎ去った日々を懐かしみながら、倫子は父の書斎に入る。

机の中央に、木製の大きな文箱があった。被《かぶ》せ蓋《ぶた》を開けると、中にはさまざまな書類が収められていた。仕事に関係する文書や伝票類で、日付はいずれも八、九年前だ。一回目の脳梗塞の発作を起こしてからも、父は何とか薬局の仕事を続けていた。

父の字を追いながら書類を手に取ってみた。「ケンコーホールディングス」という薬問屋への注文書類が多かった。

父はここの担当者と仲がよかった。小さな薬屋への商品納入は後回しにされやすい。だが、「この担当者だけは取引相手を分け隔てしない」と信頼していた。そういえば一回目の入院のとき、見舞いに来て泣いてくれたのは彼だけだった。三年後に二回目の脳梗塞を起こして店をたたんだとき、母の力になってくれたのも彼だった。

診療所や病院の発行した処方箋もあった。最近はコンピューター入力になっているが、以前は手書きだった。処方箋の字が汚い、薬の組み合わせがおかしい、量がいい加減——など と薬剤師の父はよく文句を言っていたものだ。

地元の保健所や薬剤師会、市役所からの通達文書などが分厚い紙ばさみに入れられている。その下に、行政書士事務所が発行した送り状が一枚あった。錆《さ》びたクリップが左肩に留められている。

机の引き出しを開けると、ぎっしりと大学ノートが並んでいた。

すべてが納税関係の記録だ。きれいな数字が整然と記入されている。ノートから紙が一枚落ちた。どの経費をどこに記入するのか、手順メモのようだ。母への指示書だろう。店を閉めた年の税務申告を母ができたのも、父による細かい申し送りがあったからに違いない。

居間へ戻ると、母はまだ写真を眺めていた。父は穏やかにベッドに横たわっている。

倫子は父の三角枕をそっとはずし、左右を替えた。今度は体位を少し左向きにする。おむつをチェックするが、まだ濡れてはいなかった。点滴は順調に滴下している。平和なひとときだった。

押し入れの「永久保存」箱の奥には、古びた海苔の紙箱があった。全体に少し波打ち、ひしゃげている。

「お母さん、これ何だっけ？」

「さあ？　忘れた」

蓋を開けると、パラフィン紙の薬包がいくつも入っていた。漢方薬のにおいがする。

漢方は父の趣味のようなものだった。たびたび母の体調に応じて薬を調合していた。自室で漢方薬と分銅を上皿天秤に載せる父の姿は楽しげだった。

母は「懐かしい……こんな所に残ってたのね」と言いながら、パラフィン紙の包みを手に取る。中から干からびたミカンの皮のようなものが出てきた。軽やかな音とともに、母がもうひとつ開ける。そこには黒い木片が入っていた。

漢方のにおいは父のにおいでもあった。倫子も別の包みを手にして、そっと開く。その途端、中から小さな蛾が飛び出した。

「ひゃあ」

思わず包みを落とし、母にしがみつく。母は何ごともなかったかのように、茶色の樹皮を足元から拾い上げた。少しにおいをかぎ、父の鼻の下にかざす。

「お父さん、わかる？」

母は他の薬包も次々と父の鼻に近づけた。だが父は何の反応も示さなかった。パラフィン紙を開けたときに乾いた音が鋭く鳴り、それと同時に父の眉がピクリと動いたのが唯一の反応だった。

柱時計の鐘が鳴った。すでに午後二時だ。昼食のタイミングを逃してしまった。

倫子は台所へ行き、冷凍庫を開けた。

「お母さん、チャーハンでいい？」

フライパンで冷凍食品を炒め始める。

小学生の頃、倫子は父のような薬剤師になりたかった。父がやっているからという理由で、薬剤師は世の中で一番いい仕事だと何の根拠もなく思っていた。

父から「医者はどうだ？」と言われたときは驚いた。薬を決めることができるのは医師だけだと教えられた。

「患者さんに一番いい薬をきちんと選べて、倫子が何でも治せるお医者さんになったら、お父さんは嬉しいよ」と言った。父にほめられるような、すぐれた処方箋が書ける医師になろうと思った。

最初は国立大の医学部を受けて落ちた。不合格がわかった日、倫子は眠れずにいた。

深夜、電話があった。

「倫子か」

富山に出張中の父からだった。

「うん」

「起きてたのか」

「うん」

それきり父は黙ってしまった。沈黙に耐えかねた倫子は、すでに母から伝わっているのを知っていたが、受験に失敗したことを改めて報告した。

「ごめんなさい」

返事はなかった。

「……来年はどうするか、まだ考えてない」

昼、母に言ったのと同じ言葉を伝える。受話器を握り締めて父の言葉を待った。だが父は無言だった。

「じゃあね、お父さん、切るよ」

そう言うと、父は唐突に演歌を歌い始めた。

都はるみの『北の宿から』だった。父は三番まで歌うと、また最初から歌い始めた。

「もういいよ、お父さん。私、寝るから」

そう言っても父は歌うのをやめなかった。

結局、倫子は同じ歌を三度聞かされた。その後、「大丈夫だ。倫子はいい医者になれるから心配ない」と怒ったような声が響いたかと思うと、電話は切られた。

翌年、倫子は私立の新宿医大に合格した。「学費なんて考えずに受験しろ」と父がすすめてくれた大学だった。

父が自分を医師にしてくれた。だからこそ、何が何でも父を助けたかった。命をつなぐ治療を選ぶ以外は考えられなかった。だがそれはいま、本当に父のためになっているのだろうか。

出来上がったチャーハンを皿に盛る。トマトとシーチキンのサラダを添えた。

父の様子をうかがう。特に変化はない。わずかに異臭を感じる。

すっかりやせた父の顔は、ともすれば生と死の区別がつきにくかった。そうした中でにおいがあるのは、生きているという数少ない証拠のようにも思えた。

父はまた下痢をしていた。便は血液混じりのレンガ色をしており、生臭い。ほとんどはおむつの中に納まっていたが、服が少し汚れていた。寝間着を交換する。床ずれがひどくならないように、シャワーボトルでお尻を洗い、紙おむつを当てた。

掛け布団を整える間も父は動かず、目を閉じていた。

父の背に手を差し入れる。体は骨ばっており、背中と布団の間に湿り気を感じた。敷布団を押し付けながら、少しずつ、少しずつ両手を進める。そうやって父の体をシーツから離す。わずかでも布団から体を浮かせられれば、背中の血流が増えて楽になるだろう。思いのほか簡単に体が持ち上がり、その軽さに改めて驚かされる。

父の命はこの体重が語るように、ぎりぎりの状態だった。レンガ色の下痢は腸管粘膜からの出血と思われる。痰を吸引するたびに、弱った気管粘膜から血が混じった。

痛々しい——。父の体は機能を終えようとしているのだ。

そのとき母がとんでもないことを言い出した。

「家に帰ったから、お父さん元気になるかしら?」

夢を見るような目つきで父の寝顔をながめている。

父の背中を支えていた腕の力が抜け、ベッドの上に倒れ込みそうになった。

母は、やはり何もわかっていない。父を家で看取ろうと言った倫子の言葉が、近い将来のことであるとは理解できなかったようだ。振り出しに引き戻された気持ちになる。

痰のからむ音が強くなった。チューブを取り出して吸引する。父は嫌々をするように顔をそむけた。今度もまた淡い血液の色が混じった。

父の体は、終りにしたいと言っている。

このことを母にはどうやって伝えればいいのだろう。命を終えようとしている父を静かに看取る時期に来ていることを――。

一日の時間がやけに長かった。まだ初日だというのに途方もない思いがする。

自宅で見守る家族は、こんなにも長い時間、患者と向き合っているのか。医師として診てきたのは、患者や家族のほんのわずかな瞬間でしかなかったことを知る。

いつの間にか松が明けた。

深夜におむつの交換を終える。三角枕を二時間ごとに入れ替える。毎晩のように柱時計の音で日付が変わったのを知る。

体が痛いのか、父は少し顔をしかめた。いつものように背中に両手を差し入れ、体をマッサージする。顔つきが穏やかになってきた。ほんのわずかな違いだが、父が喜んでいるように見える。

「お父さん、気持ちよさそう」

母は父の腕をさすっている。

「ねえ、倫子……」

父の顔を見つめたまま、母が無表情で言った。

「うん？」

「奇跡は、ないのね」

倫子は手を止める。

「前のお父さんには、もう戻れない」

「そうよね」

母は大きく息を吐いた。

点滴を中止してお別れしよう、その方がお父さんも楽に――そう言おうとしたときだった。

母が自分に言い聞かせるようにつぶやいた。

「でもね、お父さんは私たちのために生き続けたいと思っているはず……」

父の手をマッサージしながら、母は「頑張って、頑張って」と繰り返した。


退院して二週間が過ぎた。朝、父の口腔ケアをしていると、家の近くで車の音がした。外を見ると、コースケのBMWが停まっている。

「先生！　門を開けてくださーい」

コースケが車の窓を開けて叫ぶ。倫子はあわてて外に出た。大河内教授と亀ちゃん、それにケイちゃんも乗っている。

「水戸先生、お見舞いに来ました！」

亀ちゃんから花束を受け取った。

ケイちゃんは風呂敷包みを抱えている。

「生まれて初めて作ったのよ。よかったら食べて」

「まあ皆さん、おそろいで。いつもお世話になってます」

母が嬉しそうに出迎える。親戚もほとんど来なくなり、来客は久しぶりだった。倫子は父のいる部屋へ四人を案内した。

「あ、いい部屋になってるじゃない！」

教授がハンガーに吊るされた点滴を見て、強度を確かめるように引っ張った。

「コースケにセッティングしてもらったんです。さすがですよね」

コースケが照れたように「いやいや」と手を振る。

父を診察して反応がほとんどないことを確認した教授は、残念そうな表情を浮かべた。

亀ちゃんが父を見て、「先生はお父様似なんですね。きれいな眉の形で、鼻筋もすっとしていて」と言う。そういえばかつて、父親似と言われ続けたことを思い出す。

ケイちゃんにもらった包みは、三段重ねのお重だった。蓋を開けると、おせち料理がきれいに並べられている。

「すごい！　今年は食べてないから嬉しい！」

にわかに正月が来たようだ。

「普通のお料理も作れるんですね！」

亀ちゃんが驚きの声を上げる。

「まさか、どこかにヘンなのが……」

コースケが疑わしそうに重箱の中をのぞき込んだ。

「海老でしょ、黒豆にちょろぎ、人参とくわいの煮物、数の子、伊達巻き卵、紅白かまぼこ、田作り、昆布、里芋、れんこん、きんとん、柿なます……」

ケイちゃんがひとつひとつ説明する。どこから見ても伝統的なおせち料理だ。

「おせんべいの煮物はね、お重の三段目、ほらそこに入れたわよ」

「やっぱね……」

コースケが妙に納得した様子に、倫子は笑う。

コースケや亀ちゃんによると、糸瀬はいまのところ真面目に働いてくれているようだった。

おせちをつつきながら、クリニックの話でしばらく盛り上がった。

「あら、まだあんな時間？」

亀ちゃんが柱時計を見て、驚いた声を出した。針は十時十七分を指していた。

「まじっすか？　えーと」

コースケが携帯電話を取り出す。

「あの時計、随分遅れてるわよ」

ケイちゃんが指摘した通り、祖父の時計が止まりかけていた。

「本当だ、ごめんなさい」

四人の視線に押される形で倫子は立ち上がり、背伸びをして柱時計のガラス扉を開けた。

かつては父が管理し、いまは母が手入れをしているが、倫子はほとんど触ったことがなかった。扉の奥にゼンマイ用の巻き鍵が置かれ、古びた小さな紙片が添えられている。

「なんすか、それ?」

開いてみると、細かい文字が書かれていた。父の字だ。

ゼンマイを巻く方向、力の入れ方、頻度、埃がたまりやすい場所の手入れの仕方や触れてはならない部分、ワックスの種類、故障したときに持って行く時計店の電話番号まで、細部にわたる手書きのメモだった。

「先生のお父様って、すごく几帳面な方なんですね」

「何ごともね、きっちりしないと気が済まない性格だった。きっと薬剤師だったから」

倫子はゼンマイを巻き上げながら、誇らしい気持ちになる。

「万が一のときでも、妻や娘が困らないようにか……」

大河内教授が「水戸君のお父さんらしいね」とつぶやいた。

一時間ほどの滞在で四人は腰を上げた。玄関先で挨拶をする倫子に、大河内教授は静かな口調で言った。

「水戸君、もう一度言っておくよ。死は負けじゃない。安らかに看取れないことこそ、僕たちの敗北だからね」

倫子は姿勢を正して頭を下げる。四人の乗ったBMWが見えなくなるまで見送った。

居間に戻り、茶器を片付ける。父の書いた紙片と巻き鍵がテーブルの上に残っていた。メモは単なる備忘録だったのか。それとも自分が倒れることを予期していたのだろうか。

再び柱時計のガラス扉を開け、メモと鍵を戻しながら、ふと疑問に思った。

時計だけではない。アルバムの写真には履物屋に関する事項やフィルムの保管場所も克明に記されていた。父は残された家族が困らないように、色々な記録を作ってくれていた。

倫子の勉強部屋には「医師になる前に読むべき本」というリストがいまも貼られている。これも父が倫子のために書いたものだ。苦笑がもれる。

「だけどお父さん、自分自身の将来には無頓着だった」

胸に浮かんだ思いをそのまま口にした瞬間、倫子は強烈な違和感を覚えた。

「本当にそうなの？　そんなはずない」

何かに突き動かされるように倫子は書斎に入った。

一度、脳梗塞を起こした患者が再び脳梗塞を発症するリスクは極めて高い。血管の動脈硬化が一か所で済むはずはないからだ。

薬剤師の父なら、当然そのことを知っていただろう。覚悟していたはずだ。いずれ二度目、三度目を発症するかもしれないと。

文箱の中を探った。父が退院した日に見た書類の数々だ。伝票や処方箋、役所関係の文書、それらをひとつひとつ改めて取り出した。

——これは？

あの日も見た「日吉中央行政書士事務所」からの送り状だ。

最上部に「納品書」とある。九年前の日付だ。罫線が何本も引かれた明細の一項目だけに金額が示され、但し書きに「公正証書作成代として」と書かれていた。紙は一枚きりだ。

左上の隅には大判の錆びたクリップが留められていた。

ということは、何か別の紙も一緒に留められていたはず——そう倫子は確信した。

うなり声が聞こえた。あわてて父の部屋に戻る。台所から居間に回った母が、慣れない手つきで父の吸引をしていた。

「あ、倫子、来てくれたの。よかった」

母は、助かったという表情で倫子に吸引チューブを渡した。

倫子は痰を吸引し、母とともに父のおむつを交換した。シャワーボトルにぬるま湯を入れ、何度も洗う。汚れていた寝間着も着替えさせる。

ひと区切りついたところで、倫子は母に切り出した。

「お母さん、お父さんの大事な書類、どこに置いたの？」

「何のこと？」

母が怪訝そうな顔をした。倫子は、先ほどの紙を母に示す。

「お父さんが行政書士さんに依頼した書類、公正証書があるでしょ？」

「…………」

ピンと来ていない様子だった。

「『事前指示書』、もしかしたら『終末期宣言書』とか『リビング・ウィル』と書いてあったかもしれない」

後事《こうじ》をきちんと託す性格であった父は、自分自身の延命措置などに関する生前の意思を残していたに違いない。

人生の終末期に自らの希望を書き留める「エンディング・ノート」は、二〇一〇年代から急速に普及したものだ。それ以前は、延命治療などに関する意思を明確な形で遺すため、行政書士や弁護士に依頼して公正証書を作成する人も少なくなかった。

「この紙といっしょに、クリップで留められていた書類は？」

母は「あっ」と言い、両手で口を覆った。表情が消えていく。

長い沈黙が流れた。母はゆるゆると立ち上がり、神棚の脇に据え付けられた物入れを開けた。

小さな手提げ金庫のほかに保険の書類などが収められている場所だった。そこからファイルを取り出し、最後のページを開いた。

「これ……」

母が示した文書は「終末期指示公正証書」と題され、次のように始まっていた。

《本公証人は、終末期指示者・水戸慎一の嘱託により、その陳述内容が嘱託人の真意に基づくものであることを確認のうえ、終末期における嘱託人の指示に関する陳述の趣旨を録取、この証書を作成する。

記
私・水戸慎一は、私が将来病気に罹り、それが不治であり、かつ死期が迫っている場合に備えて、私の家族および私の医療に携わっている方々に以下の要望を指示します——》

そこには、心身の反応が低下して回復不能となった場合、経管栄養や胃瘻、酸素吸入、気管切開など「死期を延ばすためだけの延命治療」を一切拒否すると書かれていた。

作成日は、九年前の四月だ。父が一回目の脳梗塞に襲われた二か月後だった。

「お母さん、どうして？」

母は口をきつく閉じていた。

「どうして隠してたの？」

「違う……」

母はおろおろとした声になった。

「何が違うの。この指示書があったら、お父さんはこんなに長く苦しまなかったのに」

冷静に話そうと努めた。だが、できなかった。

「お母さんのせいだよ！」

怒りとも悲しみともつかぬ何かが濁流のように流れ出す。優しくて知的な父が、望まない状態で何年も生かされていたのだ。

「お父さんは、いつかこうなることを予想してたのに！　お母さんが隠していたから、お父さんは惨めで、かわいそうな姿で、何年も……。延命治療を望まないって書いていたのに」

母に裏切られたようなショックを隠せなかった。

「お母さんは、お父さんの意思を踏みにじった……」

「違う、違うの。ねえ聞いて、倫子。家族をあきらめるなんて、もう二度と嫌だったの」

「二度と？　それどういう意味？」

母は、唇をかんだまま、目を宙に漂わせた。

「倫子が生まれるとき、お母さんは妊娠中毒症で意識をなくしたの。生死をさまよっている間に、『万が一の場合は母体を優先する』ってお医者さんに言われたらしいの。妊娠六か月で帝王切開、なんとか生まれた八九〇グラムの小さな赤ちゃんは、すぐに新生児特定集中治療室《NICU》の保育器に入れられた。生まれてからの三か月間は、ずっとお父さんと一緒に祈り続けた。頑張れ頑張れって、今日も生きてくれてありがとうって……」

母は、大きく息を継いだ。母が妊娠中毒症だったとは聞いていたが、そこまで重症だったとは知らなかった。

母を救うために自分は胎児のまま死んでいたかもしれなかったのか。不思議にそれほどショックではなかった。異常な高血圧から脳出血を起こしうるのが妊娠中毒症だ。母体優先どころか、母子ともに亡くなる場合もある。最悪の事態に際しての医師の判断は仕方がないと思った。

「命をあきらめるなんて、嫌よ。こんな紙を残すなんて、お父さんは自分勝手すぎる。倫子に、あんなに頑張れって言ったくせに。絶対に生きろって、ずっと言ってたくせに……」

母はさらに何か言おうとしたが、声を詰まらせてうつむいた。体が小さく震えている。

倫子は頭の芯が熱くなるのを感じた。母は「頑張れ」と励ますことが最善であり、父の命を救えると信じたかったのだ。同時に母は、赤ん坊の命を危機にさらしたことに対して、自分を責めてきたのかもしれない。

「お母さん……」

考えてみれば、ずるずると延命治療に任せてきたのは、自分自身だ。医師のくせに、判断を避けていた。父を失う心細さに耐えきれずに。

「ごめん、私が……」

長い闘病生活の間に、父の病状はグラデーションのように進行し、いつの間にか父自身の望まない姿になっていた。

「奇跡は起きないって、私がちゃんと言わなきゃいけなかった」

もし父の指示書が最初からあれば、違っただろうか。

いや、できなかっただろう。胃瘻や点滴治療は、同じように希望したはずだ。それらの治療で回復する幸運な患者を、倫子は医師になってから何人も見てきた。父がいまのような姿になるとわかるまでは、すぐにはあきらめきれなかったはずだ。奇跡を信じていたのは、母だけではなかった。

だが、多くの患者を在宅で看取ってきたいまならわかる。もう奇跡はない。そして、父がやめてほしいと言っていると。

「私たち、お父さんが嫌だということをやっていたのね」

母は長いため息をついた。

古いエアコンの音が、耳鳴りのように響いてくる。

ややあって、母が再び口を開いた。

「お父さんの望み通り、点滴をはずしてあげて」

きっぱりした声だった。父の意思に沿うと、二人で決めた瞬間だった。父は最終的に、自分で母と娘を納得させたのだ。

その晩、倫子は夢を見た。子供の頃によく見た、祖母の通夜の場面だった。やけに唇の色が赤い祖母が、眠るように棺に入っている。白い花を棺の中に手向けなければならないのに、足が重くて動かなかった。

「さあ、こっちにおいで」

棺の側から父に呼ばれる。気持ちは焦るものの、足元が定まらない。

「みんな死ぬんだよ。順番だから」

この言葉は、その後、何度か恐怖感とともに反芻した。

「私も順番が来るの？」

父にそう尋ねたのは、夢の中でだったのか、目覚めてからだったのか。もう三十年以上も前のことで倫子にはわからない。

「そうだよ。それが自然なんだ。おばあちゃん、お父さん、お母さん。倫子はずっとずっと後」

嫌だ、嫌だ、お父さんに順番が来るなんて、絶対に嫌だ……。

奇妙な息苦しさとともに目が覚めた。久しぶりで、ほとんど忘れかけていた夢だった。

眠れぬ夜を過ごし、いつもより早く目が覚めた。

居間では母が父の爪を切っている。枕元に冬の陽が差し、二人の長い影を作る。母の表情は、これまでにない不思議な穏やかさに満ちていた。

母の気持ちは固まったのだと、その顔を見てわかった。

倫子はもう一度、自分の胸に問いかける。

本当に点滴を中止していいのか――。

医学部でも大学病院でも、治療中止のタイミングなど教わりはしなかった。命のためにあらゆる手を尽くすことが医師の仕事だと思っていた。

むさし訪問クリニックで働き始める前には、こんな決断をするとは思わなかった。

延命治療によって生き続けるのも、自然に看取られるのも、どちらも間違いではない。一番大切にしたいのは、患者自身の気持ちだ。

倫子は洗いたての白衣を取り出した。袖を通すのは久しぶりだ。洗面台で念入りに手を洗い、大きく息を吸う。

この家で、父に導かれて医師をめざし、いまの自分がある。

「お父さんのため」

鏡に向かってそう言った。問いかけへの答えだった。

父のベッドに歩み寄る。母は手で父の白い髪をすいていた。

「じゃあ、お父さんの点滴を中止するよ」

母は怖いほど真剣な表情でうなずいた。

倫子はまず、点滴ラインの調整つまみを閉じた。点滴の先端は、右足の付け根から入っている。固定糸を切り、ラインをそっと引き抜いた。抜いた場所をガーゼで軽く圧迫する。出血はすぐに止まった。

「お父さん……」

母の目の周囲がさっと赤くなる。だが、急に何かが起きる訳ではない。体の中へ強制的に水分を送り込む処置が行われないだけだ。これで父は、ゆっくりと自然な死を迎えるだろう。

人は本来、年齢や病気で飲食物を受け付けなくなり、自然に衰弱して亡くなる。その摂理に変わりはない。

病院で父は、一日に一五〇〇ミリリットルもの輸液がされていた。家に戻ってから、倫子は点滴を五〇〇ミリリットルに減らした。痰が減り、足の先まであったむくみが消えた。入院していた頃にあった眉間の皺は、いつの間にかなくなった。

この先、点滴をやめた父の体はさらに軽くなるだろう。死期は少し早まるかもしれない。そのかわり不快感も消え、体は楽になるはずだ。

ふと見ると、父の表情が和らいだように感じる。自分も不思議に気持ちがいい。

子供の頃の感覚を思い出した。うつぶせになった父の足の裏を踏むのが好きだったあの頃だ。気持ちがいいと父から言われたとき、倫子も同時に心地よさを感じた。人と人とが感覚を共有する瞬間というのは確かにある。そんなことを考えながら、倫子は父を見守った。

父は、いつものように黙って目を閉じている。

「お父さん、お顔しようか」

母が、電子レンジで温めたタオルを持ってきた。テラテラとした父の顔をタオルで蒸す。続いて腕や足、体全体を拭き清めた。

粉を吹いたような肌が気になり、倫子は自分のボディーローションを持ってくる。頬や額、首筋、そして耳をマッサージする。しおれていた耳介が少しふっくらして見えた。手にもミルク色のローションを垂らす。指を一本一本広げ、包むように伸ばしてゆく。さらに手首にも、腕にも塗り広げる。

肌に赤味がさした。

「お父さん、気持ちよさそう」

母もまた、喜びをともにしていた。

手首に触れる。やや頻脈になっていた。自然なことだ。体内の水分が、徐々に減っていくのを示す現象だ。

壁の日めくりが目に入った。

一月十五日――「小正月」。今日はどんど焼きの日だ。休暇に入ってから早くも二週間あまりが経っていた。めったに外出もせず、曜日も日にちも意識せぬまま、毎日があっという間だった。

正月飾りを寺に返そうと思い立った。出がけに母から白い紙袋を渡される。

「これもお焚き上げして来てちょうだい」

何年も前にいただいた破魔矢や御札の類いが入っている。

寒さがいくぶんかゆるんだ午後、倫子は高台へ続く坂道を上った。竹林に隣接して古寺がある。子供の頃、家族三人で初詣をした思い出の地でもある。

人垣ができている境内の一画に近づくと、四畳半ほどの大きさがある囲いの中央で炎が揺れていた。人々が注連縄《しめなわ》や破魔矢を投げ入れている。

火の周りを歩いて経を唱える若い僧の風貌が、どことなく春敬和尚に似ていると思った。スキンヘッドの男と呼び、大騒ぎをした頃が懐かしく思い出される。あのときから何人もの患者を在宅で看取ってきた。

春敬和尚が寄り添った知守綾子は、自宅で苦痛なく生き、自然に逝くことを選んだ。胃瘻から死に至った古賀芙美江も、自らは無理のない終末期を望んでいた。そして権堂勲名誉教授は死を覚悟したあと、一切の治療を拒否した。

ひとたび患者に関われば、その人はただの患者ではなくなる。誤解を恐れずに言えば、訪問診療は大切な友人を自宅に訪ね、会話を楽しみ、温かく心を交わせる時間でもあった。彼らとの別れの日は、自分だけが取り残されるような辛い瞬間の連続だった。

だがいくら自分が辛くても、患者の意思に反する治療は不遜《ふそん》だと教わった二年間だった。苦しみに耐える延命よりも、心地よさを優先する医療もある、と知った。

穏やかで安らぎに満ちた、いわばサイレント・ブレスを守る医療が求められている。どんな最期を迎えたいのか、患者の思いに愚直に寄り添うのが、看取り医である自分の仕事だ。

患者たちとともに過ごした時間、それはまた倫子にとって、父の終末期医療について真剣に考える時間でもあった。

倫子はしめ飾りや破魔矢を紙袋から取り出し、赤々とした火の中に投げ込んだ。

「どうかお導きください――」

そんな言葉が、口をつく。

袋の底を確かめると、パラフィン紙の包みが入れられていた。押し入れにあった父の漢方薬だ。

「えっ、これも?」

母の特別な意思を感じた。

倫子は薬を入れたまま紙袋を二つに折り、炎の中心に向かって投げ入れた。

パチパチと音を立てる炎の脇に着地する。火は付いていないのに、少しずつ白地に茶色い斑点が浮かびあがった。と、みるみるうちに全体へ黒いシミが広がる。

強い横風が吹きつけた。次の瞬間、紙袋から小さな炎が上がった。

さっと周囲が薄暗くなる。濃い煙にあおられ、思わず瞼を閉じた。

しばらくして風が弱まるのを感じた倫子は、静かに目を開けた。

先ほどまでとは打って変わり、炎は恐ろしいほどに勢いを増している。投げ入れた包みがどこにあるのか捜そうとするが、見つけられなかった。

渦巻く火柱の先にある空を仰ぎ見る。オレンジ色を帯びた生々しい灰がチリチリと舞い、まるで何万匹もの蛾が飛んでいるようだった。


点滴を止めてから三日目の早朝、浅い眠りから目が覚めた。静まり返った父の部屋に入り、灯りをつける。父の表情は昨夜と変わらず穏やかだった。

だが、体には変化がある。体の向きを変えるたびに、どんどん父が軽くなるのを感じた。おむつを見ても、尿はほとんど出ていない。血のにおいが消え、むしろ無臭になっている。

脈は何とか触れた。しかしそれは弱々しく、拍動のリズムはしばしば乱れる。足先が冷たい。足の裏はチアノーゼで紫色になっていた。

死が近づきつつある。倫子は隣室で休む母を起こした。

「お父さん」

弱々しい声で母が呼びかけた。父の静かな面持ちに変化はない。

母と二人で見守り始め、三十分ほどが経過したタイミングだった。父は突然あえぐような息づかいになる。死の直前に現れる下顎《かがく》呼吸と呼ばれる独特の呼吸だった。

「これは苦しい訳じゃない。心配しなくていいからね」

動揺しないように、母の手を握る。

いつ急変してもおかしくない状況だ。

母とともに、父の枕元に顔を寄せた。細い手首を取る。脈は弱々しく、ほとんど触れない。

倫子の切迫した表情に、母も時が来たのを感じ取った様子だった。

「ねえ、慎ちゃん、もう逝ってしまうの？」

母は父を「お父さん」と言わず、名前で呼んだ。

「慎ちゃん、結婚してくれて嬉しかった」

母は父の肩を揺すった。

「倫子を授かって、本当に幸せだった」

血圧が下がり、死がすぐそこまで迫っていた。

呼吸は徐々に浅くなった。リズムも乱れ、息と息の間隔が開いてきた。

苦痛の表情はない。自然体で死に向かう人はほとんど苦痛を感じないと言われているが、いつも本当だと思う。

午前八時過ぎ、長い無呼吸が繰り返され、もう次の呼吸がないかもしれないと思うほど息が止まったあと、父はごく短く息を吸い、ため息のような息を長く吐いた。唇の色が、みるみる暗い紫色になる。

それが最後だった。直後に父の顔がすっと白くなる。

心臓の拍動は聴こえず、瞳孔も散大した。

父が逝った――。

「倫子……」

いつまでも顔を上げられずにいると、母から声をかけられた。

「お父さん、頑張ってくれたね」

「……うん」

倫子はうなずくことしかできない。

「お父さんを助けたかった。でも――」

それ以上、言葉を継げなかった。

「お父さん、倫子をありがとう」

母は何度も父の頰をなでた。

父の死亡宣告をするなんて、考えたこともなかった。

母を見る。倫子に向かって何度もまばたきを返し、父の手を包むように握った。

倫子は壁を見上げた。祖父の古時計で時刻を確かめる。

「八時三十五分……ご臨終です。……水戸慎一さん、ありがとうございました」

父は、口元を少しゆるませ、優しく笑っているようだった。生きていたときよりもずっと安らかな表情だ。

しばらく父の顔を見ていた。

きれいな死だと思った。死そのものはちっとも怖くなく、悲しいものですらなかった。苦しみから解き放たれた父に、「おめでとう」と言ってあげたいくらいだった。

思いがけないほど強い陽射しに誘われて窓の外を見る。水鉢の奥に、実をたくさん付けた大きなキンカンの木が見えた。

エピローグ

「……次、野本昌子さん、八十二歳女性、慢性心不全。食欲不振、むくみ増大でエコー施行、下大静脈の怒張ありで利尿剤を増量。次、岡松宏樹さん、七十五歳男性、前立腺肥大。先週の金曜日にバルーンチューブを交換」

父が亡くなった一週間後、倫子はむさし訪問クリニックに戻り、糸瀬から申し送りを受けていた。倫子が休んでいる間に三人が亡くなり、四人の新しい患者が加わった。

「以上で三十三名の申し送り、全部終り！」

「イトちゃん、本当にありがとう！」

倫子が両手を合わせると、糸瀬は首を振った。

「大したことなかったよ」

亀ちゃんが吹き出した。

「糸瀬先生ってば、毎日、『まだ水戸ちゃん帰ってこないの？』って言ってましたよ」

糸瀬はニヤニヤしながら頭をかく。

「ホント一か月だから持ったようなもんで。いや大変だね、このクリニックは。水戸ちゃんはすごいよ」

コースケがタブレット端末を取り出した。患者の体位や褥瘡の変化などを記録するために、診察時に携行しているものだ。

「糸瀬先生は、美人にモテモテで大変だったんすよ」

画面に映し出されたのは、伊藤《いとう》タカさんとのツーショットだった。八十歳の女性患者だ。

「ほら、ハグされてる」

四人で笑っていると、大河内教授が姿を現した。

「あれ、教授。今日は木曜会でもないのに？」

「ドクターズの様子を見に来たんだ。糸瀬君、ありがとう。もっと続ける気ない？　クリニックの常勤医を増やそうかと思うんだけど」

「勘弁してください。無理です。それに高尾病院の方が困るかと……」

「僕が上と交渉してあげてもいいけど？」

「いや、あの、その、僕はまだリハビリテーション医療の勉強がしたくて……」

糸瀬がしどろもどろになった。

「ところでさ、水戸君に大事な話があって来たんだ」

大河内教授は椅子に腰掛け、倫子にも座るように促した。

「何かあったんでしょうか？」

「新年度の話なんだけど……」

三月の年度末を前にして大学は、組織や講座の改編作業に入っている。関連病院の見直しと整理を進める動きもあり、訪問クリニックお取りつぶしの噂は何度となくささやかれていた。でも教授はたったいま、増員を口にしたばかりだ。

「大学で、在宅医療の講座をやることになったんだ。これからは在宅も医療の主戦場になるからね」

「なんだ、そんなことですか」

自分には関係ないという思いがつい出てしまった。大河内教授はにやりと笑う。

「でね、講座の主任講師で大学に戻ってこない？」

「え？　私がですか？」

「すごいじゃん、水戸ちゃん。大出世だよ！」

糸瀬が肩を叩く。何と答えてよいかわからなかった。

「……驚きました」

それが正直な気持ちだった。

驚いたのは、講師のポストを用意されたことだけではない。あんなに認めてもらいたかった大学に戻れと言われたのに、ちっとも心が動かない自分に、だった。

考えてみれば、出世のために大学に残りたかった訳ではない。患者の命をちゃんと預かれる医師になりたかった。それだけだ。

いま、一番気になるのは在宅の患者たちだ。信頼を寄せてくれる患者がいる。人生の最後を託そうという患者もいる。その思いに応えたい。応えなければ、医師として患者に認められないだろう。何より、自分が自分を認めることができない。ようやく進む道が見えてきたのだ。

「君なら大丈夫だよ。ここで二年も経験を積んだんだから。で、授業の開始は五月の……」

「待ってください。まだ始まったばかりなんです」

「うん？」

「うまく言えませんが、これからなんです。人生の最後に私を必要としてくれる人たちと向き合う時間をもっと持ちたいんです。それは父の――」

なぜか、言葉が続かなくなった。

糸瀬があきれた顔をする。

「講師のオファーを蹴るって、何言ってんだよ。やっぱり水戸ちゃんは要領が悪い。じゃあ教授、僕が代わりに？」

「糸瀬君は、リハビリテーションの勉強をしたいんだろ」

教授が苦笑した。

「だけど相変わらずだな、水戸君は」

「すみません……」

「それなら気の済むまでやりなさい。講座はさ、僕がつないでおく。気が変わったらいつでも言ってよ」

倫子は、無言のまま、頭を下げた。

「そろそろ時間よ。コースケ、車出さないと」

亀ちゃんがいつもの調子でコースケを急かす。

「ラジャ！」

駆け足で出て行くコースケのあとを追い、倫子も玄関に向かった。

「では、行ってきます！」

外は粉雪がちらつき始めていた。

解説

藤田香織

二〇一六年七月。初めて「人が死ぬところ」を見た。

もちろん、それまでにも「亡くなった人」を見たことはあった。祖父母、伯父や伯母や恩師や友人。「お悔やみ申し上げます」と言ったり書いたり弔電を打ったことも何度もある。けれど目の前で人が息を引き取る瞬間に立ち会ったのは、それが初めてだった。

数時間前から続いていた喘《あえ》ぐような呼吸がゆっくりと静まっていき、長い間隔をあけてふうーっと息を吐くこと数回。しばらく待っても「次」の呼吸がないことに、傍で見守っていた母と弟が「お父さん」とそっと呼んだ。自宅で、脈拍や血圧を映すモニターはなく、医師も居合わせておらず、ピッピピッピッピー——というドラマで見知った電子音も、「ご臨終です」という確認・宣告もなかったので、私は「お父さんっっ!!」と泣き伏すきっかけも摑めず、しばらくの間、ただじっと父を見ていた。母が手を取る。弟が頰をさする。時間を確かめようと顔を上げると、時計の手前に父が好んで淹れていた珈琲メーカー一式が目に入り、その瞬間、涙がぐっと込み上げてきた。

月のはじめに入院し末期癌だと診断され、主治医から「夏を越えられるかどうか」と曖昧に聞かされてからわずか二十日目。父が最期に自宅で過ごしたのはちょうど二週間だった。

二〇一六年九月に単行本が発売された本書『サイレント・ブレス』は、終末期医療をテーマにした物語である。出身校の系列である新宿医科大学病院総合診療科に勤務する水戸倫子は、入局十年目のある日、直属の上司にあたる大河内仁教授から関連病院への異動を促される。そこから、医者として今までとは百八十度違う仕事を担うことになった約二年間が、連作形式で描かれていくのだ。異動先である「むさし訪問クリニック」は、大河内教授が三年前から試験的に始めた大学病院の在宅医療部門で、最寄りは都内とはいえ二十三区外のＪＲ三鷹駅。病院ですらない小さな診療所への異動に、倫子は左遷だ、いや、それ以下だとショックを受けたが、大河内教授に〈「医療現場に貴賤はないよ。それとも水戸君は、大学の患者だけを診たいの？」〉と問われると、心外だ、と憤る。結果として、まんまと教授の術中にはまった、ともいえる結果になった。

一般的に医者の仕事をひと言で表すなら「患者を治療すること」で、そのためには少しでも早く症状を見極め、適切な処置を施す必要がある。大学病院のような急性期病院で働いてきた倫子にも、医師としての自分の使命は、治療によってひとりでも多くの患者の命を救うことだという根源的な思いがあった。

ところが、むさし訪問クリニックで診ることになった患者たちは、積極的な治療を求めているわけではなかった。では、彼らは何を望んでいるのか。そして倫子は「治せない患者」の思いにどう応えていくのか。その、心のありようが、本書の読みどころだ。

「私は死ぬために（自宅に）戻ったの」と言う、末期の乳癌を患う四十五歳の知守綾子。四歳で筋ジストロフィーと診断され、十七歳で完全に歩けなくなり、現在は人工呼吸器も使用している二十二歳の天野保。特に異常はないものの日常生活の活動性が著しく低下し、老衰性の変化かと診られていた八十四歳の古賀芙美江。新宿医科大学病院の名誉教授で消化器癌の権威として長年積極的な治療を提唱してきたにもかかわらず、自らが余命三ヶ月の膵臓《すいぞう》癌と判ると緩和治療さえ拒んだ七十二歳の権堂勲。そして脳梗塞で倒れ、八年前から施設に入所し、完全にコミュニケーションが取れなくなって三年。意識が回復する見込みもないまま、胃瘻《いろう》で命を繋いでいる七十八歳の水戸慎一。

作中で倫子の患者となるこの五人は、例外なく死んでいく。読者のなかには、自身が、あるいは家族が、今まさに彼らと同じ状態にある人も少なからず存在するに違いなく、この結末だけを先に知れば、残酷に思われるかもしれない。けれど、どうだろう。既に本文を読み終えた方の胸に残っているのは、まったく違う感慨ではないだろうか。

ここでひとまず、作者である南杏子氏についても触れておこう。

プロフィールにもあるように、現役の医師でもある南さんは、現在都内の高齢者専門病院に内科医として勤務している。しかし、子供の頃から医師を志していたわけではなく、きっかけは二十五歳で結婚した夫がイギリスに転勤になり、現地で出産、子育てをする中で、医師とのコミュニケーションが満足にできない不安から、独自に医学を勉強するようになったことだったという。並行して現地の市民カレッジでアロマセラピーを学び、その基礎学問である解剖生理学や組織学への関心から医学の面白さに目覚め、帰国後三十三歳で大学の医学部へ学士入学。三十八歳で卒業した後は大学病院の老年内科に入局し、そこから公立の総合病院へと移った。そして再び夫の転勤に伴い今度はスイスへ渡り、帰国した後に、終末期医療に携わることになったのだとか。

三十歳を過ぎて医師になろうと思うだけでも並大抵の覚悟ではないが、実際に医学部受験に合格し、アラフォーの体力で過酷であるに違いない研修医時代（しかもまだ小学生の子供がいたのに！）を乗り越えるなど、凄まじいバイタリティだ。しかもこの後、現在の病院に勤務する傍ら、カルチャーセンターの小説教室に通い、五十五歳での作家デビューを果たしたのである。

本書はその記念すべき第一作で、医師としてのキャリアを生かした題材であり、確かなディテールが物語の根幹となっていることは間違いない。作中で描かれる医師と患者とその家族の姿には、入院患者の平均年齢が八十九歳だという勤務先で見てきたもの、聞いたこと、話したことが投影されているからこそのリアリティを感じる。

けれど世間的によく知られた新人賞を受賞したわけでもない、無名の作者のデビュー作が版を重ね異例のヒット作となったのは、終末期医療に携わる医師である南さんの専門性が読者に支持されたから、というだけではないこともまた確かだ。

どうしたって重くなりがちな空気を、明るく一変させる茶髪にピアスの看護師・コースケの人好きのするキャラクター造形。「むさし訪問クリニック」メンバー行きつけの料理店「ケイズ・キッチン」の絶妙に珍妙な料理の数々。深刻なエピソードが続くなか、自然に頬が弛《ゆる》むシーンが随所に織り込まれていること。知守綾子のもとを訪れるスキンヘッドの男の正体、「イノバン」というタイトルの意味、古賀芙美江の遺体が消えた理由など、各話に鏤《ちりば》められた何だろう？　どうしてだろう？　という小さな謎が、物語の推進力になっていること。六話のなかにひとつだけ、患者が死なない「ケシャンビョウ」を入れたバランス感覚。数えあげればきりがないほど、本書には「作家」としての南さんの目配りが行き届いている。小説としてフィクションとして十分に読み応えがあり、誤解を恐れずに言えばちゃんと「面白い」のだ。

冒頭のメッセージで、南さんはさらりと「多くの方の死を見届けてきた私は」と記しているが、私たち読者のほとんどは「死を見届ける」ことに慣れていない。誰だって死ぬのは怖いし、死んでいく人を見るのは辛い。できることなら、なるべく目を逸らしていたい。その思いを誰よりも知る医師の南さんは、作家としてノンフィクションではなく、フィクションで人の終末期を書くことを選んだ。「小説」だからこその面白さや謎が、オブラートのような役割を果たし、死という苦味を包んでくれたことで、より多くの読者が終末期という時間について考えるきっかけを得られたのではないだろうか。

父が死んだ後、慌ただしく過ぎていく時間のなかで、頭の片隅にはいつもこびりついたような後悔があった。大腸から肝臓と肺へ転移したと診られた癌は「手の施しようがない」と言われたが、肺だけは手術をしてみるという選択もあると言われた。ほどなく食べられなくなったとき、胃瘻を作るという選択があるとも言われた。この病院で最後まで看ることもできますよ、とも。けれどその全てを私が断り、母が望んだまま自宅に連れ帰ったのだ。もしも手術をしていたら。もしも胃瘻にしていたら。もしもあのまま病院にいたら。父はもう少し長く生きられたかもしれないと、考えても仕方のないことばかり考えて考えて、こんなことならこうなる前に父の意思を聞いておけば良かったと悔やんだ。

本書の単行本を読んだのは、そんな夏の終わりだった。

誰にも相談する時間さえなかった迷いも痛みも苦しみも悲しみも、すべてそこに描かれていた。何度も笑って、何度も考えて、そして最終話の「サイレント・ブレス」ではやっぱり泣いた。けれど読み終えたとき胸に残ったのは、「救われた」という思いだった。これまで何千冊もの小説を読んできたけれど、人が死ぬ小説を読んで救われたと思ったのは、今のところ本書ただ一冊だ。

最後に。

作家・南杏子は本書の後、今年（二〇一八年）一月に第二作『ディア・ペイシェント』（幻冬舎）を上梓している。こちらは、約半年前に大学病院から、川崎市の私立総合病院に移ってきた三十五歳の内科医・真野千晶を主人公に、医師と患者の信頼関係を深く掘り下げた長編作だ。医師は、三分診療と詰《なじ》られてもさばかなければいけない患者数のノルマがある。

不調を抱えた患者は、もっと親身になってくれと訴える。誰にも身に覚えがある思いを掬《すく》い取り、医師と患者の間で生じる様々な問題を浮き彫りにしながらも、じわりと沁みる感涙必至の物語だ。さらに「小説現代」誌上では、様々な病を抱えてなお、まばゆい光に照らされたステージに立とうとする人々と、それを支えるステドク（ステージドクター）を描いた連作短編が不定期掲載されている。一冊にまとまる日もそう遠くはないだろう。

本書の単行本が刊行された後、幻冬舎のウエブサイト「幻冬舎plus」に、南さんは〈死は「負け」ではなく「ゴール」なのです。〉というメッセージを寄せていた。こうして文庫化されたことでより多くの人が、自分にとっての幸せなゴールとは何かを考えるだろう。

道はひとつではない。私はその道を、自分で選びたいと思う。

――書評家

この小説はフィクションです。
実在する団体、人物とは一切関係ありません。

この作品は二〇一六年九月小社より刊行された
『サイレント・ブレス』を改題したものです。

幻冬舎文庫

●好評既刊
鈍足バンザイ！
僕は足が遅かったからこそ、今がある。
岡崎慎司

足が遅い。背も低い。テクニックもない。だからこそ、一心不乱に努力した。日本代表の中心選手となり、2015-16シーズンには、奇跡のプレミアリーグ優勝を達成した岡崎慎司選手の信念とは？

●好評既刊
わたしの容れもの
角田光代

人間ドックの結果で話が弾むようになる、中年という年頃。老いの兆しを思わず嬉々と話すのは、変化とはおもしろいことだから。劣化した自分だって新しい自分。共感必至のエッセイ集。

●好評既刊
日本核武装(上)(下)
高嶋哲夫

日本の核武装に向けた計画が発覚した。官邸から全容解明の指示を受けた防衛省の真名瀬は関係者を捜し、核爆弾が完成間近である事実を摑む……。この国の最大のタブーに踏み込むサスペンス巨編。

●好評既刊
年下のセンセイ
中村　航

予備校に勤める28歳の本山みのりは、通い始めた生け花教室で、助手を務める8歳下の透と出会う。少しずつ距離を縮めていく二人だったが……。恋に仕事に臆病な大人たちに贈る切ない恋愛小説。

●好評既刊
シェアハウスかざみどり
名取佐和子

好条件のシェアハウスキャンペーンで集まった、男女4人。彼らの仲は少しずつ深まっていくが、ある事件がきっかけで、彼ら自身も知らなかった事実が明かされていく——。ハートフル長編小説。

サイレント・ブレス

看取《みと》りのカルテ

南《みなみ》杏《きょう》子《こ》

平成30年7月10日　初版発行
令和4年11月25日　14版発行

発行人——石原正康
編集人——高部真人
発行所——株式会社幻冬舎
〒151-0051東京都渋谷区千駄ヶ谷4-9-7
電話　03(5411)6222(営業)
　　　03(5411)6211(編集)
公式HP　https://www.gentosha.co.jp/
印刷・製本—株式会社　光邦
装丁者——高橋雅之

幻冬舎文庫

ISBN978-4-344-42776-1　C0193　み-34-1

この本に関するご意見・ご感想は、下記アンケートフォームからお寄せください。
https://www.gentosha.co.jp/e/

幻冬舎文庫

●好評既刊
ウチのセンセーは、今日も失踪中
山本幸久

漫画家志望の宏彦は、失踪癖のある大御所漫画家のアシスタントになるハメに。センセーの連載を落とさないよう頑張る宏彦。実は、ある事件で、進学を諦め、漫画家を目指すことになったのだ。

●好評既刊
天が教えてくれた幸せの見つけ方
岡本彰夫

「慎み」「正直」「丁寧」を心がけると、神様に愛されます。「食を大切にすれば運が開ける」「お金は、いかに集めるかより、いかに使うか」など、毎日を幸せに生きるヒント。

●好評既刊
あの世へ逝く力
小林玖仁男

死にも〝技術〟が必要です――。余命2年半の料理屋の主人が、絶望の淵をさまよった末に、「終活」より重要な〝死の真実〟にたどりついた。最後の時を悔いなく迎えるための心の整え方。

●好評既刊
統合失調症がやってきた
松本ハウス

ハウス加賀谷は、松本キックという相方を得て、病と闘いながらもお笑いの世界で活躍する。しかし、活躍と反比例するように、症状は悪化、コンビは活動を休止した。復活までの軌跡を綴る。

●好評既刊
相方は、統合失調症
松本ハウス

病による活動休止から10年を経て復帰した松本ハウス。しかし、かつてできたことができず、コンビはぎくしゃくしていく。〝相方〟への想いが胸を打つ感動ノンフィクション。